甜不只迟

入眠酒 著

Tian bu zhi di

长江出版社
CHANGJIANGCHUBANSHE

目录
CONTENTS

"一个没脑子，一个没情商。"

——"热心友人"对迟喻、付止桉的评价

从这一秒开始，他们都会拥有很好很好的明天。

GAME OF THRONES

▶ ▶ ▶

Chapter 01

"坏"事成双

迟喻沉着脸挤在人群中，食堂空气中飘着的饭菜味儿让他快喘不过气，地板上黏腻的触感让他每一步都走得有些艰难。

终于站在窗口前，迟喻紧皱着眉，冲窗口内的大妈喊："一份糖醋排骨。"

"一份糖醋排骨，谢谢。"

要不是最后多加了个谢谢，迟喻差点儿以为自己出现了幻觉，在食堂说话都能有回音。

迟喻有些不耐烦地转过头，看着面前毫无表情的少年，脑袋里嗡的一声像炸出一朵蘑菇云。男生身形颀长，站得十分挺拔，五官精致皮肤白皙。浅褐色的瞳孔里也带着几分惊讶，但只是一瞬间便消失得无影无踪。

迟喻看向玻璃窗内没剩多少的排骨，他不再看站在一旁和他差不多高的少年，冷声说道："糖醋排骨，麻烦快点。"

"阿姨，糖醋排骨，谢谢。"像是商量好一般，站在一旁的男生和他几乎同时开口。他们两个人耽误了不少时间，要是换了其他人，身后排队的同学大概早就嗷嗷叫了。

可现在站在前面的是迟喻和付止桉，他们变得十分有耐心，个个伸长了脖子生怕错过一丁点儿精彩瞬间。毕竟两大校草在过去一年里都没有同框过一次，这会儿居然因为一份糖醋排骨在食堂大眼瞪小眼。

一头卷发的打饭阿姨扶了扶头上的白色帽子，抬头看着面前脸色不太好的少年，试探地开口："那个，剩的糖醋排骨就够一份了，要不……"

"我就要这个，我挑食。"迟喻淡淡地开口，一边把手里的饭卡狠狠按在读卡器上，以对那份光泽漂亮的糖醋排骨宣示主权。

另一个打饭阿姨刚刚张嘴，还没来得及说话，面容精致的少年眯着眼笑了笑："我也要糖醋排骨。"

"付止桉，你脑子没事儿吧？"迟喻猛地把手往桌上一拍，转过身恶狠狠地看着面前皮笑肉不笑的男生。

"你是哪位？"付止桉挑眉看他，眼神里掺着几分冷漠，付止桉扭过头不再看他，对着窗口内的阿姨弯着眼睛笑着说："算了，不浪费后面同学的时间了，就把这份排骨让给这位同学吧。"

迟喻听见这话恨不得跳起来，他憋红了脸仰着头嚷嚷："谁乐意吃你不要的东西！"

"那好。"付止桉听见这话便从口袋里掏出饭卡从窗口里递了进去，礼貌地冲打饭阿姨点点头："阿姨，一份糖醋排骨，谢谢。"

付止桉端着餐盘扬长而去，留下黑着脸的迟喻站在人群中。迟喻低头看了看自己全是脚印的名牌球鞋，心里窝火得不得了，他有些烦躁地扯了扯衣领，一边往外走一边嘴里嘟囔着："倒霉透了。"

付止桉刚落座，一个有些瘦弱的男生端着餐盘一屁股坐在他对面，边拿筷子边问："你跟迟喻不认识？"

付止桉拿着筷子的手顿了顿，夹了一块糖醋排骨放进嘴里，甜腻软糯的口感迅速在口腔里蔓延。

见付止桉不接话，男生也不在意，一边吃饭一边含混不清地开口："迟喻是一班的，就是每次都和你一块儿上贴吧校草排行榜那个。"他夹了一筷子鸡蛋放进嘴里，咀嚼声越来越大，他继续道，"但你俩类型不一样，他成天惹事捅娄子，一年写的检查估计都能出本书了。"

听见这话，垂眸盯着餐盘的付止桉嘴角轻轻勾了勾，低头扒拉了一口米饭。

"唉，不过也比不过人家投胎投得好，有个那么有钱的老爹天天跟在后面帮他擦屁股，可不是想干吗就干吗。"他话说了一半，看见付止桉盘子里没怎么动的糖醋排骨，咧着嘴笑笑问："你要不吃这排骨，给我呗。"糖醋排骨作为食堂里十分难买的荤菜，他都没吃过几次。

付止桉看着对面人的筷子夹走了一块排骨，嘴动了动，但没说话。

来往的女生都偷偷地朝他们这边瞄着，男生也顺带沾了沾光，他想起刚刚还没结束的话题，停了几秒压低声音小声说："哎，我听一班的人说，迟喻爸妈从来没去开过家长会。"

"你说，该不会是有什么隐情吧？"

原本一直低着脑袋吃饭的付止桉突然抬起头，他面无表情地歪了歪脑袋，轻声问："你坐这儿说半天了，你是谁？"

男生脸一僵，有些尴尬地笑着说："付止桉你别开玩笑了，我坐你前桌都快半个学期了。"

"不记得了。"付止桉面无表情地吐出几个字，瞧见他餐盘里的排骨，继续道，"还有，不要随便动别人盘子里的菜。"

他伸出筷子重新把排骨夹回自己盘子里，低着脑袋不再看对面一脸惊讶的男生。

直到对面人讪讪地离开，付止桉才慢慢放下筷子，眼睛默默地盯着餐盘里的排骨发呆。这玩意儿他实在不喜欢吃，吃上一块就腻得要喝好几口水，真不知道迟喻怎么就这么喜欢吃。

下课铃声在空旷的操场上回荡着，迟喻嘴里叼着吐司面包躺在地上，直到听见教学楼里传来阵阵吵闹声才背起书包站了起来。他拍了拍裤子上的土，步子散漫地朝校门口走，直到少女清脆的嗓音在身侧响起来。

"喂，迟喻。"一头栗色卷发的女生伸出手臂拦在迟喻身前，她自信地扬着脑袋，嘴唇上晶亮的唇彩在路灯下熠熠发光。

迟喻面无表情地看着面前的女生，见她半天不动，嘴里吐出几个字："有事儿吗？"

女生骄傲的笑容一僵，但她知道自己的脸有多大吸引力，她撩了撩头发重新问："上次我跟你说的事，你考虑得怎么样了？"

迟喻一头雾水，什么时候跟他说事儿了？还考虑？考虑什么玩意儿？

他不回答，女生也不动，只是脸上越来越挂不住了。迟喻突然恍然大悟地"哦"了一声，拽过包从里面掏出一摞粉色的信封，伸出手递给她："哪个是你的，自己找。"

这样的回答配上迟喻那张好看的脸，女生一直维持的骄傲再也绷不住了，她眼圈一红便转身跑出老远。迟喻皱着眉，重新把手里的信封塞回包里，闷闷地嘟囔："搞不懂。"

少年拖着长长的影子走在校园里，一只脚马上要跨出校门，却在学校的公告栏边停下了脚步。迟喻皱着眉看着贴在公告栏最上方的大小颜色都一样的两张纸，左边的一张上第一个名字写着付止桉三个大字，而右边的第一个名字则是迟喻。唯一不同的大概就是左边那张是学校表彰单，后面那张是全校通报名单。

这也是两个人离得最近的时候，通常付止桉的名字会一直挂在年级第一的位置，而迟喻也不负众望，永远登在通报名单的第一位。

"喊。"迟喻不屑地冷哼一声，便大摇大摆地走出了校门。

公告栏并没有什么被迟喻损坏，只是在学校名次表上付止桉三个字后面多了两个小字：傻子。

早晨的阳光有些刺眼，树下的少年皱着眉撇开压在他头顶上的树枝，可推了好几次发现树枝还是会重新弹到他脑门上，索性伸出手啪嗒把它折断。

卢曼看着面前身形颀长的付止桉，白皙干净的皮肤和微微扭着的嘴角，一束阳光照在他脸上，付止桉稍稍眯了眯眼。卢曼有些紧张地捏着校服裤子，笑着抬手摸了两下头顶上参得乱七八糟的辫子："你之前说扎马尾的女孩子很可爱，你看我现在也有马尾辫了。"

大概也觉得自己还没有小拇指长的辫子有些尴尬，卢曼悻悻地放下手，低着脑袋不好意思抬头。

付止桉思绪早已经放空，他已经数不清这是卢曼第几次跟他表白了。和他表白的女孩子不少，拉不下脸的会写信或者小纸条，他只要不回复也就没有什么后续了。当面表白的，只要他随便想个什么理由也就能轻松拒绝。

但是面前这个人——

付止桉重新看向站在他身前低着脑袋的女生，在她第一次和自己套近乎的时候，付止桉并没有太放在心上，随口说了一句只自己想好好学习。可在那之后，卢曼便出现在各个自习室，回回坐在他视线范围内，让人直起鸡皮疙瘩。

之后卢曼再次找他，他也不愿继续浪费时间，直接说卢曼不是他欣赏的类型。之后，卢曼便每天以泪洗面。上课时，一边拿着纸巾擦泪一边一脸哀怨地看着他。连班主任都发现不对劲，下课一脸狐疑地找他谈话。

上一次，看着卢曼的齐耳短发，付止桉认真对她说：我欣赏扎马尾辫的女孩。本来想着以她的头发长度，总得花上几个月，可谁知道这才刚过一个月，她就扎着头发来找自己了。

付止桉心里竟然升起一丝敬意，从石头缝里蹦出来的孙悟空曾经还想放弃西天取经，可卢曼这种不抛弃不放弃的精神现在还真是少见。

"你这个严格来说，不能算是马尾辫。"付止桉面无表情地开口。

卢曼悄悄抬起眼，冲他笑了笑："总有一天会长成马尾辫的。"

付止桉嘴角扯了扯，有些烦躁地踢了一脚地上的碎石，他居然无法反驳卢曼的话。付止桉抬起头长出了口气，突然余光瞥见不远处树下的"不明物体"。

"不好意思。"付止桉原本无神的眼突然亮了起来，他有些抱歉地看着卢曼，停了半天才重新开口，"我之前一直没有说实话。"

"其实是因为……我不能夺人所爱。"

卢曼一愣，笑容僵在脸上。她和付止桉同班快一年，哪怕没有和他说过一句话，可却对他十分了解。付止桉只喜欢学习，每天上课认真做笔记从来不会走神，作业再多都会认真完成。而她鼓起勇气向付止桉表白的理由也很简单，只是因为她朋友说了一句：他连校花都拒绝了，你就算被拒绝也不丢人啊。再说了，大家都是成年人了，要勇敢一点。

在卢曼心里，被付止桉拒绝一万次也没什么，因为他可能根本不会喜欢任何人。哪怕借告白这个事能多和他说几句话也是稳赚不赔，直到现在她才知道，他是因为这个拒绝她。

"我能知道是谁吗？"

早就料到她会问，付止桉随意朝不远处扫了一眼，慢慢地开口："就是他。"

卢曼顺着付止桉的目光看过去，槐树下有一个有些瘦弱的身影，因为他用校服外套蒙着头所以看不清脸。

"那我先走了。"付止桉冲她点了点头，便头也不回地往教学楼走，只剩卢曼垂着脑袋站在小花园里。

上课铃准时响起，可卢曼一步也迈不动，倒也没有多伤心，仔细想想，付止桉连校花都看不上，又怎么会看上她。校草和普通人的爱情故事，只有在小说和电视剧里才会发生。

不远处传来窸窸窣窣的声响，那个在槐树下缩成一团的人慢慢伸直了腿，是卢曼想象中又长又直的腿。

可……可是好像有点太长了？

蒙在头上的衣服猛地被扯下来，一头细碎的黑发被弄乱，漂亮的眼睛被遮住一半，再往下是挺直的鼻梁和没什么血色的薄唇。

"该死的，又睡过了。"树下的人慢悠悠地嘟囔，他站起来伸了个懒腰，似乎察觉到她的视线，那人冷不丁回过头看了她一眼。见卢曼一脸呆滞地站在原地，那人随手把地上的衣服捡起来搭在肩上，抻了抻手臂往另一边走。

卢曼觉得自己出现了幻觉，她狠狠掐了一下自己的胳膊，倒吸了一口气，看来她没出现幻觉。

付止桉认为自己的生活终于归于平静，直到第一节课结束，班上人全都凑在一块儿窃窃私语，时不时偷偷看他一眼，他才觉得有什么事不太对劲。付止桉拿出手机点开网页翻了几下，最终在学校贴吧里看见了一篇帖子，题目为：我追校草的漫长之路难道真的要剧终了吗？

付止桉扬着的嘴角有些僵硬，但还是云淡风轻地假装自己什么也没看见，把手机放到一边重新低头做手里的卷子。

走廊尽头的另一个班也并不太平。

迟喻趴在桌上试图进入深度睡眠，他昨天打游戏打到大半夜，之后没睡几个小时又开始不停地做梦。他逃了早操跑到小花园里眯了一会儿，刚到班里又被班主任逮了个正着，站了一节课好不容易才坐下歇一会儿。

可班里实在吵得人头疼。

"哎，能不能小点儿声。"迟喻不耐烦地抬起头，冲着隔壁桌兴高采烈的几个女生喊了一句。以往只要迟喻开口，大家都恨不得退出去两米远，可这会儿他话刚说完，几个女生反而冲着他诡异地笑了笑。

那场面，要多怪有多怪。

这个时候迟喻才发现，不止她们，班里的同学全都拿着手机聚在一起，就连平时低着脑袋只知道学习的班长，这会儿也伸长了脖子往隔壁人的手机屏幕上看，生怕错过一丁点儿劲爆的消息。

迟喻站起身，手撑着桌面弯下腰，悄悄把脑袋伸到前桌林川附近，死盯着林川手中的屏幕，上面的小字密密麻麻的一大片，迟喻没那个耐心一个一个字看，只大致扫了几行，但依旧精准捕捉到最重要的信息。

"这是什么玩意儿？"迟喻猛地开口，林川被吓得整个从凳子上弹了起来，手里的手机啪嗒掉在地上。他回过头刚好撞上迟喻那双瞪大的眼睛，他迅速把双手举过头顶，满脸无辜地摇头："不是我发的！我也是才看见！"

迟喻弯下腰捡起手机，深吸了一口气，重新看起屏幕上的小字。林川咽了一口吐沫小心翼翼地开口："那个迟喻啊，你小心点儿我的手机，刚从我姐那儿拿过来的，你别搞坏了……"握着手机的指间有些泛白，迟喻的脸色从黑到红，现在已经快绿了。

"这是谁发的？"

班里静得吓人，倒不是他们不想说，他们是真的不知道。

迟喻冷着脸把手机扔给林川，大步走到教室门口，使劲拉开门又嘭的一声关上。直到确认迟喻已经消失在楼道里，班里才重新恢复了叽叽喳喳的吵闹。

"这是不是有点儿扯了啊？我看他们平时没说过几句话啊？"一个男生一脸狐疑地翻着手机。

"你傻啊，肯定装不认识的呗！"另一个男生翻了个白眼。

"唉。"一女生像是被抽了魂一般趴在桌上，她喃喃道，"今天是明远中学的灾难日吗，一连牵扯了两个校草。"

"你得了吧啊。"满脸横肉的男生晃悠着脑袋，冷笑一声说，"人家跟你有关系吗？不说七班那个，就说迟喻，高二一年跟你说过的话还没他升旗台上做检查的次数多呢。"

迟喻高二一年被通报的次数都快赶上新闻联播了，不是迟到早退就是不交作业。本来他们一班因为这尊大佛人心惶惶，可后来相处久了，发现迟喻只有嘴上厉害，更多时候倒像是个保镖，往门口一戳反而让大家心里多了点儿莫名其妙的安全感。

可就算这样，喜欢迟喻的女生还是不少的，青春期的女生心里总会有个位置是留给学校里叛逆又好看的男孩儿。但给迟喻留位置的人有点儿太多，尤其是隔壁几所职高，三天两头有人来明远中学门口等迟喻放学。

而付止桉，作为学校的三好学生，排名常年年级第一，获奖的奖状能贴满半个教室，英俊的长相更是受到学生以及老师的青睐。相比迟喻，付止桉是学校女生更乐意下手的对象，因为他虽然脸上没什么表情又话少，但好在不会一个不爽就跳起来打人。

学校里的女生平日里除了学习考试之外，经常讨论的就是迟喻更帅一些还是付止桉更招人喜欢一点。他们一直在等待迟喻和付止桉同框的一天，这样他们的讨论说不定就能有个结果了。

可高二一年过去了，同框的日子却遥遥无期。

迟喻和付止桉一个在一班，一个在七班，两边各有一个厕所和水房，所以他们平时基本上遇不到。好不容易等到了运动会，两个人各参加了四个项目，就这样都可以完美地错开。别说同框了，有人甚至认为这俩人根本不会呼吸同一片天空下的空气。

付止桉重新掏出手机看了看贴吧，原本没几个回帖的帖子现在热度已经上去了，并且后面跟着热帖的标志。

故事很简单，卢曼从她追付止桉的第一天就开了个匿名帖子，每天记录着她要怎么追付止桉，之后付止桉又是怎么拒绝她的。原本只有零零散散的几个回帖，毕竟这种水帖不少，大家看多了也就逐渐没什么感觉了。

直到卢曼两个小时前更新了一个帖子，上面只有短短的几句话：今天我又被他拒绝了，但我不难过，因为今天我终于了解了明远中学两个校草的恩怨情仇。

付止桉的语文不差，这一句话分开他每个字都认得，可连在一起怎么看怎么不懂。

就在他脑子还没转过来的时候，后门嘭的一声被踹开。身形高大的男生一手撑着门，原本很亮的眼里这会儿溢满了怒气，宽松的校服领子被扯得歪七扭八，露出细瘦的锁骨。迟喻阴沉的眼在教室里扫了一圈，在看见最后一排靠窗位置的男生时，皮笑肉不笑地扯了扯嘴角。

"你，出来。"

小道消息比病毒扩散得还要快，一瞬间学校里几乎所有人都知道了。迟喻和付止桉一前一后地走在楼道里，来往的同学恨不得拿着摄像机和照相机戳在他俩脸上，高二一年以各种巧合错过的两大校草，居然就这么同框了！

终于摆脱了身后那一双双眼睛，迟喻倚在仓库门上，不耐烦地揉了两下头发："付止桉，你又在搞什么玩意儿？"

付止桉别过脸："拒绝一个女生。"

"那你别把锅往我头上扣啊！"迟喻的脸越来越黑，他咬牙切齿的声音付止桉离他一米远都能听得一清二楚。

付止桉瞥了他一眼，双手抱着肩淡淡地开口："是你自己往锅上撞的。"

迟喻和付止桉，从小学开始就住在对门，互相是对方家长嘴里别人家的孩子。付止桉的父亲作为一名老刑警，从付止桉刚生下来没多久就开始唉声叹气。小付止桉生得唇红齿白，皮肤白皙，抱出去人见人夸。但就是不合付建国心意，他的儿子怎么能生得这么白里透红？不要求他刚出生就有男子气概吧，但总得像个男孩儿样不是？

而迟喻，从小在院子里就是出了名的，因为每天傍晚都能听见他妈温华在外面扯着嗓子喊他的名字，叫他回家。等迟喻和付止桉做了邻居，迟喻那双滴溜溜乱转的眼睛付建国怎么看怎么喜欢。

迟喻听他妈每天说付止桉怎么怎么优秀听得吃不进饭，而付止桉听他爸念叨迟喻耳朵都快听出茧子了。所以有一天，两个人在学校里遇见时，全都扭过头装起了陌生人。

付止桉：这人一脸冷漠的模样装什么古惑仔。

迟喻：小屁孩儿面无表情的装什么少年老成。

两人低头不见抬头见也从来不打招呼，甚至在这方面还有了默契。早上迟喻会提前二十分钟起来走路上学，而付止桉会二十分钟之后坐公交车去学校，反正两个人是离得越远越好。

可就算这样，两个人依旧进入同一所初中，现在又同一个高中。本以为可以老死不相往来，可偏偏付止桉在学校小花园里随手那么一指，就指到在槐树下打盹的迟喻。

而现在两个人站在仓库门口大眼瞪小眼的情况，是迟喻和付止桉从来没想过的。

迟喻看见付止桉那张脸就火大，他伸出手在太阳穴上按了按："你现在打算怎么办？"

"不怎么办，对我没什么影响。"付止桉抬头冲他笑笑，慢悠悠地说道，"你要是觉得跟我搭在一起很难办，那我也可以想想办法。"

"你快点给我解决了。"迟喻说完转身就走，还没迈出几步，就听见付止桉带着淡淡的笑意开口："你求我啊。"

这么多年了，还是这么不知死活。

迟喻几个步子走到他身边，举起拳头就往他头上抡，付止桉稍稍偏头，拳头刚好砸在离他脑袋还有一公分的墙面上。

"躲得还挺快。"

如果说迟喻是个不折不扣的不良少年，那付止桉就是披着乖巧外皮的狐狸，在老师和同学面前永远一副听话沉默的模样，但只要碰到迟喻，付止桉叛逆的神经瞬间就能被挑动。迟喻收回手，冲他冷笑一声，便转过身慢悠悠地走下楼梯，一边走一边说："随你便，关我什么事。"

虽然帖子里没有指名道姓，但有点儿脑子的人都知道这帖子里说的是迟喻和付止桉，枯燥乏味的校园生活，因为这篇帖子正逐渐恢复生机。

迟喻黑着脸走进教室，正在自习的同学不约而同全转过头盯着他，恨不得在他脸上戳个摄像机，360度环绕拍摄。

"都没别的事儿可做了是吧？"

迟喻皱着眉回到座位上，看见桌上堆着厚厚一沓卷子。就一个大课间的时间，桌上的卷子就多到想压死人。迟喻越想越烦，索性把卷子一股脑全塞在抽屉里，蒙着头又睡了起来。

下课铃响起，班里传来一阵阵无精打采的叹气声，付止桉早已经收拾好书包坐在座位上，直到看见侧后方的女生背起书包往外走，他才开口："卢曼，你等一下。"

夕阳洒在地板上，把付止桉的身影拉得细长。卢曼追了付止桉这么久，这还是他第一次主动和自己说话。

"我想解释一下……"

付止桉话还没说完，卢曼突然伸出手做了个暂停的手势，她深吸了口气。

"没关系，我尊重你的决定。"卢曼看着付止桉好看的脸，露出一副我都懂，我什么都明白的表情。卢曼抿着嘴点点头，一个潇洒的转身，消失在楼道里。

没想到事情发展到这一步，付止桉突然觉得头疼，他双臂架在栏杆上，看着远处放空。想到迟喻那张嚣张又阴晴不定的脸，付止桉低头笑了笑。

不好意思了迟喻，我解释过了，但是这锅估计还得在你头上扣一阵子。

迟喻按照惯例，翘了晚自习回了家，推开卧室门，房间里一片昏暗。偌大的房间里只放了一张床垫，满地都是散落的零食袋和漫画，厚重的遮光窗帘不知道多久没有拉开过。迟喻随手把书包扔到地上，踢开地上的零食袋扑在床上。他拉过被子，闭上眼但还觉得不够暗，索性拿被子蒙住头。

躺了半晌，迟喻翻来覆去睡不着，他拿起手机找到贴吧里的那篇帖子，咬着后槽牙点了进去。他皱着眉盯着手机屏幕，划到最下方出现了一张手稿图，不知道哪个人画了一张迟喻和付止桉的脑洞图。黑发少年低垂着眼，细碎的刘海遮住他大半目光，这会儿正一脸严肃地给对面表情看起来有点儿僵硬的男生讲题。

"搞不搞笑！付止桉也配给我讲题！"迟喻喉咙好像要着火，手机也开始烫手，他随手把手机扔到地上，翻了个身重新躺好。

可不管怎么翻身，付止桉就像是个阴魂不散的恶鬼，闭上眼还在眼前晃悠个不停。迟喻不耐烦地掀开被子，赤着脚走到客厅，从冰箱里拿出一罐饮料坐在地板上。他单手拉开易拉罐拉环，扬着脖子就咕咚咕咚灌了半瓶。

"付止桉，你最好祈祷别让我逮到你小子。"

闹铃响到第六次的时候，迟喻终于缓缓睁开眼，他低头瞥了一眼倒在地板上的闹钟指针。

看来今天比昨天早，最多迟到半个小时。

他揉了揉头发走到窗前拉开亚麻窗帘，很意外，今天没有阳光，层层叠叠的乌云遮住蠢蠢欲动的太阳，天阴得吓人。

迟喻重新合上窗帘，赤着脚走到客厅，早餐已经摆在桌上，白瓷碗里的粥还冒着热气，迟喻没看桌上的饭菜，径直走到冰箱，拉开门拿了一瓶矿泉水，仰头猛灌了好几口走进浴室。

等洗漱完已经接近早自习结束，迟喻慢悠悠地往操场走，脚步一顿，对着堆满桌椅板凳的跑道皱了皱眉。男生们拉着小推车，正往上搬板凳，脸上的表情不是很好看。

今天是文理班重新分班的日子，这就意味着校花和校草拥有了重新分配的机会，一看刚刚那小子的脸色，就知道不但没和校花一起，估计连新的班花也降了一个档次。迟喻走到布告栏前，随意扫了一眼班级名单，在三班名单上的前排看到自己的名字，转身往教学楼走。

隔着大半个楼道能听见教室里叽叽喳喳的吵闹声，迟喻抬头看了一眼班牌：高三（3）班。

他唰地推开门，班里人吵闹声太大，学生进来并不会引起多大的注意。直到后排不知道哪个人开口叫了一句："我的妈啊……"

像是被谁按下了静音键，班里人全都齐刷刷地扭过头看着他。迟喻脸上没什么表情，瞧见最后一排靠窗的位置还空着便提腿往那里走。刚走到一半，他突然觉得有点儿不舒服，转过头一抬眼便瞧见第二排穿着白色线衫的男生正低着头写着什么。

"你在这儿干吗！"迟喻眉毛揪在一起，脑袋里的火噌噌往上冒，低着头的男生慢慢抬起头，刚好和他的视线撞在一起。

"写卷子。"付止桉说完低下头，黑色笔尖在卷子上悬了几秒，在选项上画了一个圈。

迟喻今天懂得了什么叫作坏事成双，他阴沉着脸看着坐在旁边和他胳膊碰胳膊的付止桉，恨不得直接伸手掐死他。

半个小时前，班主任林静扫了一圈坐得规规矩矩的学生，开口道："我是你们高三的班主任林静，很高兴可以与大家共同度过接下来的一年……"林静说到一半，视线再次瞟到坐在前排正中央的付止桉，他个子很高，坐在他身后的女生正使劲仰着脑袋，努力想和老师进行眼神交流。

"付止桉，你近视吗？"林静突然开口。

"不近视。"

"那你和身后的同学换一下座位吧。"

付止桉点点头，站起来往第四排挪，但他就像是一块巨大的石碑，坐在谁前面谁看不见黑板。于是付止桉只能继续一排一排地往后挪，直到站在迟喻旁边，面无表情地跟他大眼瞪小眼。

"你敢坐下试试。"迟喻伸手用力按着桌角，抬眼看着面前背着书包的付止桉，声音压得很低。

付止桉不管正在咬后槽牙的迟喻，拉开旁边的椅子坐下来，把东西全部整理好之后转过头，冲着迟喻露出十分有礼貌的笑容。

"好啊。"付止桉语气带笑跟迟喻说，"我试试。"

一整节数学课下来，迟喻的嘴就没消停过。不是在那儿自言自语诅咒付止桉早日秃头，要不就是推搡付止桉的手臂说他过了线，直到一个粉笔头在空中划出一道完美弧线，狠狠地砸在迟喻桌上。

"迟喻！你在那儿瞎嘟囔什么呢！"林静心情也不是很好，她刚走进教室，看见迟喻那张似乎永远都在生气的脸就发愁。几乎每个班主任在分班之后，即将走进教室的那一秒都在祈祷，希望班里没有迟喻。而林静作为迟喻的高二班主任，认为自己运气不会那么背，迟喻总不能再分到她的班里吧。

事实证明，来自生活的重拳永远不会缺席。

一节课下来，林静的嗓子眼都在冒火。她完全没有办法把目光从迟喻身上挪开，她站在讲台上说了五十分钟，迟喻也在下边念叨了五十分钟。而坐在他旁边的付止桉，几乎一整节课都静止不动，偶尔会低头在笔记本上写两笔。

终于下了课，林静前脚刚迈出教室，迟喻一把抽走付止桉压在手下的数学书："你是不是有什么毛病，你选理科干吗啊！"

付止桉看着迟喻暴躁的脸，淡淡地开口："挑战自己。"

"你又想找事了是吧。"

"还行吧。"付止桉抬头瞥了一眼迟喻，他的额头上还带着上次打架留下的"胜利成果"。付止桉从抽屉里拿出物理练习册摊在桌上，重新垂着头，漫不经心地说："你都好好的呢，我肯定不会有什么事。"

迟喻猛地从座位上跳起来，巨大的动作幅度让他包里的书和作业纸掉了一地，但他完全没心情弯腰去捡。他举起拳头在空中晃悠了好几下，愣是没找到落手点。付止桉细皮嫩肉的，磕一下碰一下都要青好几天，这要一拳下去出了点儿什么事，付止桉还不得敲诈他？

迟喻看了眼地上的粉笔头，想了想蹲下去捡起来，在两人中间画了一条线。

"你离我远点儿，没事儿别扭过来让我看见你那张臭脸！还有，"他指了指桌上的线，挑着眉愤愤地道，"你胳膊腿儿别超过这条线啊，要不然，后果自负。"

付止桉只是垂眼看着地上散落的作业本，里面夹着的几个粉色信封尤其显眼。他瞥了一眼，冲着迟喻笑了笑："你的信掉地上了。"他顿了顿，继续说，"你喜欢集邮？"

迟喻低头看了一眼，蹲在地上迅速捡起之后，扬着脑袋对上付止桉那张似笑非笑的脸："关你何事。"

之后的每一节课，迟喻依旧认真执行监督付止桉的任务，他一直斜着眼紧盯着付止桉的手臂，生怕他超过线，只要付止桉稍稍超过一点，迟喻便迅速抬手把他推回去。

袁刚实在看不下去最后一排迟喻那副鬼鬼祟祟的模样，他咳嗽了两声，喊道："迟喻。"

迟喻只顾着付止桉的胳膊肘，完全没注意到班里其他人的视线已经聚在他的身上。付止桉转过头，还没来得及开口，就听见迟喻开口道："谁让你把你脸扭过来的，给我转回去！"

"迟喻！你给我站起来！"袁刚猛地拍了一下桌子，班上人都吓得不轻，迟喻愣了一下，面无表情地咂了咂嘴，慢悠悠地从座位上站起来。

袁刚捋了一下本来就没几根的头发，调整了一下情绪才开口："你在那儿干吗呢？"

"听课。"迟喻想都没想便开口，听到答案，袁刚的脸色肉眼可见变得越来越差。

"那好。"袁刚双手撑着讲台，冷脸看他，说，"你讲一讲我刚刚都说什么了。"

迟喻正打算胡说八道糊弄过去，可坐在一边的付止桉突然把书翻到第五页，用笔在第一段上点了点。

明明知道付止桉不安好心，可迟喻突然脑袋短路，鬼迷心窍地照着第一段就读了起来："常言道，知之为知之不知为不知……"他刚读了第一行就觉得不太对劲，抬头看袁刚胸口起伏变得剧烈，耳朵都开始发红。

"你给我楼道里站着去！"袁刚唾沫星子飞得老远，坐在第一排的同学全都拿起书挡着脸。迟喻刚转过身，付止桉慢悠悠地搬着凳子，十分贴心地向前挪了挪，给他腾出位置。

迟喻一边往外走一边回头瞄了一眼坐在座位上面无表情的付止桉。

"算你狠。"

迟喻懒散地倚在墙边，见袁刚不再一直盯着他，转身往前走了两步，弯下腰，整个人挂在栏杆上，悬在空中的手来回晃。

付止桉把题做完放下笔，一抬头便从窗外看见正死死盯着他看的迟喻。见到付止桉那张皮笑肉不笑的脸，迟喻双手竖起中指举得老高，生怕付止桉看不见。想到付止桉坐在教室里没办法反击，心里肯定气得不行。迟喻这么想着更开心了，咧着嘴露出一口白牙。

"嘭。"头上被人用书卷狠狠砸了一下，迟喻下意识转身便骂出声。

林静原本向下垂的嘴角听见迟喻的脏话恨不得耷拉到地上。

"你在这儿龇牙咧嘴给谁表演呢？"

"没谁。"迟喻别过头，手垂在身侧，不再说话。林静走了两步站在他身前，抬头看着迟喻那张漂亮的脸，一下子气消了大半。她叹了口气，声音放轻："迟喻，你现在已经高三了，文科虽然差了点儿，但理科还算过得去。我跟你说过的吧？你只要开始努力，就能来得及……"

迟喻一个字也没听进去，因为他的视线里是原本安静坐在教室里的付止桉，现在却一点点转过身，这会儿正竖着中指冲着他笑。

下课铃刚响，付止桉从座位上站起来，还没走出后门便被迟喻横在门前的手臂拦在门口。迟喻扬了扬眉，问："你这就想跑？"

看着走廊里越聚越多的人，付止桉伸手十分自然地搭上迟喻的肩，不轻不重地拍了两下，笑眯眯地说："我这不是出来找你呢。"

见不得付止桉阴阳怪气的样子，迟喻有些厌恶地向后退了一步，眉毛揪在一起："装什么好兄弟，神经病。"付止桉表面人模人样，可他那点儿恶趣味迟喻是门儿清。他用力在肩膀上抹了几下，向后退了一步黑着脸开口。

"现在人多，你赶快给我澄清。"

楼道里的人全都屏气不敢大声出气，生怕影响两人的对手戏。

付止桉看向迟喻那张气鼓鼓的脸，低头抿了抿嘴，再抬头时脸上满是诚恳："不是你们想的那样，贴吧那件事是误会，大家别乱传了。"

周围很安静，迟喻扫了一圈，对这个结果很满意，正打算转身下楼的时候，身后人突然又开口。

"其实是迟喻想要进步，私底下一直求我，希望我能给他补习功课。"

迟喻一个箭步拉近两人距离，他伸手揪着付止桉的衣领，一双眼睛死死地盯着付止桉，嗓音带着威胁性："你又想找事了吧？"

"你不是让我澄清吗，我说实话了还不行？"付止桉压低嗓音凑在迟喻耳边小声说，瞥见迟喻白皙脖颈上暴起的青筋，居然从心里升起一股恶作剧成功的愉悦感。

眼看周围的人越来越多，迟喻一把松开手，头也不回地朝楼梯口走去。

围在走廊上的人见迟喻在楼梯口消失也渐渐散开，付止桉站在原地半晌都没动。迟喻还和小时候一样，拳头厉害但是嘴笨，不管遇到什么事，都只会自己憋着生气，一句辩解的话都说不出来。

下午，老师都去市教育局开会，所以现在是全校学生最喜欢的自由活动环节。迟喻黑着脸坐在体育馆角落，路过的学生恨不得离他十米远，他就像是个定时炸弹，逮谁炸谁。临走时付止桉的笑容还在他眼前晃悠，迟喻有些烦躁地揉了揉头发。

"迟喻，一会儿和五班打对抗赛你也来吧。"王霄看着面前黑着张脸的少年，他本来是不想找迟喻的，这人脾气又臭又大完全不听指挥。可重新分班之后，个子超过一米八的一只手都数得过来。

听见他的话，迟喻缓慢地抬起头，王霄跟迟喻对视了几秒，不着痕迹地往后撤了一小步。

他王霄今天真是为了篮球事业拼了小命了。

迟喻瞥了一眼面前的胖子，因为肥胖，还没开始打球，他的脖子就已经开始出汗，迟喻别过脸，吐出两个字："再说。"

没拒绝应该就是同意了。王霄扳着指头数着，现在有了迟喻还有魏肖强，再加上他自己和王博……好像还差一个。他扫了一眼班里剩下的人叹了口气，转过头，瞧见站在门口穿着一身白色运动服的付止桉。

王霄眼睛亮了一下，他小跑到付止桉身边，笑着说："差点儿把你忘了，篮球对抗赛你可得参加。"他虽然没见过付止桉打球，但瞧他那两条大长腿就觉得差不离了。

付止桉沉默着点了点头，他跟着王霄走到体育馆中间，对上迟喻逐渐睁大的双眼。

"你现在是非得在我眼前转悠是吧？"迟喻突然开口，王霄回过头看了一眼身形颀长的付止桉，又想起这几天学校传得沸沸扬扬的八卦，他没那个能力做和事佬，只好随口敷衍道："我们还差人，我看付止桉应该还行。"

迟喻慢慢走近付止桉，冷笑一声，伸手抓住付止桉纤细白皙的手腕举起来晃了两下。

"你看清了没？就这细胳膊细腿的还打球？可别逗我了。"

他话刚说完便马上松开手，双手插在口袋里转身朝体育馆大门走去，不管王霄怎么喊，迟喻也只留给他一个高大又冷漠的背影。

"这说走就走啊！"王霄回过头发现付止桉还站在原地，脸上没什么表情。

对上他的视线，付止桉无所谓地笑着晃了晃手臂，轻声说："手臂有点儿麻。"

王霄只顾着着急，没工夫想太多，他又在体育馆里扫了一圈，看见角落里正拍着球傻笑的小个子。

"喂，要不要打篮球赛？"王霄一把揽过林川瘦弱的肩膀，林川咽了口唾沫看着面前身形壮硕的王霄，结结巴巴地开口："我不太会打篮球，我就自己在这儿拍几下就成……"

"没事儿，能拍得动球就成。"

就这样，他们三班组成了一个平均身高一米七五的篮球队。一个前几天磕着腿的大前锋，一个只会拍两下球的控球后卫，一个近视还忘记戴隐形眼镜的中锋，还有一个不知道水平如何的得分后卫。

王霄看着这阵容眼睛有点儿酸，看来他王霄的篮球生涯在高三（3）班就要结束了。直到开场十分钟后，付止桉连着两个跳投，线外三分。

"付止桉你这三分够准的啊！"王霄拍了拍付止桉的背，付止桉笑笑没说话。

身形高大的男生走到他们面前，上下打量了一下细胳膊细腿的付止桉，笑了笑说："哥儿们，篮球打得可以啊。"

只是一个转身，皮肤黝黑的男生迅速变脸，他抿了抿嘴，朝着对面的队友打了个手势：我来解决那个投三分球的。

体育馆里喝彩声越来越小，坐在看台的女生原本笑得很开心，但随着比赛进行，她们也都抿着嘴不再吭声。这篮球赛越打越怪，刚刚上场就投了好几个三分的付止桉在中场再也没进过一个球。盯防他的人换了一轮又一轮，最后站在付止桉面前的是几乎比他高了小半头的李志毅。

球传到付止桉手里，李志毅牢牢地挡在他身前，身高差让他产生了少有的压迫感。付止桉运着球，一个闪身闪到李志毅侧面，使劲一跃完成一个跳投，李志毅甚至没有出手拦，而是直接用身体撞向还没落地的付止桉。

付止桉闷声倒在地上，肩膀和膝盖的剧烈疼痛使他产生一阵晕眩，他侧躺在地板，无法控制地喘着粗气。

李志毅红牌罚下场，临下场之前，他走到付止桉面前，冲着他咧了咧嘴，笑着说："抱歉了哥们儿，下次我注意点。"

王霄看着地上一脸惨白的付止桉，突然就来了火。他跑上来，伸手按住比他几乎高了一个头的李志毅，平时丢在人群里毫不起眼的人，挺身而出时竟莫名生出几分男子气概。

"你这是故意找事儿的吧李志毅？"王霄也不是个好惹的，以前在班里没少干坏事儿，这会儿人家都欺负到自己班里人头上，他不单是为了付止桉，也是为了自己的面子。

李志毅胳膊一抬甩掉王霄的手，他垂着眼看着王霄，冷笑一声："你管我是不是故意的？哪儿凉快哪儿待着去。"

王霄面子上过不去，他使劲推了一把李志毅，李志毅只是稍稍向后退了几步。王霄虽然壮，但和比他更壮更高的李志毅相比，他撑死也就算是个虚胖选手。

他还没来得及开口，脸上便一阵火辣辣的疼，李志毅伸手揪着王霄的领子，另一只手拍了拍王霄的脸，低声说："你就在三班好好待着，别闲得没事出来主持公道。"

林川抱着球蹲在付止桉身边，看着付止桉额上都是汗，有些着急地开口："先送付止桉去医务室吧……"

"再忍一会儿呗，球赛不还没打完吗。"李志毅松开一脸呆滞的王霄，居高临下地看了付止桉一眼，耸耸肩。

迟喻黑着脸站在学校门口，回家的路走了一半，他突然发现自己把包落在体育馆看台上。只要一想到又要看见付止桉那张欠揍的脸就火大，迟喻拐进食堂，再抬头的时候，发现原本该在班里自习的学生这会儿全待在操场上。学校老师几乎都去了市教育局开会，没了老师的约束，学生们一个个都出来活动了。

迟喻走到体育馆前，发现门口聚的都是人。

"这三班和七班打班赛锁门干吗？"一个男生不耐烦地推了推紧闭的体育馆大门。

"你说呢？李志毅打球那手脏的哟，可是得锁门。"

"我朋友在里面发短信说打起来了！"男生皱着眉盯着手机，在键盘上按了几下继续道，"说是李志毅又搞以前那一套，把付止桉撞得脸都白了……"

他话刚收完，肩上突然一沉，转过头刚好对上迟喻那双深邃又冷漠的眼。

"让一让。"迟喻淡淡地吐出两个字，原本挤在一起的学生们全部向后退了几步，硬是给他留腾出一片空白。迟喻走到门前压了压把手，门纹丝不动。他又使劲敲了两下门，把耳朵贴在门上听了半天，连个声响都没有。

"要不先去找管理处？不会真的出事吧……"站在后排的女生有些紧张地嘟囔着。李志毅是个什么人大家心里都门儿清，学校最不能惹的应该就是他了，据说他有几个早就辍学现在在社会上混的朋友，天天在大街上瞎晃。

迟喻稍稍向后退了几步，猛地抬起腿往前踢，门锁虚着晃了好几下，动静很大。体育馆里的人有没有吓到他们不知道，反正站在外面的人是吓得不行。

"我们要不要先去找保安过来……"话还没说完，迟喻抬起腿又猛地往门上踹了一脚，原本锁得严实的门硬是被他踹出一个缝。他一只手抵着门，面无表情地冲里面喊道："哎，我数五个数把门给我开开。"

"一，二……"刚刚数到二，迟喻挑着眉用力朝门狠狠踹了一脚，轰隆一声，木板开裂，脱离门框。

迟喻把手从缝隙里伸进去，打开门锁走进篮球馆，瞥见倒在地上一动不动的付止桉，他在原地站了一会儿，转过头看着李志毅，咧嘴笑了笑："打球呢，带我一个呗。"

似乎没想到迟喻居然把门踹开走进来，李志毅的表情有些松动，他顿了顿才说："现在替补名单不能再加了……"

迟喻完全没听他说话，直接抬起腿，冲着李志毅就是一脚。李志毅闷哼一声坐在地上，捂着肚子在地上啐了一口："你有病是吧！"

"你不是喜欢打架吗？"迟喻径直略过躺在地上的付止桉，挽起袖子一把揪过李志毅的衣领，笑了笑说，"打架找我啊？来，现在轮到你了。"还没等李志毅开口，迟喻歪了一下头，"看来你放弃这次机会了，那又轮到我了。"完全不给对方反应的机会，迟喻抡起手臂，一拳砸了下去。

以前只听说迟喻脾气不好，现在看起来，他就是有病。

"下次再想打人，还喊我啊。"迟喻终于松开李志毅，看了一眼皱着眉倒在地上的付止桉。他想了想走到他身前，垂着脑袋，低声问："活着呢吧？"

付止桉的嘴唇动了动，可刺骨的疼痛让他完全没有还嘴的力气，只是躺在地上小口喘气。看见付止桉发白的嘴唇，迟喻想了想蹲在他身边，动作很轻地抓住他的胳膊，可还没使劲，付止桉便倒吸了一口凉气。

"刚刚付止桉撞到了肩膀……"林川的声音细得跟蚊子似的，生怕迟喻哪根筋没搭好，上来把他再打一顿。

"你。"迟喻突然开口，林川抬起头刚好对上迟喻的目光，吓得他汗毛都竖起来了。

"去把我的包拿过来。"迟喻朝角落里扬了扬下巴。林川一溜小跑拿过书包，喘着气站在迟喻面前，双手举着书包像在献宝。

迟喻脑袋一伸，见林川还傻傻站着不动，抬手指了指自己脑袋："挂我脖子上。"还好今天包里没装作业，要不脖子非得给他勒断了。迟喻挂好书包，重新看向倒在地上的付止桉，他这会儿好像清醒了一点，眼睛盯着他。

"有劲儿瞪我没劲儿还手是吧。"迟喻冷冰冰地开口，想了想，伸出手扶上付止桉没有受伤的胳膊，十分小心地把他架了起来。迟喻侧头看见付止桉发白的脸色和胸口巨大的起伏，蹲下身子，双臂勾住付止桉的膝弯，一使劲把他背到身上。

还没走出体育馆，迟喻不耐烦地啧了一声，开口道："跟小时候比，你现在真是沉。"

付止桉的下巴抵在迟喻的肩膀上，听见这话睫毛不自觉地颤抖了几下，他嘟囔了几句。迟喻听了半天才听懂，他说的是：跟小时候比，你现在真是丑。

迟喻脚下一个趔趄差点把付止桉扔下去，可看他气都喘不匀，愣是忍住了手上的动作。走出体育馆，来往的人见迟喻背着付止桉，都停住了手头上的事，伸长了脖子朝他们这边儿看。迟喻别过脸，脚下步子越来越快。

可还没走快几步路，付止桉突然闷哼一声，迟喻堪堪停下来，站在操场上，他别过头，跟付止桉说："你别没事儿乱叫成吗？"视线捕捉到付止桉额头上的汗，迟喻一边嘟囔着麻烦，一边慢下来，稳稳地一步步往医务室走。

在操场走的那几分钟迟喻的腿像千斤重，等到了医务室他已经满脸通红。他脖子上挂着书包抬不起头，只能半低着脑袋大声喊："有人没！我背上这个快断气儿了！"直到医务室的大夫把付止桉扶下来，迟喻才靠着墙喘了几口气。

迟喻站在墙角看着病床上的付止桉，他这会儿面无表情，垂着眼不知道在想什么。

"还好不是特别严重，肩关节脱位了，一会儿局部麻醉复原一下就可以。"校医轻轻按了一下付止桉的肩膀，转过身就要去拿麻醉剂。

"那个，他好像腿也不太好使了，要不要看看是不是断了？"迟喻歪着脑袋抬头，正对上校医无语的表情，迟喻撇了撇嘴转过头。

"膝关节软组织损伤了，所以会有肿胀的现象，最近一段时间都不要参加体育活动了。"

等全部处理完已经到了傍晚，迟喻窝在墙角一动不动，脖子上挂着的书包还没拿下来，仰头靠着墙睡了过去。

"咳咳……"付止桉侧过身压低嗓子咳嗽了两声，等他再平躺回去的时候，迟喻已经端着水杯站在他床前。他皱着眉一脸嫌弃地看着对方，半晌才开口道："真是麻烦死了，不知道你是打球还是被人打。"

付止桉慢慢坐直身子，伸手接过水杯却没有喝，他的嗓音有些沙哑："你又打架了。"迟喻看了眼自己的手，发现手指关节处多了几丝红色的擦伤，刚刚光忙着跑路，完全没注意到。

迟喻把手揣进外套口袋，坐在旁边的病床上皱着眉说："那是李志毅有毛病。"

"你还是不要再打架了，学校布告栏里你的通报已经够多了……"付止桉还没说完，迟喻别过头，不耐烦地打断他。

"知道了知道了，烦死了，一天天话那么多。"医务室里就剩他们两人，迟喻扫了付止桉一眼，站起来，皱着眉语速很快地跟他说，"赶紧喝水，喝完回家。"

等迟喻架着付止桉走到熟悉的家属院门口，一个人突然从背后绕过来，不轻不重地锁住他的脖子。

"哈哈哈哈哈，小迟好久不见了啊，哟！又长高了！"男人中气十足的声音几乎让迟喻耳鸣，他转过头，有些尴尬地打了声招呼："叔叔好。"

付止桉面无表情地看着自己的父亲，径直略过受伤的自己，直奔着迟喻给了他一个大大的拥抱。

陈仪芳还是疼自己儿子，见付止桉一瘸一拐地走过来，忙扶着他问："这怎么回事？在学校跟人打架了？"

"没有，打篮球不小心摔倒了。"付止桉冲陈仪芳笑笑，余光瞥见迟喻被付建国揽着快不能呼吸的模样，嘴角不自觉地翘了翘。

付建国上下打量了一下迟喻，又捏了两下他的肩，满意地点点头："小迟这体格比以前更结实了，现在拳击还继续在练吗？"

"不练了，现在住的地方离拳击馆比较远。"迟喻的语气带着不易察觉的僵硬，不等付建国继续说，他抢在前面开口告别，"那叔叔阿姨我先走了。"

陈仪芳本想留他吃饭，可看着迟喻的脸却怎么也开不了口，憋到最后，只能笑笑说："那回去路上小心点，到家跟桉桉说一声。"

从迟喻走后，付建国的脸色就不是很好，回到家，他黑着脸坐在饭桌前，看着陈仪芳在桌上摆着菜，忍不住皱眉嘟囔："你怎么也不留小迟吃个饭，他一个人住估计连口家常菜都吃不上。"

付止桉低头扒拉了一口米饭，低着脑袋没吭声。

"你以为我不想留他吃饭啊。"陈仪芳坐下叹了口气，有些无奈地摇了摇头，"我看见小迟心里难受，和温华太像了，越长越像。"

付止桉拿着筷子的手顿了顿，睫毛轻微颤抖。陈仪芳想起迟喻那双又黑又亮的眼睛，叹口气，忍不住感慨："小迟现在长得这么好，温华知道了肯定会开心的。”

“那个家伙还没接小迟回家？”付建国话刚说完，陈仪芳拿着筷子的手狠狠敲了一下他的手背，看了一眼坐在旁边始终沉默的付止桉，压低声音：“当着儿子的面说什么胡话呢！”

“我说错了吗我？迟越狄那个玩意儿，我看他就不配做人！”付建国越想越气，干脆把筷子往桌上一扔，耍脾气道，“不吃了。”

“爱吃不吃！”陈仪芳给了他一个白眼，转过头发现付止桉还在扒拉那碗白饭，伸手给他夹了一筷子牛肉，“别光吃米啊，多吃点菜。”

付止桉也没了胃口，随便吃了几筷子便回到房间。温华是他们家里都没办法忘记的人，哪怕她已经走了六年，每次提起温华，他爸妈还是止不住叹气。

拉开桌上的台灯，付止桉看着抽屉里的笔记本，停了几秒，把本子打开，夹在里页的照片边缘已经开始发黄，但上面的女人还是笑得很明媚。目光往下移，被女人搂在怀里的两个男孩儿全都冷着张脸，一个一脸别扭，一个表情僵硬。

想起那天，温华不知道从哪儿拿了个照相机，风风火火地跑到他家要一起照相。而那天，迟喻不小心撕坏了付止桉的漫画书，两个人全都噘着嘴谁都不愿意理谁。在院子里，温华蹲在付止桉面前，笑着伸手揉了揉他的头发，小声说：“哎呀，谁家的小孩儿，连不高兴都这么可爱。”

迟喻扁着个嘴，在一边冷哼一声：“他那张臭脸跟个八爪鱼一样。”

温华冲迟喻笑笑，强行把两个人的距离拉近，在站起身之前趴在迟喻耳边："要想交朋友的话，要先冲别人伸出手，一个劲儿弄坏别人东西是交不到朋友的哦。"

所以那天，在摄像师倒数三二一的时候，迟喻在最后一秒伸手抓住了他的手腕。这是温华第一次教给迟喻的道理，往后迟喻也十分听话，随时随地都冲付止桉伸出手。虽然大多时候都是伸手打他的脑袋，或者趁他不注意揪他的衣领。

不过后来，迟喻再也没有主动伸出手和别人交朋友了。

那一天，付止桉趴在窗口朝下看，一辆黑色轿车停在迟喻家门口，从车上下来的男人西装革履。迟喻面无表情地看着面前的男人，直到对方冲他伸出手，迟喻连一秒都没有犹豫，用力把男人的手打到一边。

"你不配。"

付止桉看着迟喻在楼下吵闹尖叫，咬男人的手背，然后慢慢归于平静，跟着男人上了车，很快消失在十字路口。陈仪芳打开门，看见付止桉趴在窗台上一动不动。

"温华阿姨是不是不会回来了？"付止桉盯着十字路口小声问。

"嗯。"陈仪芳鼻子有些发酸，付止桉慢慢回过头，看着母亲有些发红的眼眶，顿了顿才继续说："迟喻也不会回来了。"

不是疑问句，十岁的付止桉心里很确定，那个总是揪他头发，但却会在他受欺负时撸起袖子和别人干架的男孩，再也不会回来了。

大概是某种奇怪的默契，即便后来付止桉和迟喻上了同一所初中，他们两个也没有再说一句话，甚至连眼神交汇都没有。离迟喻最近的时候，大概是迟喻因为打架闹事被全校通报站在升旗台上做检查时，偶尔扫向观众席落在他身上的目光。

手机的振动打断了付止桉的思绪，他看向手机屏幕，是一条来自未知号码的短信。付止桉拿起手机，点开，短信内容只有两个字：下楼。

付止桉愣了两秒，站起来走到窗边，拉开窗帘往楼下看。穿着黑色校服的男生揣着口袋靠着树，手里拎着一个白色塑料袋。察觉到他的目光，男生抬起头，对上付止桉有些呆滞的视线。

"看个头啊还不下楼！"迟喻黑着脸冲他做了个口型，看付止桉还是傻站着不动，迟喻把手上的塑料袋举过头顶冲他晃了两下。模模糊糊，付止桉看见袋子上的绿色印刷字体，写着某某药房。

付止桉关上窗户，走到门口又重新拐回卧室，从抽屉里拿了一个小盒子，踩着球鞋一瘸一拐地下了楼。

迟喻没什么耐心，因为等的时间太长，原本打包回家的三明治已经吃了一半，等付止桉终于出现在视线内，迟喻胡乱把三明治包装袋揉成一团捏在手里，把袋子塞给付止桉，语气冷淡："药忘给你了。"

迟喻说完话便转身打算走，身后传来男生好听的嗓音："喂。"

迟喻皱着眉站着没动，付止桉从兜里掏出盒子，拿出了一片创可贴。

"手。"付止桉拿着创可贴看向迟喻垂在一侧的手。

"不用。"他说完便转身打算走。

"过来。"付止桉声音不大，但却带着莫名其妙的说服力，迟喻原本迈出的步子硬生生顿住，最后很没面子地重新转过身，朝付止桉伸出手。

付止桉撕开创可贴，低头想帮他贴上，可受伤的左肩却怎么也抬不起来。迟喻见他磨蹭了半天也没动静，回过头却见付止桉皱着眉努力抬着胳膊。迟喻一把抢过付止桉手里的创可贴，随便撕开包装贴在手指上。

"先顾好你自己吧，还给人贴创可贴呢。"迟喻冷笑一声便转身离开，走了几步又突然说，"这几天放学你等着我，李志毅那玩意儿肯定还留有后手。"

"明明你跟着我我才危险。"

迟喻脚步一顿却并没有反驳，在路过垃圾箱的时候，把塞在口袋里的东西丢了进去。

等第二天付止桉一瘸一拐走进教室，一眼就看见坐在座位上一脸不爽的迟喻正紧紧盯着手中的手机屏幕。见到付止桉进来，迟喻的嘴角紧抿着。

付止桉在座位上坐下，他看了一眼迟喻手里的手机，帖子标题几个大字：大家真的不要相信表象！迟喻和付止桉早就认识了！关系居然好到可以免费享受学霸的线下指导！

"看来我澄清的效果还挺好。"付止桉点点头，垂眼看着一脸恨不得吃人的迟喻。他早上起来就看到了这篇帖子，没想到短短几十分钟又被顶上了热帖。

"说我求着你让你给我补习？你无不无耻！"迟喻嘴突突突得跟个机关枪似的，付止桉面无表情地抬头看了一眼黑板上的课表，语气平缓："那要不你自己再去澄清一次。"

迟喻啪地把手机扔在桌上，好看的眉毛揪在一起："你自己搞的事凭什么我去澄清！"

"怎么？害怕传出去让校花知道丢脸？"付止桉扬着眉毛看他，脸上挂着得意的笑容。

"我呸，你别往我身上扣锅了。"迟喻冷哼一声便转过头趴在桌上不理他，一直到下午放学。

班长走到迟喻桌前敲了敲桌子，说："哎，晚上轮到你和付止桉值日了。"

"付止桉现在断胳膊断腿的你看他能值日吗？"迟喻没起身，只从臂弯里露出一只眼睛。班长还没来得及说话，远在第二排的王霄突然跑过来，义正词严地开口："我留下来帮迟喻值日！"

迟喻虽然和王霄在一个班但没说过几句话，王霄平日里看不起这个瞧不上那个，这会儿居然如此积极。

"你们随便，反正今天轮到迟喻和付止桉了，我先走了。"班里人走得差不多，最后只留下迟喻、付止桉还有王霄三个人大眼瞪小眼。

付止桉往凳子上一坐，身体靠着椅背，一副贵族少爷的派头："我胳膊疼。"

迟喻看着付止桉那张欠揍的脸，火噌的一下就窜到头顶，忍不住又开始发作："你能不能厚道点。"站在一旁的王霄笑着看着他俩，迟喻马上调转炮火："你站这儿笑什么啊！你没事儿留这儿干吗，等着挨打？"

王霄忙向后退了一步，他眯缝着眼笑，一边摆手一边说："迟哥，那天多亏你了，要不我们非得遭李志毅那小子的毒手。"

"谁是你哥？你看咱俩从头到脚有地儿像吗？"迟喻表情写满不耐烦，可王霄只是站在原地傻笑。

"没事儿啊迟哥，异卵双胞胎本身就长得不像！"

"滚滚滚！"迟喻拎着扫把，背过身。

班级值日硬是花了三个多小时，迟喻刚拿起扫把准备扫地，王霄就站在一边儿鼓掌。

"迟哥连扫地都这么潇洒！"

"迟哥拖地的动作也太帅了吧！"

"迟哥皱眉的样子都这么迷人！"

迟喻终于忍无可忍，抄起手中的扫把朝王霄身上砸过去，王霄往旁边一跳躲开，迟喻笑了一下，脱掉校服外套丢在桌上，走到王霄面前，一把揪住他的衣领，把他往门口拖："觉得我迷人是吧？来，你出来我让你看看我能有多迷人。"

付止桉安静地坐在角落里，听着门外传来的鬼哭狼嚎，低头翻了两页摊在膝盖上的英语教材，摇摇头感慨："拍马屁没有好下场。"

等他们终于把教室里收拾干净已经快晚上九点，迟喻看着身后走路一瘸一拐的付止桉，停下来有些烦躁地揉了两下头发。付止桉全当看不见，时刻保持优雅，目不斜视地往前走，时不时停下来喘几口气。

"我说，你就不能打个车吗？"迟喻看着终于挪到他跟前的付止桉，鼻尖上已经挂了一层薄汗，付止桉喘气的幅度越来越大，迟喻别过脸，不耐烦地喷了一声。

"没钱。"付止桉不去看迟喻那张满是不屑的脸，面无表情地继续走直线。

迟喻在后面站了一会儿，低头叹口气，小跑几步绕到付止桉面前，伸出手扯掉他背上的书包，一边往脖子上挂一边骂骂咧咧："我真服了，你天天背炸弹上学是吗？沉得要死！"迟喻说完往地上一蹲，闷声说，"真是麻烦死了，快上来。"

付止桉站在他背后，看着迟喻消瘦的肩膀，没怎么犹豫就趴在他身上。

稍稍用力，迟喻便把不太重的男孩背了起来，虽然一脸不爽，可脚下的步子却沉稳又坚定。虽然迟喻尽量忽视周围人打量的目光，但是余光还是忍不住往路人那儿瞟，现在这个场景让迟喻很不痛快，怎么看他都像是付止桉的仆人。迟喻一路骂骂咧咧，付止桉像是没听到，表情平静。

走到上坡路，迟喻明显有些体力不支，时不时停下来喘几口气，背上的付止桉终于动了动，抬手拍拍他的肩膀，毫无热情地喊了一声："驾。"

迟喻猛地回过头，眉毛揪在一起，咬着后槽牙说："你再给我说一遍？"

"驾，驾。"

付止桉能清晰地看见迟喻的脸色越来越黑，箍着他膝弯的手正在握拳，眼看就要直接把他撂在地上了。迟喻突然回过头，舌头顶着腮帮子，气鼓鼓地继续爬坡，一边走一边自言自语："没事儿，爷不在乎，就全当积德了呗，老天爷你可看清楚了，我这肚量算得上是活佛转世了吧？活到九十九不成问题。"

半晌都没人说话，迟喻呼哧呼哧地闷着头向前走着，额前的碎发被汗水打湿。付止桉的余光刚好可以看见迟喻的侧脸，嘴唇因为缺水开始起皮。

走到十字路口，迟喻终于没了力气，他停下来刚打算开口，额头上传来一阵冰凉的触感，他狐疑地转过头，刚好对上付止桉浅褐色的瞳孔，里面映出自己有些疲惫的脸。

付止桉慢慢收回手，食指上沾着豆大的汗珠："得了，今天你就伺候到这儿吧。"

"你是不是真的想寿终正寝了？"迟喻侧着脑袋，以往的嚣张气焰也被疲惫浇灭得差不多了，原本威胁的话，这会儿变得毫无力度。

付止桉没接话，只是把沾上汗的手指在迟喻的外套上抹了两下，有些嫌弃地看着自己的食指："真脏。"

迟喻先是一愣，缓了几秒之后，迟喻冷笑出声，他努力抑制着自己的怒气，平复完心情之后把付止桉搁在地上。

"你自己慢慢爬吧，我不管了！"迟喻还没走出两步路，身后突然响起付止桉的声音。

迟喻转过身，他现在成长了，只要付止桉给他道个歉，自己还是能控制住拳头，勉为其难再送他一程。

付止桉抬了抬下巴，慢悠悠地开口："我的书包。"

看着十字路口渐行渐远的身影和被扔到脚下的黑色书包，付止桉无奈地笑了笑，弯腰捡起书包抱在怀里，付止桉慢慢走在街道上，不知道从哪儿刮来的穿堂风，吹散少年嘴里自言自语的感慨：

脾气还是比以前好点儿。

阴着脸的迟喻把出租车司机都吓了一跳，他一米八多的大个子往后座上一坐，无法忽略的低气压让司机大叔握着方向盘的手都开始出汗。他原本总喜欢跟乘客聊上几句，可看着后视镜里那张好看但又不怎么好惹的脸，司机识相地闭紧了嘴。

"在你的心上，自由的飞翔……"收音机里传来响亮的歌声，司机伸着脖子看了一眼后视镜里眉头紧紧扭在一起的男孩，咽了一口吐沫后把音量键扭到最小。

车子停到喷泉广场前，司机大叔歪着脑袋看了看眼前的高档小区，笑着转过身："哎小伙子，你家住这儿啊？这种地段的房子得多少钱一平方米啊……"

话音在转头遇上迟喻那双平静又冷漠的眼睛时戛然而止，大叔讪笑两声，伸手接过绿票子，看了一眼打表器上面的47，低头一边找钱一边说："等着啊，我找你三块。"

"不用找了。"迟喻拉开车门一脚踏了出去，声音冷淡。

穿过前方的高层公寓，迟喻站在楼心花园里长出了口气。这所住宅区里，最外面那层是普通的高层公寓，而里面则是价格更加昂贵的别墅和复式楼。迟喻一边往家走一边在口袋里摸钥匙，指腹碰到一个盒子，迟喻愣了一下，从口袋里拿出了一盒创可贴。

"这个弱智……"迟喻捏着手里的纸盒，看了一眼手上已经结痂的伤口，走到垃圾桶边抬起手却没往里面扔。迟喻捏着盒子，转过一个拐角却在大门口看见一个穿着粉色连衣裙的少女，视线撞在一起，女孩摆着手冲着他笑。

"怎么放学这么晚？我站得腿都酸了。"女孩儿笑嘻嘻地走了过来，伸出手挽上迟喻的手臂，撒娇似的晃了两下。

迟喻脸上没什么表情，他把手从女孩怀里抽出来，一边往前走一边说："你怎么回来了？"

"在国外太想家了就回来了呗。"少女蹦蹦跳跳地跟在他身后，迟喻打开门，女孩伸着脑袋在屋里看了一眼，忍不住摇头感叹，"你住的房子好大啊。"

迟喻把校服外套脱掉丢在地上，走到厨房，拉开冰箱门拿了一听可乐，再回到客厅的时候，女孩已经站在客厅里。迟喻跟她对视，表情算不上友好，但女孩像是完全没意识到。

"你这二楼都是空的吗？我能不能搬过来住啊？"她话音刚落，迟喻马上接了一句："不能。"

似乎摸不准她来这里的理由，迟喻倚着墙，看她在屋里逛了一圈，才开口问她："你有事儿吗？"

"没什么事。"少女拢了拢脑后的长发，语气随意地唔了一声，"就是听说你又把学校体育馆的门砸了。"

迟喻低着脑袋，碎发遮住他明亮的眼，骨节分明的手指把手里的易拉罐捏得奇形怪状。他转过身往卧室走，在走到门口时停下来，手撑着门，声音显得很冷淡："走的时候把门关上。"

"好。"身后的少女浅浅地应了一声，垂在两侧的手握成拳头又一点点放开，她看了眼桌上纹丝未动的饭菜，转身走到玄关穿鞋离开。听到门外再一次落锁的声音，迟喻从卧室里走出来，想起少女明媚的脸紧皱眉头。

哪怕屋外阳光晃得人睁不开眼，迟喻的卧室依旧黑得吓人。

搁在洗手台上的手机屏幕亮起来，短信里是简单的几个字：学测成绩下来了，家长会张姐会去开。

迟喻正在刷牙，余光瞥了一眼手机上的字，手顿了一下，他把手机倒扣在洗漱台上，胡乱抹了把脸。收拾完毕，迟喻提上书包走出卧室，略过餐桌上还冒着热气的早餐，从桌上的包装袋里拿了一片吐司咬在嘴里，头也不回地推开门走出去。

这个中午，每个班里都闹哄哄的。林川挤在同学中间，伸着脖子看向贴在墙上的排名表。他从倒数第一往上看，直到确认迟喻两个大字安安静静地排在他下面，顿时长舒了口气。

"还好迟喻发挥正常，他要是有失水准，回家挨打的就是我了……"林川对迟喻的感情和其他人都不一样，在来明远中学的时候，他早就做好回回考试都是倒数第一的准备了。可没想到班里来了迟喻这个救星，语文考试画漫画，数学考试搞涂鸦，英语考试流哈喇子。

在这次文理分班之前，林川这个无神论者开始每天在家里祈祷，希望这次分班他还能跟迟喻一个班，他自愿每天都被迟喻"蹂躏"。应该是他这次实在过于诚恳，老天爷终于实现他的愿望，在林川看见迟喻那张不可一世的脸出现在教室门口的时候，他捂着嘴差点欣喜地叫出声。

大家都在看成绩排名，林川瞥了眼坐在最后一排低头看书的付止桉，转头重新看向排名表第一行，忍不住叹了口气。女娲在造付止桉和迟喻的时候肯定下了不少功夫，估摸着光捏脸就得捏个一个多小时。跟迟喻和付止桉比起来，他就像是女娲随手甩的泥点子。

等迟喻走到教室门口，发现门口黑压压一片站的全是人。

"干吗呢？"挤在前门的学生齐刷刷地抬起头瞧见面无表情的迟喻，不约而同地往后退了几步，只剩王霄笑嘻嘻地站在迟喻面前。

"迟哥我帮你看过名次了，虽然还是最后一名，但是化学比上次高了两分呢！"

迟喻皱着眉从他身边绕过，冷漠地说："滚。"

王霄也不恼，点点头愉悦地应了一声："得嘞。"

一直到大课间，趴在桌上的迟喻没再抬起过头，就连付止桉的校服袖子擦掉桌上粉笔画的三八线，迟喻也只是淡淡瞥了一眼便重新闭上了眼。林静站在后门看了半天，最后还是没忍住，走进教室拍了拍男生的肩膀。

"迟喻，你出来一下。"

迟喻的眼下是盖不住的乌青，略显疲倦的脸让林静也觉得有些心疼，她很轻地叹了口一口气，冲着迟喻笑了笑："体育馆的事现在调查清楚了，你……"

"他又掏了不少钱吧？"不等她说完，迟喻开口打断，好看的脸上满是嘲讽和不屑，嘴角挂着的冷笑让林静浑身不舒服。

林静有些严肃地看向迟喻，语气加重了不少："你不要用这种语气跟我说话，你把体育馆的门踢坏你家里出钱修是应该的，还有，你知道你把李志毅打伤了吗？"

"可以开除我啊。"迟喻摊着手，无所谓地耸了耸肩。

林静原本打算教育的话哽在喉间，明远中学是不会轻易开除他的。迟喻前脚犯事，这所私立高中后脚就能收到迟家的赞助。

林静有些尴尬的表情在迟喻意料之中，他看着半天说不出话的林静，挑眉笑笑："我知道你受不了我，你可以打电话叫家长。"迟喻转过身，走到后门停了下来，扶着门框冲她弯了弯眼睛，"如果有人会来的话。"

付止桉透过窗外刚好能看见迟喻的侧脸，他脸上挂着笑，看起来嚣张又不可一世。因为脸上的表情太让人讨厌，才让许多人忽略他眼里的黯淡和无力。迟喻迈着散漫的步子走进教室，拉开椅子坐下，抬手用校服外套蒙着头再次入眠。

直到下课铃响起，除去男生身体微不可见的起伏之外，没有一丁点儿动静。

付止桉收拾好书包，看了看趴在桌上的迟喻，抿了抿嘴站起身走出了教室。刚刚绕过拐角，一只手突然抓住了他的后领，身后男生的嗓音冷淡："跑那么快干吗？"

回过头是迟喻干净的眉眼，迟喻收回手，一把拽过付止桉的背包搭在肩上，他向前走了几步见付止桉没跟上，偏着脑袋，表情有些不耐烦："还等着我背你呢？"

操场上满是正在抓紧时间练习体育考试项目的学生，当迟喻和付止桉两人一前一后地走在校园里，又引来不少人的目光。迟喻求着付止桉给他补课这事儿不论真假，在沉闷的校园里都算是少有的新鲜谈资，毕竟全校最帅的俩学生爆出任何消息，对于枯燥的学习生活来说都能添油加醋地讨论上半个学期。

付止桉面无表情地跟在迟喻身后，恨不得把迟喻的后脑勺看出个洞来，直到走在前面的男生停住脚步。

穿着白色长裙的女生笑盈盈地看着面前的迟喻，眉眼间似乎要化出蜜来。

"等你好久。"女生迈着步子走过来，轻轻抬手便挽上迟喻的手臂。

"我去。"王霄不知道从哪儿蹿了出来，他站在付止桉身后探着脑袋到处张望，瞥见迟喻冷淡的侧脸，他摇了摇头说："迟哥真是厉害，见到这种档次的美女都不动如山。"

迟喻皱了皱眉，低头看了眼女生攀上的手臂，表情冷淡但却没有甩开。离得太远，付止桉只看见女生的嘴一张一合，眼角的褶皱似乎都带着天真烂漫，王霄在他旁边叽叽喳喳，导致女生说的话他一句都没听见。

"王霄。"付止桉冷不丁开口，吓得王霄忙住了嘴，付止桉扯了扯嘴角，露出个恰到好处的笑容，"你有事吗？"

不等王霄回答，付止桉转身朝着另一边迈出腿，直到身后响起细碎的脚步声。

"你去哪儿？"迟喻的语气不善，以往阴沉着的脸这会儿看起来更加冷漠，现在付止桉算是知道迟喻为什么上课睡觉了，为了腾出精力谈恋爱。

他扯下迟喻手中的书包，淡淡吐出几个字："回家。"

"你走反了，走到你死你也到不了家。"

"关你何事。"

似乎没想到付止桉会突然说这种话，迟喻嗤笑出声，挑了挑眉问他："李志毅那天把你打傻了？"

王霄看着迟喻和付止桉你一句我一句地吵着，想上去劝架的腿却怎么也迈不出去。看着迟喻越来越阴的脸，他怕迟喻的拳头冷不丁落到自己脸上，打伤自己娇嫩的容颜。

"怎么了？"女生明媚的脸再一次出现在眼前，付止桉抬眼看了看一脸不悦的迟喻和身边的少女，想起小时候，温华总对他说希望他能帮着点迟喻。

"没什么。"付止桉笑笑，他目光落在女生身上，接着道，"你和迟喻慢慢聊。"

女生歪着脑袋略想了想，突然睁大了眼道："你是八爪鱼？"

付止桉愣在原地，转头看了眼迟喻脸上有些僵硬的表情，还没来得及开口，迟喻一把拽过女生的手臂，把她拉到身后："你能闭嘴不？"

"他是八爪鱼对吧？"女生似乎发现了什么不得了的事，她伸着脖子又看了一眼付止桉俊秀的面容，再次坚定地点了点头。

王霄突然觉得脑子有点儿不够用，也不管会不会挨打，他开口问："什么八爪鱼？"

"就是你放在钱包里的那张合影。"女生甩开迟喻的手，跑到付止桉面前，细细打量了一番才扭过头，完全不在意迟喻阴着的脸，大声道："肯定是他！"

原本两人行的队伍变成了四人行。为了避免在校门口造成的围观，迟喻只能推着一脸呆滞的付止桉和看好戏的王霄逃离学校大门，直到过了一个十字路口才放慢了脚步。

身后是女生叽叽喳喳的声音，时不时还伴着王霄几声嗯嗯啊啊。

"他钱包夹层里一直放了个照片，是他小时候和另一个男孩儿的合影。"

"里面就俩小孩儿，一个是迟喻一个就是八爪鱼。"

王霄点了点头，他继续问："八爪鱼是啥？"

"就另一个小孩儿啊，我哥在照片背后写的。"

"哦。"王霄突然觉得哪儿不对，"啥玩意儿？迟喻是你哥？"

迟喻突然停住脚步，他回过头瞥了一眼王霄，冲着女生道："迟音，你话太多了。"

夕阳把四个人的身影拉得老长，迟喻不去看付止桉打量他的目光，垂在身侧的手晃来晃去。

"所以说……"王霄看了眼面前五官精致的迟喻，又转过头打量身边的迟音。两个人的下半张脸确实有几分相似，可能是因为迟喻总是黑着脸一副不高兴的样子，而迟音又总笑眯眯的，所以才看不大出来。

"你俩是亲兄妹啊？"

迟音笑着拉起迟喻的手，声音清脆："是啊，亲兄妹。"

迟喻的眉间轻轻皱起，他不着痕迹推开迟音的手，声音里的不耐烦毫不掩饰："你没事就回家，不要在大街上乱晃。"

"没事，陈叔一直开着车在后面跟着呢。"迟音顿了顿，接着道，"爸爸让你周末回趟家，说想一家人一起吃个饭。"

"我现在有事。"迟喻转过身，重新拎了拎挂在肩上的书包，"其他的，等我回家再说。"

不管身后迟音和王霄的叫喊，迟喻头也不回地往前走，付止桉看了眼迟喻，校服挂在他身上，袖口不知道在哪蹭到了黑色墨水。

哪怕他已经尽量加快步子，可因为腿伤，怎么也追不上走在前面的迟喻。两个人的距离越拉越远，付止桉索性放慢脚步，盯着地砖上的花纹一步步往前挪。

"啧。"迟喻不知道什么时候停下来，转过身逆光站在不远处，原本因为刺眼阳光而模糊的五官，渐渐清晰起来。样子几乎没怎么变，跟小时候差不多，但总紧紧皱在一起的眉头时刻告诉付止桉，迟喻跟以前不一样。

等付止桉慢慢走过来，迟喻才继续迈开步子，刻意放缓的脚步让迟喻打乱了节奏，突然同手同脚起来。

"那照片你不是扔了吗？"

"……"

迟喻有些尴尬，他装模作样地咳嗽两声，头撇到一边："放在钱包里忘拿出来了。"

"哦。"

"你哦什么。"迟喻有点儿烦躁地扯了扯校服领子，余光看着付止桉还不怎么能打弯的膝盖，没好气地冷笑两声。

慢慢入秋，太阳稍稍落下去一点后，偶尔刮来的风便带着几分阴凉。付止桉停在便利店前，想了想开口道："我去买点东西。"

迟喻蹙着眉满脸的不耐烦，但还是倚在墙边，垂着脑袋等。

塑料门帘发出哗啦啦的响声，付止桉提着两个塑料袋走出来，还没来得及说，便被迟喻一把抢过去，他把两个袋子系在一起，偏头看了他一眼："快点儿。"

迟喻一手拎着两个塑料袋，后背和胸前还挂着两个书包，他垂着脑袋瞥了一眼袋子里的玻璃瓶果汁，不耐烦地抱怨："真沉。"

好歹人家还帮他拎东西，付止桉罕见地没有和迟喻呛声，安静地跟在后面。

"哟，两人放学还在一起呢？"男人讥笑的嗓音在不远处响起，"关系真不错啊。"

迟喻停下来，眯着眼睛。李志毅在路口站着，没穿校服，手里拎着黑色挎包，半拉开拉链的包里露出半截木棍。过了几秒，从拐角处又多了几个叼着烟的男人，手揣在口袋里。

迟喻稍稍向前一步，挡住跟在身后的付止桉，他看着李志毅，笑了一声："你也孝顺啊，放学了也不忘过来看看我们。"

想到跟在身后的一帮兄弟，李志毅脸上有些挂不住，往地上啐了两口，抬眼看着迟喻。

"这样，你给我道个歉，这事儿也就算了。"顿了顿，李志毅从包里掏出木棍，在手里掂了掂继续道，"要不然，可不是打一顿的事儿了。"

迟喻转过身，把手里的袋子递给付止桉，声音没什么起伏："你先回去。"

"你该不会觉得这样很酷吧。"付止桉垂眼看着迟喻手里的塑料袋，皮笑肉不笑地开口。

平时斗嘴从不认输的迟喻居然没再继续争执，他直接把袋子塞进付止桉手里。额前的碎发被风吹起来，总是散漫的脸看起来也开始变得紧张。

"你赶快哪儿远滚哪儿去。"迟喻抬眼对上付止桉波澜不惊的褐色瞳孔，他转过身把书包扔在地上，声音压得低，"别在这儿碍事。"

付止桉拎着塑料袋站在迟喻的身后，这一幕感觉很熟悉，应该在很久以前，自己因为性格孤僻说话又难听总是被院子里的其他小孩儿排挤，迟喻总会张牙舞爪地挡在他身前，现在想想，那个时候迟喻好像还没他个子高。

"你赶快滚！"

迟喻语气不善，还带着一丝难以察觉的焦急。

付止桉看着对面十几个人高马大的男人，步子顿了顿，往后退了几步之后，面无表情地转身走向十字路口。

听着身后越来越远的脚步，迟喻冲李志毅勾了勾唇角："啧，李志毅你可真是丢人现眼，打个架还搞排场，我真是没眼看。"

李志毅似乎气急，他举着木棍就冲上来，却被迟喻左手紧紧按住肩膀。迟喻今天本来心情就不怎么好，李志毅这家伙突然来找碴，他烦得不得了。

这么想着，不远处原本叼着烟站在拐角处的男人突然跟着冲上来。迟喻伸出手臂锁住李志毅的喉咙，还没来得及有动作，李志毅猛地抬头，狠狠撞上迟喻的下巴。

迟喻吃痛，伸手夺过李志毅手中的木棍，冲着他的屁股猛踹了一脚。李志毅跌在地上，他啐了一口，转头指着迟喻："都给我打他！"

原本离他还有些距离的男人突然拎着木棍冲到他身侧，迟喻两个闪身躲过冲他脑袋劈上来的木棍，却被身后人打中了后背。迟喻骂了一声，转身一脚踢上男人的肚子。说实话，小时候学的拳击，早在上初中之前就全还给拳击教练了。

稍不留神，男人迎着面给了他一闷棍，迟喻闷哼一声向后退了两步倒在地上。

"来啊，你不是很横吗？仗着家里有几个臭钱不知道天高地厚！"李志毅扶着腰，一瘸一拐地走到迟喻身前，还没来得及要帅，突然下体一痛。

"你就这么点本事啊？"迟喻只觉得左眼睁不开，他左边胳膊撑着地面，脸上的笑容逐渐放大，右手的拇指和食指不知道在比画些什么。

李志毅这会儿无地自容，听见身后哥们儿的嘲笑声，他提着木棍就打算上前。

嘭——

是打碎玻璃的声音。李志毅抬头看向不远处，穿着白色卫衣的男生朝他们走过来，步子很慢，手里拎着砸碎一半的酒瓶。

付止桉余光瞥见瘫坐在地上的迟喻，额角涌出的血凝在发丝上，毫无血色的唇和眼角的乌青，整个人显得极其狼狈。

付止桉冷着脸，手中的玻璃瓶断了半截，他仰着脑袋突然笑了笑。

"李志毅，你再动一下试试。"

迟喻比所有人都震惊，时间停顿，他抬头看向总是沉默的付止桉。从小到大，他从来没听见付止桉说脏话，就连生气也只是自己冷着脸不吭声。察觉到迟喻的视线，付止桉转过头，迟喻身上的黑色校服外套上满是脚印，额头上有血，头发粘成一缕一缕的。

"你身上好脏。"付止桉给出评价，声音冷淡。

"你，嘶……"迟喻刚想抬胳膊，却扯到了后背的伤口，他不由得倒吸一口凉气。

李志毅看着付止桉手中半碎的玻璃瓶，虽然心里怕但面子还是过不去，他逞强道："拿个玻璃瓶吓唬谁呢？我就不信你敢动手！"

"你可以来试试。"付止桉皮笑肉不笑地盯着他，愣是把李志毅吓出一身冷汗。

远处传来警车的鸣笛声，原本吊儿郎当的人听见警笛声都是一个激灵，忙拿着东西四处逃窜。一眨眼的工夫，巷子里只剩李志毅一个人，他低声骂了一声后也一瘸一拐朝巷子口跑。

付止桉拎着手中的玻璃瓶，在迟喻身边蹲下来，他看了眼迟喻肿起来的眼角，低声说："你打架的水平，很一般。"

"你也不看看我一个打他们几个！"迟喻翻了个白眼，手撑着地想要站起来，试了几次都没能成功。

看着付止桉毫无表情的脸，迟喻要狠的话卡在喉咙。

"我扶你起来？"付止桉挑眉垂眸看他。

"随便。"迟喻不情愿地偏过头，可放在膝盖上的手臂却稍稍抬了起来。

"求我。"

空气渐渐凝固，迟喻看着自己举在半空中的手臂，恨不得一刀剁掉。

"……付止桉你皮痒了吧！"

Chapter 02

全世界最讨厌的人

等迟喻和付止桉从警察局出来，天已经黑得差不多了，付止桉站在门口耐心地听父亲同事的唠叨，时不时附和着点头。迟喻闭着眼靠在墙上，听见付止桉的声音，斜眼朝里面瞥了瞥，看见付止桉脸上乖巧的笑容，嫌弃地皱了皱眉，转头闭上了眼。

呸，真能装。

"去医院吧。"等事情解决完，付止桉走过来，居高临下地看着迟喻，原本细长的眼睛，现在因为眼角的瘀青整个肿成了一条缝。

迟喻缓缓站起来，冷脸看他，吐出几个字："死不了。"

付止桉看着他转身就要走，伸手拽着他的手臂，语气放缓了点："今天去我家。"

迟喻撇着嘴冷哼一声，别过头低声嘟囔："就你家那么屁大点儿地方，我连腿都伸不直。"

小时候迟喻三天两头就跑到付止桉家里，鞋都不脱就跳到他的床上乱蹦。付止桉那时候的话比现在还少，看着淘气的迟喻只会气得憋红脸，语气僵硬地让他赶快下来。

付止桉从上到下扫了一眼迟喻，突然冷笑一声松开了抓着他衣袖的手。

"你笑个头啊！"迟喻顾不得嘴角的伤口，扯着嗓子就冲着付止桉嚷嚷。他从小就讨厌付止桉那种皮笑肉不笑的样子，让人忍不住想给他两拳。

付止桉低头理了理衣领，侧着脑袋瞥了一眼迟喻的腹部，漫不经心地开口："没什么。"

迟喻看着付止桉似笑非笑的脸，火一下子窜到头顶，他一脸不忿地拽着付止桉的卫衣帽子，眼睛瞪得很圆："你知道我身材有多好吗？八块腹肌人鱼线你知道的都有！你少用那种眼神看我！"

"哦。"付止桉眯着眼笑笑。

"我每天一百个俯卧撑做完都不带喘气的！"

"哦。"

迟喻拽着帽子的手紧了紧，拖着付止桉一瘸一拐走下台阶，站在水泥地上，迟喻转过头瞪着付止桉："现在就去你家，我今天就让你开开眼界！"

"我对你有几块腹肌不感兴趣。"付止桉看瞥了眼迟喻抓在他帽子上的手，上次关节处受的伤还没有好，现在更是惨烈，冒出的血珠因为时间太长，在骨节上凝结成黑红痕迹。

校服外套也未能幸免，上面沾了十几个黑色脚印，在自己跑去报警的这段时间，迟喻应该挨了不少打。

"你干吗呢？"男生低沉的声音让付止桉重回现实，付止桉抬起头，迟喻不知道什么时候拦了出租车坐了进去，应该是等得很不耐烦，迟喻凑到窗边双手扒在半开的玻璃窗上，脑袋往外伸："腿那么短还不赶快上来，丢人现眼。"

付止桉往前走了两步，手刚放到车门把手，视线对上鼻青脸肿的迟喻。

"我去，我的头好像卡在窗户里了……师傅你把窗户开大点儿成不？"

……

付止桉松开门把手，向后撤了一步弯下腰冲着驾驶位笑了笑："师傅麻烦你直接把他送到脑科医院吧。"瞥了一眼在后座瞪大眼的迟喻，付止桉脸上的笑容没变，"你脸好大，丢人现眼。"

"我是标准的瓜子脸你居然说我脸大？"迟喻推开车门，顾不得手臂的疼痛，拽着付止桉的袖子把他拉进车里。

付止桉脸上没什么表情，身体往前凑了凑，冲着司机师傅平静地开口："师傅麻烦去脑科医院。"

"去成安家属院！"

师傅只觉得好笑，两个这么大个子的男孩坐在车里拌嘴的场景，他还真没见过。

"要不你俩商量一下？"

"我才不跟他商量！"迟喻瞥了付止桉一眼，皱着眉，展现资本主义的气派，"我给一百不用找了，去成安家属院。"

司机摇头笑笑，松开刹车，轻踩一脚油门。

车窗外是不断向后倒退的路灯，收音机里传出刺刺啦啦的电流声，付止桉坐在后面，想了想还是开口："上次考试你第几名？"

迟喻没看他，脑袋靠着椅背，低声嘟囔："你说话晦气不晦气。”

“都高三了，差不多就得了。”付止桉侧过头，把车窗降下来一点，迅速灌进车厢的风吹散他的后半句，“你妈看见你现在这样也不会开心。”

迟喻没什么反应。

刚下车，付止桉就看见站在胡同口张望的女人，见到他们两个下来，忙小跑过来。

“怎么搞得这么晚？”陈仪芳瞥见站在一旁的迟喻，已经止住血的额角现在凝成一片黑色，眼角也肿着。

“我的天……先回家再说，家里有药。”顾不得生气，陈仪芳刚打算伸手扶上迟喻的手臂，却被他不着痕迹地躲开了。

迟喻扯了扯嘴角，冲陈仪芳小声说：“没事，阿姨我自己走就成。”

陈仪芳点了点头，忙跑到前面去开门。迟喻胳膊一轻，转过头刚好对上付止桉平静如水的眼。

“你干吗？”

付止桉拖着他的胳膊，掂了两下漫不经心开口：“救死扶伤。”

“阿姨你看付止桉嘲讽我！”后背隐隐作痛，迟喻挣不脱付止桉的禁锢，只能扯着嗓子冲着远处喊。

陈仪芳只顾着开锁，头也不回地笑着说：“那你就嘲讽回去啊。”

迟喻愣了愣，觉得这话说得很有道理，但是他一时半会儿想不出什么能够迅速打败付止桉的话，原本在他旁边一直沉默的付止桉突然开口："嘲讽我的话是不是很难想？"

"你闭上嘴吧。"反正挣不开，迟喻索性把上半身的重量都压在付止桉身上，扒着付止桉的肩膀，一瘸一拐地走进大门。

刚走进客厅，迟喻就闻到那股十分熟悉的饭香，哪怕这么多年过去，他依然对这味道十分熟悉。陈仪芳从抽屉里拿出医药箱，蹲在迟喻身前，眉毛皱在一起："怎么搞成这样？你这头都破了，去医院看了吗？"

"没事儿。"迟喻低着头笑笑。

好像有什么事忘记了，陈仪芳拿着棉签想了一会儿，转过头看了看表，左手拍了拍大腿："哎呀，忘记要给你爸送饭了！"陈仪芳站起来，拿起餐桌上的饭盒，顺手把棉签一把塞给付止桉："你给小迟处理一下。"

"不要。"

"不用。"

陈仪芳话音刚落，两道拒绝的声音同时响起，陈仪芳叹口气。把桌上的饭菜全都打包好，陈仪芳一边穿鞋一边道："都是成年人了啊，你们两个别这么幼稚……等收拾完了记得吃饭，我和你爸估计要晚点儿才能回来。"她看了一眼坐在沙发上的迟喻，笑着说，"小迟今天就留这儿别走了，明天周末，阿姨给你做好吃的。"

迟喻还没来得及开口拒绝，门咔嗒一声关上，陈仪芳的脚步渐行渐远，屋子里只剩下他和付止桉两个人。

陈仪芳塞给付止桉的棉签已经蘸过了碘附，棕黄色的液体顺着往下流，滴在付止桉的食指上。在和迟喻大眼瞪小眼的状况里，最终是付止桉先投降，他走过去，垂眼看着一脸不高兴的迟喻。

似乎故意跟他作对，迟喻把头偏到一边看也不看他。付止桉也不急，就那么站着不动，直到一分钟过去，付止桉忽然伸出手，用棉签不轻不重地戳了一下迟喻肿起来的嘴角。

"你是不是有病！"

"你到底涂不涂？"付止桉说，"你现在不涂，等我妈回来让她给你涂，她的唠叨更多。"

迟喻抿了一下嘴，然后不情不愿地抬起头。

把碘附均匀地抹在伤口上，付止桉没看呲牙咧嘴的迟喻，冷着声说："知道疼就不要总打架，没脑子的人才挥拳头。"付止桉瞥了迟喻一眼，接着道，"你就是最没脑子的那种。"

迟喻冷哼一声，刚打算开口反驳，付止桉手里的棉签差点戳进他的嘴里，迟喻只能尽量控制嘴巴的活动幅度，含糊不清地嘟囔："你有脑子，拎个破酒瓶出来吓唬人，也就李志毅这种货会被吓着。"

"他们也不想想，酒瓶子可不是木棍子。"迟喻看了眼面无表情的付止桉，继续道，"借你几个胆子你也不敢。"

付止桉没说话，他放下棉签，缓缓开口："有什么不敢的。"

嘲讽的话卡在喉咙里说不出口，迟喻别过头没看他，其实他知道付止桉是个什么人，面上不显山不露水，但要是触及底线，付止桉能比谁都狠。

半晌没有动静，迟喻抬眼看着站在一边收拾药箱的付止桉，思绪瞬间回到小时候。那时候跟现在比，还是不太一样的：付止桉是受欺负的那个，他是上去找人干架的那个，后续流程就是他挂彩，到家之后再被温华骂一顿。

时间过去这么久，温华不在了，付止桉也已经往前走，只有他还不愿意面对现实，始终停在原地。

"你说，我报复我爸的方式是不是真的很幼稚？"

付止桉没接话，客厅里很安静，只能听到翻动药箱的声音。片刻之后，付止桉转过身，手里拿着半瓶红花油。迟喻的后背很痛，这会儿也懒得再跟付止桉较劲，他掀开衣服趴在沙发上，脑袋枕着手臂："你家红花油用得还是这么快。"

付止桉唔了一声，走过来，坐在迟喻旁边："我爸偶尔会用，但没有以前用得多了。"

迟喻安静地趴着听，听到红花油拧开的动静，他忽然想到什么，扭过头看着付止桉，挑眉笑着说："看见我的背肌了没？是不是很羡慕？"

头顶亮着的白炽灯闪了一下，光影照在少年精瘦的背脊。

原本光洁的皮肤现在布满青紫色的伤痕，那些人下手真是够狠，付止桉把红花油倒在掌心，双手合十，把手心搓热。

付止桉的力气算不上大，但痛感还是一阵阵袭来，迟喻皱着眉，倒吸一口凉气："你就不能轻点？"

"你不是有背肌吗，还会疼？"付止桉掀着眼皮看他一眼。

屋内安静得吓人，只有门外偶尔响起邻居回家的脚步声，时不时还有付止桉晃动药瓶的响动。迟喻蒙着头，只觉得有点尴尬，打过那么多次架，弄得这么狼狈还是第一次。迟喻把靠枕垫在脑袋下面，问他："付叔叔什么时候回来？"

付止桉看了眼表："可能要到凌晨一两点了。"

迟喻点点头，感慨道："那倒是跟小时候差不多。"

好像抹得有点儿多了，付止桉垂眼看着迟喻沾满红花油的后背，有些尴尬地挪开了目光。见付止桉手上的动作停下，迟喻刚打算站起身，却又被付止桉伸手按住脑袋。

"等干了再起来。"付止桉脸上没有什么表情，只是一双眼沉得吓人，像幽深不见底的湖水。迟喻见他这副模样，自己低声嘟囔了几句，继续心不甘情不愿地趴在床上。

好长时间都没人说话，迟喻觉得无聊，正在思考话题的时候，付止桉突然开口喊他的名字，迟喻应了一声。

"为什么装不认识我？"付止桉问他。

"什么？"

"在学校。"付止桉说，"为什么不跟我说话？"

付止桉坐在沙发上，手机从口袋里掉出来，因为手上都是红花油，付止桉没捡。

"跟你说话，心情不好。"迟喻憋了半天，给出了回答。

"讨厌我？"

下一秒，迟喻笑了出来："讨不讨厌你心里没数？"

"哦。"付止桉也跟着笑，他站起来拐去洗手，之后把药瓶和棉签重新装回药箱，然后站在客厅看着像死鱼一样趴着不动的迟喻。他其实有很多话想问，但平时迟喻和他针锋相对，就连四目相对的沉默时间都几乎没有。现在真有了能好好说话的时候，反而不知道要怎么开口。

瞥见挂在椅背上的毯子，付止桉拿起来，走到迟喻身边，摊开的毯子还没来得及盖上，一直趴着不动的男孩突然开口。

"那你在学校为什么不跟我说话？"迟喻的声音有点哑，还带着轻微的鼻音。

付止桉不知道怎么解释自己青春期时莫名其妙的自尊心，他把毯子随意丢在迟喻旁边，云淡风轻地回答："不想说。"

迟喻坐起来，把毯子披在身上，两只手搭着膝盖："那咱俩也算扯平了。"

"算吧。"

放在桌上的菜已经有些冷了，付止桉正打算拿去热，一直站着的迟喻已经坐了下来，端着碗扒拉了两口米饭。见迟喻吃得开心，付止桉也坐到旁边，夹了几根青菜放进碗里。

"我不理你，是因为我妈。"迟喻嘴里塞满米饭，吐字含混不清。迟喻主动敞开心扉的时刻十分罕见，付止桉怔了两秒看向迟喻，但迟喻几乎把整张脸都埋在碗里，只能瞧见头顶的黑色发旋。

"只要看见你，就会想起以前跟我妈住在你家对面的时候。"迟喻放下碗，抬手用手背抹了两下嘴，低头笑了笑，说，"那个时候，我还以为你就是全世界最讨厌的人了。"

"长大以后才发现，比你讨厌的人居然还有那么多。"

迟喻小时候只是贪玩，并没有像现在这样暴躁。他总是做些幼稚又可笑的恶作剧试图引起其他人的注意。付止桉秉承着不跟弱智计较的态度，一直任由迟喻在他身上"搞实验"。在迟喻搬走之后，等到付止桉再一次在学校里碰到他，迟喻已经变成眉眼冷淡，满身戾气的问题少年。

不再咧着嘴大笑，只剩下永远紧绷着的嘴角和阴沉的眼。

迟喻絮絮叨叨地说了大半天，付止桉也好脾气地坐在椅子上认真地听。直到迟喻突然顿住，歪头瞧了一眼卧室，问他："晚上怎么睡？"

"你说呢？"

"反正我要睡床，你家沙发太小，我腿伸不开。"迟喻靠着椅背，提前宣誓卧室的主权。

付止桉手撑着下巴，歪着脑袋挑眉问道："你是不是想太多了？"

"谁个儿高谁睡床。"

付止桉眯着眼笑笑，露出唇边浅浅的梨涡："你就沙发上待着吧。"

迟喻脸上的笑容迅速消失，他猛地站起身往卧室走，脚步飞快，不管身后一脸疑惑的付止桉，迟喻拖鞋一甩爬上床，被子一掀钻进被窝，占好地方之后，挑衅一样地扯着嗓子冲客厅里的付止桉喊："晚安。"

付止桉的床从上了初中就没换过，单人床很窄，迟喻几乎伸不开腿。但为了占着床，他打了个哈欠，试图迅速进入睡眠。但很奇怪，明明额头贴着纱布，背上的伤口一阵一阵地疼，床板也硬得不像话，但迟喻第一次觉得心里踏实。

自从入了秋，很少会有像今天早晨这样的阳光。

付止桉这一晚上都睡得不大安稳，中途陈仪芳回来的时候他醒了一次，等陈仪芳洗漱完回到卧室已经快到凌晨。付止桉盯着天花板发呆，直到卧室响起窸窸窣窣的响声，付止桉支起身子，停了几秒，看见迟喻走出来。光线从没拉严的窗帘缝隙里透出来，迟喻逆着光站着。

迟喻半天没出声，付止桉从沙发上坐起来，顿了顿，声音很轻地开口问："想聊聊吗？"

在昏暗的光线里，迟喻原本锋利的眉眼变得柔和许多，看起来要比平时好相处，迟喻靠着卧室门站了一会儿，才拖着步子走过去，坐在沙发扶手上。几分钟过去，两个人谁都没有先开口，大家都清楚，他们不再是小时候浑身泥巴满院子乱跑的小孩了。时间覆盖一切，包括很久以前就想问的那句"你过得怎么样"。

挂在窗外的空调外机响起来，迟喻抿了抿嘴，问："聊什么？"

"不知道。"付止桉身体向后靠，眼睛盯着映在玻璃茶几上的台灯倒影，轻笑一声说，"要不聊会儿学习吧。"

迟喻转头看了他一眼，啧了一声："你能不能说点人话。"

付止桉还在低着头笑，迟喻看了他一会儿，声音很低地说："你说实话，我现在是不是挺惹人烦的？"

"是吧。"付止桉毫不客气，"打架惹事，学习差，脾气也臭。"

第一次，迟喻听见这些话没有冲过来揪他衣领，付止桉的视线从茶几上移开，看着迟喻的侧脸。

"但是还有救。"

迟喻无声地笑，过了好一会儿，付止桉听见迟喻沉声回答他：

"我不想。"

迟喻不想有救。

他从小就难管，温华不知道在他身上费了多少精力，当时的房子是租的，平时温华要上班，总是麻烦陈仪芳照顾他，还是很辛苦的，就连温华去世前给迟喻留下的最后一句话，也是让他好好照顾自己。现在不一样了，迟越狄给他住大房子，请保姆照顾他的日常起居，每个月的零花钱多得花不完，但是迟喻不甘心。他就要折腾迟越狄，让他头疼，让他愤怒，最好每天晚上都做噩梦，后悔怎么生了他这么一个儿子。

"你不该用自己当赌注。"付止桉抬起头，接着说，"受伤害的只有真正关心你的人。"

窗外开始刮风，客厅的窗户没关，窗帘被风灌满。迟喻始终保持沉默，直到放在桌上的电子钟进行整点报时，他才站起来，头也不回地走回卧室关上门。

真心交谈的时间比想象中短暂，付止桉重新躺回去，真话总是伤人的。就像是长长久久粘在皮肤上的创可贴，哪怕创口已经结痂，但再揭下来的时候还是会让人疼得龇牙咧嘴。但是还是撕下来得越早越好，付止桉重新躺在沙发上，闭上眼：如果迟喻需要人拉一把，他愿意做那个人。

第二天一大早，陈仪芳风风火火地从外面回来，声音清亮地吆喝："两位少爷，出来吃早饭啦！"

陈仪芳拎着油条和豆浆推开门，沙发上的人用被子蒙着头，而卧室门依旧紧闭。十几秒之后，卧室门从里面打开，迟喻眯着眼走出来，声音沙哑地喊了句阿姨。

付止桉掀开被子，动作缓慢地坐起来，揉了两下头发："妈，你早上说话不要那么大声。"付止桉顿了顿，继续道，"还有人在睡觉。"

"我不是想着都九点多了……"陈仪芳刚打算辩解，抬眼对上付止桉没什么表情的脸，扁了扁嘴之后哦了一声。

迟喻身上挂着松松垮垮的T恤，陈仪芳看了眼迟喻像被炸了一样的头发，笑着在他脑袋上压了压，嗓音带笑地说："这晚上怎么翻腾的，能把头发睡成这样。"

付止桉走到浴室洗漱，打开水龙头之后，淡淡地开口："睡得跟死猪一样。"

碍着陈仪芳在场，迟喻不敢骂人，只能背着陈仪芳竖了根中指，凶神恶煞地瞪了他一眼。

付建国在局里临时执行任务，昨天晚上压根儿就没回家，陈仪芳送饭过去的时候他们正在开会，她愣是在外面等了三四个小时才盯着付建国把饭吃完。现在醒来还没有两个小时，但陈仪芳还是觉得眼皮沉得不行。

陈仪芳夹了一根油条放在迟喻碗里，看了他一眼，轻声说："你们下周是不是要开家长会了？用不用你叔叔替你爸过去……"

迟喻喝了一口豆浆，漫不经心地笑："没事儿，我爸会找人过去。"

陈仪芳听见这话还想再问，坐在对面一直沉默的付止桉突然开口打断："今天菜有点儿咸了。"

撞上自家儿子浅淡的视线，陈仪芳一时间摸不着头脑。付止桉一向话少，吃饭的时候更是半天憋不出一句话，更别说对她的手艺挑三拣四。她看着桌上的那碟小菜，有些疑惑地问："这是之前剩下的，那时候你可没说咸啊。"

"我觉得正好。"迟喻夹了一筷子尝了尝，冲着陈仪芳弯下眼睛。

当妈妈的人总是喜欢嘴甜又好看的小孩，瞧见迟喻额角贴着的纱布，陈仪芳一时间也忘记自己刚刚想问的话，表情有些担忧："头上的伤真的不用去医院看看吗？"

"其他地方可能没事儿，但万一伤到脑子，要留下后遗症可怎么弄。"

迟喻还没来得及说话，就听见坐在身边的付止桉慢悠悠地接话："他现在跟留下后遗症没什么大区别，这脑子搁在火锅店直接就能下锅了。"

前半句迟喻听懂了，但后半句他还真没太理解，付止桉又夹了一根油条，贴心地给他解释："我在说你是猪脑子。"

听见这个话，迟喻又开始发疯，两个人一边吵一边吃，一顿简单的早饭愣是吃了快一个小时。

迟喻重新洗漱好之后站在门口，冲着还在厨房忙活的陈仪芳喊："阿姨我先走了。"付止桉拎着迟喻轻得像塑料袋一样的书包，手扶着门框，"我去送他。"

门咔嗒一声关上，听见越来越小的脚步声，陈仪芳拿出手机拨了个号码。

"老付你什么时候回来？用给你留早饭吗？"

电话那头男人的声音带着疲倦但依旧中气十足，她点了点头，突然想到点儿什么继续开口道："昨个留小迟在家睡了一晚上，你儿子总算有点人气儿了，吃个早饭居然说了三十六句话。"

付建国在电话那头沉默了一会儿，有些无奈地笑道："你还真去数儿子说了几句话啊，你可真行。"

付止桉对于自己父母坐在家里讨论他异常的事毫不知情，他把书包递给迟喻，沉吟了一会儿还是开口道："其实家长会可以不用去。"

迟喻低着脑袋，脚尖来回踢着地上的碎石子，说："没事儿，反正是我家保姆去。"

"迟越狄去不去都那样，我那几张十几分的卷子他也懒得看。"迟喻接过书包，继续道，"去了也白去。"

付止桉轻轻点点头，迟喻晃悠着书包带，转过身朝着胡同口走。往前走了几步却又蓦地停下，迟喻缓缓侧过身，隔着几米距离，对上付止桉平静的眼睛。

"你之前说给我补课的事还算不算数？"迟喻想了半晌，还是问出口。

"算啊。"付止桉面无表情地回答，看着迟喻阴转晴的脸，他皮笑肉不笑地又补了一句，"叫声哥就给你补。"

迟喻嗤笑一声，往后倒退几步之后，朝付止桉竖起中指。

虽然迟喻不想承认，但那天确实是他睡得最踏实的一晚，虽然床板硌得他后背生疼。

自习课，班长坐在讲台上，底下学生几乎都在埋头学习，只有迟喻在开小差。

他趴在桌子上，余光瞥到付止桉的侧脸，他一面看题，一面在草稿纸上做题，略过烦琐的步骤，计算过后得出答案。小的时候，付止桉就是院子里最聪明的孩子，别人需要写几个小时的作业，他只要一个小时就足够了。陈仪芳甚至还考虑过让他跳级，可付止桉脾气倔，不管陈仪芳怎么说他只是站着不吭声。

后来陈仪芳找到迟喻，让他去劝劝。

"你妈说让你跳级。"小迟喻耷拉着脸，瞥了他一眼。

小付止桉抬起头，一字一句认真地说："我要是跳级了，就不能和你在一个班了。"

"……谁稀罕跟你一个班。"小迟喻从秋千上跳下来，蹲在地上划拉起了沙子。

他不知道付止桉怎么跟陈仪芳说的，反正在那之后，她再也没提过让付止桉跳级的事儿了。

一时间思绪跑远了，等他回过神才发现，原本安静做题的人不知道什么时候，偏过头盯着他看。

迟喻愣了两秒，接着迅速摆出战斗姿态："你看我干吗！"

"你不看我怎么知道我看你。"付止桉转了一下手里的笔，很快反驳。

"我就看你了怎么着吧！看你几眼你是不是还要收费啊！"被人戳穿，迟喻虽然觉得有点尴尬，但这种场面他还应付得来。

迟喻落在额头的碎发遮住了额角的伤口，脸颊上的瘀青开始泛黄。付止桉叹口气笑笑，然后重新拿起笔，在纸上一边写题一边小声附和："行行，你随便看，给你打折。"

"还打折呢。"迟喻从抽屉里拿出漫画书，翻开几页之后小声自言自语，"看我不把你腿打折。"

坐在前座的王霄完全没办法集中注意力，他无数次想回过头看看后座这俩帅哥在干吗，但他害怕迟喻这尊大佛。王霄从桌下偷偷摸出手机，在学校贴吧的置顶帖子上留了个言：校草们针锋相对，前桌无心学习。

好不容易撑到大课间，迟喻这一觉睡得痛快，眯着眼抬起头，看见身边空荡荡的座位，迟喻抻了抻手臂，走出教室。楼道里站了不少出来放空的学生，迟喻本来个子就高，虽然眼神不太好，但还是一眼看见出现在楼梯口，拿着面包的付止桉。

这个人，去小卖部也不叫上我一块儿去，什么玩意儿。迟喻正准备过去质问，还没走几步，背后忽然有女生叫他的名字。

几乎全校人都知道迟喻的大名，但这样喊他名字的人除了自己班上的以外，也没有几个。大概是因为他实在是臭名远扬，女生大多只是偷偷看他一眼，从来没人这么大剌剌地喊他的名字。迟喻有些疑惑地回过头，一头长发的女生正笑着看他，她没有穿校服，身上是灰色的衬衫裙。

瞧见迟喻疑惑的神情，女生又朝他走了几步，接着道："迟喻，好久不见啊。"

"你有事儿？"

听出他声音中的冷淡，但女生脸上的笑意没有减少半分，笑着回答他："没什么事儿。"

"你还记得我吗？"

可能是最近打游戏打多了，迟喻只觉得他的视力越来越差，明明人家就站在他眼前，他愣是看不清。

付止桉好像注意到这头的状况，他走过来，站在迟喻身边。像是抓到救命稻草，迟喻拦着付止桉，拍了拍他的肩："先别急着溜，陪我上厕所去。"

"不去。"付止桉看了一眼站在一旁的女生，又回过头看了看迟喻，"搞行为艺术搞到脸上了？"

迟喻听见这话一头雾水，直到扭过头，瞥见玻璃上自己的倒影，才发现不知道什么时候，脸颊上多了好几道蓝色的墨水。

"我去，谁趁我睡觉暗算我！"他伸出手在脸上狠狠搓了好几下，颜色的面积反而越来越大。

"你就不会弄点水再擦？"付止桉皱了皱眉。

"那你陪我去。"迟喻推着付止桉的背往前走，但身后忽然有人拽住他的衣角，迟喻回过头，看见站在他背后的女生，她脸上笑得甜，但手上的力气却大得吓人。

女生的视线略过面无表情的付止桉，她盯着迟喻的脸，说："我是纪晓晓。"

迟喻垂着眼想了想，又重新抬头看着面前的女生，漫不经心地开口："哦，你好。"不再管身后女生，迟喻扯了扯衣服，把衣角从女生的手心里解救出来。迟喻加快步子，小跑了几步扭头问身后的付止桉："这要是洗不掉可怎么搞，那不就毁容了？"

付止桉别过头，说："把脸皮摘了就能弄掉了。"

学校卫生间的水池很大，镜子又钉在墙上，迟喻努力把脑袋往前凑，眯着眼让视线聚焦，拧开水龙头，把手打湿后在脸上用力地来回搓。

付止桉靠在墙边，看了迟喻半晌之后，开口问他："刚刚那个女的你认识？"

"嗯。"

"挺漂亮的。"付止桉公正评价。

迟喻只顾着搓脸："就那样儿吧。"

"怎么认识的？"

迟喻仰头想了一会儿，水顺着手臂往下流，一分钟之后，迟喻哦了一声："高一的时候好像是一个班来着，有一次我在天台睡觉，她上来站那儿号啕大哭。"迟喻把当时的场面轻描淡写地略过，转过头，冲付止桉指了指自己的脸，问他："哎，你看看我洗干净没。"

付止桉走近一点，迟喻额前的碎发已经浸湿，一缕一缕地垂在眼前。他伸手把迟喻额头上的碎发撩起来，看了看额角的纱布："换药了吗？"

"换了。"

付止桉收回手，淡淡道："你是不是觉得我瞎？"

谎言被拆穿，迟喻舔了舔嘴唇，重新转过去看镜子，嘟囔道："换不换都差不多……"

"你的纱布上都有味儿了。"

"真的假的？"迟喻眼睛瞪得很大。

"你自己闻。"付止桉说完，便转过身走出了厕所，留下迟喻自己站在洗手台前。

付止桉回到教室坐下，刚把下节课要用的卷子拿出来，余光发现侧面有一道打量的视线，他转过头，旁边不知道什么时候多了一张桌子，女生站在旁边，正在看他。

"付止桉是吧？"女生笑笑，"我是纪晓晓。"

付止桉点点头，重新把心思放在之前没做完的卷子上，迟喻湿着脸从后门进来，瞧见低着脑袋做题的付止桉，气不打一处来。他刚坐下，坐在过道边上的纪晓晓主动问他："迟喻，放学有事儿吗？"

"是不是今天要换药来着？"迟喻扭头问付止桉。

付止桉正在做题，说话的时候也没有抬头："好像是。"

"听见了吧。"迟喻冲着坐在另一头的纪晓晓扬了扬嘴角，"我有事。"

晚自习接近结束，迟喻一本漫画看完，仰头抻了抻手臂，抬脚踢了一下付止桉的凳子："晚上你陪我去换药啊。"付止桉正在做最后一道大题，计算过程复杂，没搭理迟喻。见得不到回答，迟喻搬着凳子凑过去，碰了碰付止桉的胳膊："听见没啊？"

"嘘。"自动铅笔的铅断掉，在纸上留下了一个黑点，付止桉按了两下笔，"你先安静一会儿。"

"你还有做不出来的题？"迟喻在旁边笑，"付止桉，你也有今天。"

付止桉的太阳穴突突地跳了一下，尽量不去看余光里迟喻咧着嘴的傻样："你闭嘴。"

纪晓晓离迟喻只隔了一条窄窄的过道，迟喻背对着她，张牙舞爪的不知道在干吗，而坐在旁边的付止桉，眉眼平静，时不时开口反驳他两句。

周三早上七点十分，林川看着站在讲台上面无表情的纪晓晓，想了想还是笑着走过去："看你这么久没来学校，还以为你退学了呢。"

"有事儿?"纪晓晓抬了抬眼皮,脸上的讥讽很明显。林川觉得有点儿尴尬,抬手摸了摸后颈,小声嘟囔:"干吗冲我发脾气,之前喊你肥婆的又不是我……"

听过无数遍的熟悉字眼让纪晓晓心一颤,她垂头看了一眼自己细得像两根筷子一样的腿,冷笑一声,看着林川:"之前也没见您替我说话啊。"

"我是没替你说话。"林川推了推鼻梁上的眼镜,"但你之前上课哭的时候我还给你巧克力了呢!"

"少扯了,我才不会因为这点儿事哭。"纪晓晓白了林川一眼。

教室前门被推开,迟喻背着包大摇大摆地走进来,纪晓晓笑着走过去,但迟喻好像没瞧见,略过她径直往后排走。看着墙边空荡荡的座位,迟喻把包丢在桌上,忍不住摇头感叹:"真是想不到,我居然有一天能来得比付止桉都早。"

感受到身侧灼热的视线,迟喻转过头,对上纪晓晓的视线,皱着眉道:"你能不能别一直盯着我?"

纪晓晓歪头笑笑,说:"不能。"

"行行。"迟喻趴在桌上,背对着纪晓晓,"那你继续看。"

平时付止桉都是提前到班里开始自习的,今天倒是晚了不少。迟喻昨晚没睡好,好不容易酝酿出一点儿睡意,教室里忽然传来女生抽泣的声音,声音不大,迟喻索性用衣服蒙着脑袋。

"我都说了,今天上午就把班费给你了啊!"女生声音渐渐提高,语气中带着颤抖。

"我没见到。"男生靠着桌子，"你说你给我了，谁能做证？"

付止桉在楼道里就听见班里的吵闹声，为了躲避事发现场，他绕路从后门走进教室。

"王毅你别太过分！"女生眼里已经漫出水汽，眼圈发红。

女生的眼泪并没有博得男生的同情，他冷笑一声，接着道："我说，你自己家里穷就能贪班费了吗？家里要是真那么困难，你跟老师说让同学给你捐钱啊。"

"啧。"迟喻一把掀开头顶的衣服，看了一眼坐在旁边面无表情的付止桉，揉了揉肩，"真能吵。"

迟喻的声音不大，刚好能让班里人都听见。王毅怔了几秒，很快反应过来，笑了笑说："迟喻，你什么意思啊？"

"我觉得没什么意思。"迟喻从座位上站起来，往前走了几步，瞥了一眼默默抽泣的女生，手撑着桌子："前天还跟人家表白，你这脸变得可够快的。"

迟喻几乎比王毅高了大半头，这会儿正垂眼居高临下地俯视他。藏在心里见不得人的龌龊心思忽然当众被戳破，王毅只觉得有一股无名火迅速冲到颅顶。

"跟你有关系吗？"王毅扯着嗓子喊，"先管好你自己的那点儿破事吧！"

班里瞬间安静下来，迟喻舔了舔下唇笑笑，走近一点，伸手揪着王毅的衣领，嗓音压得很低："你是不是找事儿？"

"怎么了，还不让人说？"王毅看出迟喻眼中一闪而过的慌乱，语气更加咄咄逼人。

"天天考试垫底也不觉得给你爸妈丢人？哦，也是。"王毅顿了顿，语气中满是讽刺，"你爸妈连家长会都不来，应该是觉得丢脸在家出不来门吧。"

揪着衣领的手有一些松动，王毅一把甩开迟喻的手："别以为家里有几个臭钱就怎么样，在学校看的还是成绩。"

他低着头一边整理着领子一边道："你爸妈连你都懒得管，你还有闲心管别人的事儿……"

他话还没说完，眼前突然闪过一个熟悉的身影。

"嘭。"是一拳到肉的声响。

迟喻还没反应过来，王毅已经捂着鼻子倒在地上，视线里是付止桉依旧冷淡的脸。付止桉甩了两下手腕，看着躺在地上的王毅，淡淡吐出一句话："考这么点儿分，就别出来丢人现眼了。"

"还有。"付止桉往前走了几步，抬脚用力踢倒前排的一张桌子，桌子撞击地面发出巨大的响声，同时出现的，还有从抽屉里甩出的一个白色信封。信封没封口，一沓人民币掉出来。

"下次再为难人的时候，动动你没开光的脑子，把东西藏好了。"

付止桉转过身，看着迟喻有些呆滞的表情，无所谓地耸耸肩，跟迟喻说："走，上厕所去。"

王毅捂着鼻子倒在地上发出几声呜咽，可班上却没一个人管他。王霄咽了口唾沫，拍拍同桌的胳膊，侧着脑袋小声问："刚刚打人的是付止桉对吧？"

"好像是……"

"我还以为我眼睛出问题了，他还说脏话了是吧？"

"嗯……"

纪晓晓看着两人从后门走出去，又坐了一会儿，站起来跟过去。

付止桉走到楼梯拐角才停下来，迟喻站在他旁边，扯出一个有些无奈的笑容，倚着墙问付止桉："是谁前几天说没脑子的人才打架的？"

付止桉没接话，手揣在裤子口袋里，关节处的痛感延迟发作。他从小到大都没打过架，应该真的是青春期，听见王毅的话只觉得头脑发热，现在清醒过来，才觉得手痛得不行。

"你平时不是挺能打的吗？"付止桉把手拿出来，对着吹了两口气，抬眼看向低着脑袋的迟喻，只觉得又气又好笑，"刚刚站着挨骂是什么新套路？"

迟喻低着头，垂在两侧的手不自觉地握紧，语气中带着笑意慢慢开口道："没什么，就是觉得他说得挺有道理的。"似乎陷入回忆中，迟喻整个人看起来落寞又可怜。

"他也没说错，我在我爸妈眼里，都不是最重要的。"迟喻眨了眨眼，"可能是被戳到痛处了吧。"

"你这么说我爸第一个不同意。"付止桉倚着楼梯栏杆，揉了两下手，继续说，"我爸恨不得让你重新投胎到我家，王霄每天跟在你屁股后头任打任骂。"

"而且，"付止桉抬起头，"你的智商都快降到负数了，我还愿意给你补课。"听见最后一句话，迟喻笑了出来，他偏过头骂了两句，才接着说："谁稀罕你补课。"

付止桉也跟着笑，阳光落在两个人的身上，映在地上的黑影被拖得很长。

　　林静坐在办公室里，手脚都不知道放在哪儿合适。

　　她眨巴了两下眼，再次问道："你确定是付止桉打你的吗？"林静怕自己描述得不准确，接着道，"我说的是那个不怎么说话，很瘦的那个付止桉……"

　　"老师。"王毅捂着自己的鼻子，声音带着些哭腔，"我虽然近视，但我又不瞎！"

　　林静噤了声，她打心底不愿相信付止桉会打人。高一高二两年就拿了好几个有分量的竞赛金奖，校奖更是不知道拿过多少。听他以前的班主任说，付止桉除了学习，对什么都不感兴趣，平时跟同学说话连声音都没大过，怎么刚到她班里，就开始打人了呢？

　　"你去叫付止桉过来。"

　　林静话音刚落，便响起了恰到好处的叩门声，然后是男生干净沉稳的嗓音："老师。"

　　付止桉的腰背挺得很直，干净明朗的五官和往常没有两样，只有垂在身侧有些红肿的手在提醒着林静，这个让学校引以为傲的学生，真的打架了。

　　"王毅，你先出去。"

　　直到看着男生走出去关上门，林静才重新把视线放在付止桉身上。

　　"你和王毅有什么误会可以好好说。"她尽量放缓语气，面带笑意道，"像你这个年纪的男孩子，脾气冲点都是难免的，大家都是一个班的同学，你一会儿跟他道个歉就没事了。"

"没什么误会。"

窗外的阳光洒进屋内，付止桉脸上挂着很有礼貌的笑容，跟林静说："我打的就是他。"

迟喻看着付止桉走去教师办公室，却没跟进去，他站在走廊，仰头看着天花板发呆。

"付止桉会没事儿的。"纪晓晓不知道从哪儿冒了出来，站在他面前盯着他看。

"他能有什么事儿。"迟喻瞥她一眼，语气不算太好，他不愿跟纪晓晓有太多交集，刚打算走，却看见捂着鼻子的男生从办公室里走出来。王毅本来就一肚子气，对上迟喻阴沉的脸，三步并作两步跑到他面前。

"你和付止桉都不是什么好东西！"王毅脸上动作太大，扯得鼻梁骨生疼。

本以为迟喻不会还手，谁知道对面男生一手掐着他的后颈，直直地把他压在墙上。

"你是不是真觉得我不敢在学校打你？"迟喻漆黑的眼中满是冷淡，他歪着脑袋，"我家臭钱是真的挺多的，你信不信，我现在就能找个吉日教训教训你。"迟喻挑眉看他，脸上是好久没有出现的盛气凌人。

被抵在墙上的王毅只觉得骇人，他双腿不自觉地发软，但依旧嘴硬反驳道："你敢？真以为没人管得了你了是吧……"

原本站在一边的纪晓晓突然笑了笑，她双手抱胸站在旁边，淡淡地瞥了一眼嘴角抽搐的王毅。

"什么都有可能的。"纪晓晓抬着下巴，语气厌恶，眼睛却弯起来，"反正自己痛快了就行。"

似乎没想到从纪晓晓嘴里会说出这种话，迟喻皱起眉看着她，王毅见后颈的力气有些松动，猛地推了迟喻一把，从迟喻手中逃脱往楼上跑。

"你倒是会说狠话。"迟喻嫌弃地看了眼自己碰过王毅脖子的手，转过身用力地在墙上蹭了两下。

"跟你学的。"纪晓晓说。

"学得挺好，下次别学了。"迟喻看了眼依旧紧闭着的办公室门，在走廊上站了一会儿，还是重新回到教室。

迟喻第一次上课没有心思睡觉，但他也没有听课，看着身边空荡荡的座位，只觉得有些烦躁。他脚蹬着桌子，侧头往后门处又瞄了一眼。

还没回来。

这种焦虑一直持续到放学，迟喻的耐心终于消耗殆尽，下课铃刚响，他噌地站起来，阴着脸走出教室。还没等他走到办公室，在看见付建国和陈仪芳出现在拐角处的时候，迟喻愣在原地。

"听你阿姨说你那天受伤了？现在好点儿没？之前寻事的那个学生已经受处分了，校外的那几个混混也被拘留了。"付建国走上来，眼里满是担忧，迟喻鼻子一酸，笑着撩起额前的头发，给他展示："快好了。"

付建国见到迟喻额头上的纱布，眼睛一瞪："这哪个小兔崽子！我们小迟长得这么帅居然打脸？"

付建国的声音太大，引得周围学生都扭头往这边看。陈仪芳觉得有点尴尬，她拉了拉自己老公的袖子，岔开话题问道："小迟啊，你知道桉桉打架是怎么回事儿吗？"

付止桉这么多年从没惹过乱子，不管暗地里怎么样，他明面上永远是个懂礼貌爱学习的好学生。陈仪芳听见班主任说付止桉把同学打了，还以为是自己耳朵出了问题。

迟喻不知道怎么说，还没开口，身后有人喊他的名字，迟喻转过头，撞上付止桉平静的目光。

"没什么大事儿，不要乱问了。"付止桉说。

陈仪芳有些着急，音量不自觉地提高："什么才叫大事儿？人家家长要是事后追究怎么办？你知不知道你打人是要被记过的？"

"阿姨。"迟喻打断陈仪芳，有些抱歉地笑笑，"其实事情是我惹出来的，跟付止桉没什么关系。"

故事起因很简单，迟喻省略掉付止桉骂脏话的片段，讲完了整件事的起因。迟喻讲完之后便不再说话，不管陈仪芳和付建国怎么骂他他都接受，只要……肩膀忽然一沉，迟喻还没反应过来，付建国揽着他的肩膀，用力地拍了几下，然后看着付止桉："打得好！这种人就是欠收拾！"付建国的声音中气十足，他似乎觉得不过瘾，又伸出手在迟喻的脑袋上揉了几下。

"这才像我儿子！"付建国笑着冲付止桉点点头，"这是没让我听见！让我听见我也得打他！"

陈仪芳拎着手提包砸在付建国的背上，有些着急地骂他："你声音能不能小点儿！让学校老师听见像什么样子！"

见周围没什么人，陈仪芳捂着嘴，凑到付止桉耳边低声嘟囔："当着那么多人面前打人，你傻不傻……"

陈仪芳话音刚落，付建国便咧着嘴笑了起来，付止桉也没忍住，笑着摇摇头。

"对了。"付建国看着迟喻，"我们晚上吃饺子，小迟你也得来啊！"

陈仪芳跟着附和，顺便把迟喻从自己老公的怀里解救出来，一边握着他的手往前走一边跟他说："你可得离你叔叔远点，他吃饺子总得加蒜，那味儿别提多难闻了。"

迟喻笑着揉了揉眼，说："行，我到时候一定跑远点儿。"

陈仪芳和付建国都没参加接下来的家长会，他们走在前面，商量着晚上要不要开那瓶陈年老酒。付止桉和迟喻跟在后面，以往咋呼的迟喻垂着脑袋不说话。付止桉侧头看他一眼，用手肘撞了一下他的胳膊："看到了没，我爸妈都很喜欢你。"

过了好半晌，付止桉才听见身边男生缓缓开口："看到了。"

升旗仪式一向是所有学生最不喜欢的环节之一，先是要早起，然后是枯燥冗长的演讲，加上校长每次都要重复的校训，光是想想就觉得头昏脑涨。但今天不一样，甚至不需要各个班主任整理自己班的队伍，他们已经在国旗台下站得整整齐齐。

今天，是两位校草同台的日子。

付止桉今天站在国旗下，不是发表获奖演说，也不是学习方法总结，而是做检查。传说付止桉当时是招生办打了十几个电话才招进明远中学的，不知道为学校赚了多少好名声，班主任天天含在嘴里怕化了。可就在上周，每天只知道学习的付止桉，居然把同班同学给打了。

具体原因不详。

同台做检查的，还有迟喻，他做检查大家都不陌生，毕竟那是迟喻，犯错误的周期比法定假日还要准时。站在前排的女生，第一次因为自己的身高不到一米六而感到庆幸，因为她们即将成为第一批看清迟喻和付止桉"同台竞技"的人。

枯燥的升国旗仪式和副校长讲话终于过去，校长看着台下一张张翘首以盼的脸，咳嗽两声道："上周高二理科班的迟喻和付止桉打架斗殴，特此通报批评。"

"现在是他们的检查时间。"

看着迟喻和付止桉一前一后走上升旗台，不知道哪个班上的男生鼓了两下掌，下面的同学不自觉笑出了声。台上的两个人不像是去做检查反省自己的，倒像是偶像来学校慰问演出。

王霄伸长脖子看着台上的两人，迟喻的校服外套歪七扭八地挂在身上，脸上没什么，他站在立麦前，轻轻拍了两下。

"喂喂喂。"少年低沉的嗓音顿时蔓延在整个操场，台下发出一阵阵轻笑。

"傻子。"付止桉站在他身后，淡淡地吐出两个字。

迟喻站在主席台上不好发作，只是脸一黑，咳嗽了两声便开始了自己的检查报告。

他们两个人检查说了点儿什么，王霄一个字都没听见，他只是有些羡慕地看着台上的两个人，盯了一会儿，不由得发出感慨："唉，要是我也跟迟哥和付止桉一起站在上面多好。"

耳边响起清脆的女声，话语中满是嫌弃："你想得美，你站上去谁看你啊。"

王霄不忿，他看了看站在台上的付止桉，脊背挺得直，一篇检查念得字正腔圆。明明是他犯了事儿，可那样子平静得不得了，面上没有半点儿羞愧。

"我也就比迟哥胖点儿矮点儿，比付止桉黑点儿。"王霄顿了顿，接着道，"除了这些，我跟他们也差不多嘛。"

女生懒得搭理他，上下打量王霄一眼："要是这么说，你跟黑猩猩长得也差不多。"

听见别人损他王霄也不生气，下课之后，他刚好撞见在男厕所正准备解裤腰带的付止桉。王霄走过去，站在付止桉旁边："哎，下次你再跟迟哥干啥事的时候也带我一个呗？"

付止桉攥着裤腰带的手顿了顿，他漫不经心地道："干什么事？"

"就打架啊什么之类的。"王霄看着大家都在解手，觉得自己也应该参与进去。他一边脱裤子一边说："你放心，我绝对不给你俩拖后腿。"

付止桉没说话，王霄见状，又问了一遍："行不行啊？"

付止桉的手一抖，他挑着眉瞥了身旁的男生一眼，却刚好被王霄捕捉到。

"哇，付止桉你这表情啥意思啊！"

付止桉提上裤子，一边向水池走一边道："没什么意思。"

"什么叫没什么意思？"王霄见他要走，也忙提上裤子跟上去，"要我说，以后你就跟着我和迟喻混，迟喻有钱，我有力气。"人要是想组成小团体，自然是要分工明确，王霄用手肘推了一下付止桉，压低声音说，"只要你下次考试的时候卷子拿起来点儿就成……"

付止桉低着头洗手，王霄见没得到回复，脸上有些挂不住，音量不自然地放大，有些着急地跟在付止桉身后："你听见没，倒是吱一声啊！"

话音刚落，后脑勺突然被一个东西砸了一下。

"该死的，谁……"王霄转过头，看见一边系皮带一边朝他走过来的迟喻，他一双眼黑得吓人。

"迟哥……"

"我看你皮是不是又痒了。"迟喻伸出胳膊锁住王霄的喉咙，又在他后背上狠狠打了几拳，直到王霄投降才松开手。

付止桉拿纸巾认真地擦着手上的水渍，他看了迟喻一眼，低声说："王毅他爸妈没来找我。"按照王毅的性格，这事儿应该是不闹大不罢休的，不会轻易解决。

迟喻低着头，额前的碎发遮住他的眉眼，看不清神情："嗯，那不就没事儿了。"

下课铃刚响，迟喻拎着包便冲出了教室，付止桉看着迟喻迅速消失在门口的背影，有些疑惑地挑了挑眉。纪晓晓把书包里的课本全都塞在抽屉里，突然开口道："你知道迟喻干吗去了吗？"

付止桉收拾书包的手顿了顿，他侧过头："你知道？"

"就是不知道才问你的。"纪晓晓站起身，歪着脑袋看了他一眼。

迟喻站在别墅门口，站了一会儿才抬手按响门铃。

一阵脚步声响起，女人打开门，表情有一瞬间的不自然，但很快调整过来，笑着和他打招呼："哎呀，迟喻回来了呀，你爸爸肯定很高兴。"

迟喻皱着眉，侧身走进去，没看她一眼。迟音坐在客厅的沙发上，见到迟喻进来，她怔了怔，迅速从沙发上站起来，朝迟喻走过去。

"哥你来了。"迟音笑嘻嘻地看着他，手轻轻挽上迟喻的手臂。

"你先放手，我找他有事。"迟喻一进到这间房子，就觉得呼吸困难。迟音搂着迟喻的胳膊，有些不依不饶地仰头看他："你找爸爸干吗啊，这么着急，好久没回来了，先坐一会儿嘛。"

"迟音。"迟喻的声音是前所未有的冷淡。迟音揽着迟喻的手顿了顿，迎着他冰冷的目光，她听见迟喻问她："你这样有意思吗？"

秦梦露站在客厅，见到两人之间的氛围走向越来越怪异，忙开口打圆场："兄妹俩有什么事儿好好说……"

"妈。"迟音突然松开手，她转过头，冲着秦梦露笑笑，重新盘腿坐到沙发上，"我想吃葡萄。"

见迟音终于不再胡搅蛮缠，迟喻一步步走上楼梯，在拐角处的第二间房门口站定，抬起手敲了敲门，门内响起有些哑的男声。

"进。"

门推开，男人伏在案边，指间夹着的烟燃了大半，一大截烟灰掉在桌面上。迟越狄抬头看了他一眼，接着重新垂眼处理手里的文件。

"我……"

"那个男生的家长不会再来找你了。"迟越狄把烟头扔进烟灰缸里，在手边的纸上签上名字，抬头看着他。

迟喻停顿了几秒才开口："找个律师给我，然后再给我一笔钱。"

"理由。"迟越狄拿起钢笔，在纸上随意地画了几道。

"我朋友为了帮我，把人鼻子打流血了。"迟喻垂在两侧的手不自觉地攥紧，他接着道，"那人的父母现在要我朋友出精神损失费，我说了我会处理。"

迟越狄把钢笔一扔，他靠在椅背上，挑眉道："那跟我有什么关系？"

"这事本来就是我惹出来的。"迟喻尽量放平语气，忍着心里的恶心，他继续道，"我不能不管。"

男人只是靠在椅背上一言不发，似乎在等着他做些别的事来妥协。

指甲几乎要陷进肉里，迟喻长出了一口气，再抬起头的时候，咬牙喊出一个字："爸。"

迟喻不知道自己是怎么从迟越狄的书房里走出来的，他只知道，自己得到了迟越狄的承诺，迟越狄会出面摆平王毅的父母。

走廊上，迟音伸出胳膊把他拦在门口，脸上不再是小女生般的娇俏，她冷笑了两声道："还是憋不住叫爸爸了是吗？那下一步呢，你打算什么时候搬回来？"

迟喻完全没有心情和她争论，绕过迟音的手臂，闷着脑袋往前走了几步。

"你早就知道我妈的心思了是吧？"迟音的每一个字都说得清楚，只是掩盖不住尾音的颤抖，她看着迟喻停下的背影，接着道，

"你什么时候知道的？"

迟喻闭了闭眼，再睁开眼时，语气里带着罕见的疲倦，他淡淡地道："你出国前就知道了。"

"所以我一直冲着你撒娇卖傻，你就在那儿看我表演，然后把我当傻子看是吗？"

"迟音。"迟喻没有回头，语气平淡，"我没有想要抢家产的意思。"他顿了顿，"你跟你妈不用在我这儿费心思。"

迟音是在八岁的时候知道自己母亲不是什么好人。

她不在意亲戚的闲言碎语，也不在乎自己父亲冷淡的态度，因为她有母亲，还有个口不对心的哥哥。那是个每天皱着眉头，却会在她口袋里放巧克力的男孩，在迟音心里，迟喻是全世界最好的哥哥。

可哥哥不喜欢这个家，他讨厌秦梦露，但更讨厌迟越狄。

以前迟喻还在家住的时候，几乎每天都会摔碎碗或者茶杯，到饭点的时候在卧室里反锁着门不出来，在凌晨四点所有人都睡熟的时候把音响声音开到最大。但这些迟越狄都觉得无所谓，他不是在忍，只是单纯地认为迟喻这些反抗行为既幼稚又可笑。

直到某天中午，迟喻用打火机点了他书房的窗帘，书房的红木家具都烧得发黑，迟越狄第一次动手打人，冷声站在门口让迟喻滚蛋。

迟音不想让他走，于是攀上了自己父亲的手臂，尽量把声音放软："爸爸，别生气了，我不想让哥哥走。"

迟越狄只是斜她一眼，眼底的不耐一览无余，他抬起胳膊，没有任何犹豫甩开她的手，居高临下地俯视她，语气冷漠："你算个什么东西。"

那个时候，迟音还不知道为什么父亲不爱自己，她的母亲是这么告诉她的：你爸爸平时工作很忙，有的时候总会脾气暴躁些，你只要听话懂事，总有一天你爸爸会知道你的好的。

所以后来的每一天她都很乖，从来不在饭桌上主动说话，什么事都顺着迟越狄的意思来做，她的母亲也是这样的。可迟越狄并没有多看她们一眼，像是用过扔在角落的抹布，多看一眼少看一眼都无所谓。

日子一天天过着，她和秦梦露依然是家里可有可无的人，可父亲却对迟喻有些上心。她不嫉妒，但她只是有点泄气，都是爸爸的孩子，为什么哥哥什么都不做就能得到爸爸的喜欢呢？

"音音你别犯傻了！你本来就是女孩儿不被看重，如果将来迟喻接替你父亲，咱娘俩只会被他赶出去！"

"哥哥为什么会把我们赶出去？"

电话那头有一瞬间的沉默，秦梦露的声音有些颤抖："音音，妈妈什么都没有，妈妈只有你了，你一定要努力。"迟音努力在迟越狄身边扮演一个温顺懂事的女儿，煽风点火这种事没少做，她没什么别的想法，只要迟越狄给她们母女俩一条活路，就够了。

思绪被迟喻的摔门声拉了回来，迟音看着门口羊毛地毯上的黑色鞋印，低着头默不作声。

秦梦露忙走上前，有些着急地抓着她的手腕，小声问她："他跟你爸爸说什么了？怎么突然说财产的事儿？"

"不知道。"

"你爸爸应该不会这么早就起草遗嘱吧……要不，要不你上去探探他的口风？"

"妈。"迟音握着秦梦露的手，笑着说，"我现在有点累了，改天行吗？"

"这种事怎么能改天！"秦梦露的眉眼挤在一起，声音尖锐，"财产要是都被迟喻拿走了，我这么多年吃的苦不都白吃了！"

秦梦露表情狰狞，落在面颊的卷发因为情绪激动正在轻微颤抖。

"你吃苦？"迟音笑了出来，语气里夹杂了几分讥讽，她挑着眉，转身看着自己的母亲，"你买包买衣服的钱有一分是你挣的吗？在家里你有做过一次饭吗？这么多年，除了逛商场，你出门走路有超过100步吗？"

似乎没想到迟音会这么说，秦梦露的脸色有些不好看。

"如果说这也算吃苦的话，"迟音顿了顿，扯出一个有些僵硬的笑容，"全国上下可能就您最苦了。"

天气预报说今天有雨，迟喻坐在出租车里，看着车窗外颜色深浅不一的马路。雨势有越来越大的意思，到达公寓门口，付完钱打开车门，迟喻没怎么犹豫就冲进雨里。从大门口到公寓楼不过几分钟的脚程，雨点变得更大，砸在身上生疼。迟喻抹掉眼皮上的水，跑快几步，直到单元门前那个挺拔的身影出现在视线里，迟喻愣在原地。

付止桉不知道在门口站了多久，肩膀和头发已经湿得差不多了，但还是站得很直。

"你怎么过来了？"迟喻跑过去，站在付止桉旁边。

"送卷子。"付止桉说，"放学你溜得太快，班长在后面追你都追不上。"

迟喻"哦"了一声，径直走到门口打开指纹锁开关，可不管他怎么调整手指角度，指纹就是识别不了，红色警示灯一下一下闪着。

耐心被磨得差不多了，迟喻骂了声，抬腿狠狠在门上踹了一脚。

付止桉站在旁边看，直到迟喻不断起伏的胸口逐渐变得平静，他才走过去，看着迟喻淋湿的袖口，淡淡地开口："手湿了所以识别不了。"

雨越下越大，迟喻用力把手在还没湿透的外套上抹干，刚刚碰到指纹锁，绿色指示灯亮起来。不等他说话，付止桉伸手推开门，站在门内，付止桉转过身，手扒着门冲他笑："动动你的脑子。"

"就不动。"迟喻又开始发疯。

付止桉脸上的笑容更大，他连着点头，好脾气地附和："行行，那您可以带着您崭新的脑子进来了。"

夏天的雨总是下得毫无道理，暴雨来袭，落在堆积的水洼里。迟喻看着付止桉站在门口，把书包背到身前，拉开拉链，从里面掏出一沓卷子。

"多少写几道题。"付止桉的声音浅淡，迟喻接过来，卷子页角被打湿一小片。迟喻漫不经心地应了一声，直到发梢的雨点落在眼皮上，他才反应过来，转过身一边在客厅里找伞一边问："给你拿把伞……"

"不用。"付止桉往后退了几步，冲他摆手，"走了。"

等迟喻从客厅里出来的时候，只看见打开的单元门一点点合上，迟喻低头看了眼手里的卷子，吸了吸鼻子。

下午六点，陈仪芳下班回到家，一进门就看见满地的水，还有付止桉脱在门口湿透了的白色球鞋。陈仪芳打开，急忙换上拖鞋，放下包推开手边的卧室门。

付止桉坐在书桌前，换上了睡衣，听见动静朝门口看了眼。陈仪芳走近一点，上下打量了几遍，只有头发还沾着点水汽。

"你淋雨回来的吗？"陈仪芳在床边坐下，目光担忧，"我看你鞋怎么湿成那样？"

付止桉点点头："外面下雨了。"

"我早上不是在你包里装雨伞了吗？"

付止桉愣了愣，抬起头露出了一个有些无奈的笑容，说："忘了。"

陈仪芳觉得无奈，她站起来往厨房走，隔着墙，嚷嚷说："我给你做碗姜汤去去寒，你这样明天说不定要感冒的。"

"妈，姜汤难做吗？"

陈仪芳在厨房里忙活，听见付止桉的话，没回头，一边洗姜一边提高声音冲卧室喊："不难啊。"

付止桉很轻地点点头，拿着手机，站起来走到厨房，倚着门说："那您给我说下怎么做吧。"陈仪芳虽然纳闷，但还是一字一句地仔细说了姜汤的做法。最后一个字说完，付止桉道了声谢，转头重新回到卧室。

付止桉躺在床上，找到联系人，点开短信那栏编辑了个大标题：姜汤做法。

短信密密麻麻地写了好几行，付止桉想了想在后面补了一句：如果你脑子理解不了的话，就喝点热水吧。

信息发出去，付止桉把手机放到旁边，把今天布置的卷子拿出来准备做。房间里很安静，厨房里偶尔会有瓷碗碰撞的响声，即便这样，付止桉依旧能清晰听见桌子上钟表指针滴滴答答的噪音。

付止桉扔下笔，身体向后靠，仰头盯着天花板上不知道什么时候裂开的墙缝。其实有些事轮不到他来做，但现在看起来，迟喻的家庭比他想象的好像还要复杂。付止桉不想让迟喻就这样混着过下去，他本应该拥有更好更热烈的人生。

他不知道迟喻搬家之后的地址，班上也并不存在一个和迟喻关系好到知道他家地址的同学，付止桉只能在临近放学的时候，找到生活委员。

"生活记录簿能借我看看吗？"

付止桉冷不丁地开口，吓了女生一跳。她抬着脑袋看着笑眯眯的付止桉，不自觉地咽了口口水。她低着脑袋害羞地笑笑："你要记录簿干吗啊？"

"之前我好像忘交班费了。"

"哪有！"女生忙打断，她的头稍稍歪了歪，露出一个活泼的笑容，"你的班费是我收的，你肯定交了，我记得清楚着呢！"

付止桉点头笑了笑，他顺势坐在女生旁边的空座位上，余光瞥了一眼桌上摆着的卷子。

"这道题你会吗？"

男生的眼睛弯下去，褐色瞳孔里是女生看起来有些诧异的脸。

她结结巴巴地回答："不……不会……"

付止桉点点头，从书包里掏出卷子，放在女生桌上。

"我已经写完了，借给你参考。"

付止桉的作业从来没有人借，倒不是他多难说话，而是付止桉的卷子大多都是省略步骤的。刚开始老师也不乐意，认为他是偷懒，可时间久了，付止桉回回都能拿满分，老师也就不再说什么。

但付止桉能这么写，不代表他们其他人也能这么写。

女生面上露出为难，她低头笑笑："那个，你的卷子我可能看不懂，要不你给我讲讲？"

"我把步骤写在旁边了。"付止桉手指在卷子上点了点，果然比以往的空白卷子多了好几行密密麻麻的公式和步骤。

"那记录簿我拿走看一下。"付止桉俯身抽走了女生抽屉里的记录簿，忽略女生诧异的目光。

从最后一页开始翻，果然在倒数第二页的角落里，找到男生潦草的笔迹。小区的地址在寸土寸金的市中心。付止桉在兜里摸出几张钞票，算了算差不多打车能够跑一个来回，他放下心，转身往校门口走去。

隔壁杂物间虚掩着的门传来细细碎碎的声音，付止桉对女生间的悄悄话没什么兴趣，可一个名字却飘进他的耳朵里，付止桉的脚步在门口停下来。

"那天路过班主任办公室，听见他们说迟喻他爸又给我们电脑室捐了一批新设备。"

女生淡淡地"嗯"了一声，漫不经心地抠着自己的指甲，她抬眼冲着卢曼挑眉道："他爸有钱，捐就捐呗。"

"有钱就是不一样。"卢曼仰头感慨。

纪晓晓把卷子塞进书包，抬头看了卢曼一眼："这可说不好，迟喻这辈子，也就只剩钱了。"

"我也想只剩钱，这样上周我看上的那套衣服就能买了。"卢曼扁了扁嘴。

"同学两年，你见过迟喻他爸一次吗？"纪晓晓打断她，手撑着下巴，"他爸三天两头给学校送钱，你看他来开过一次家长会吗？迟喻跟别人打架受伤，他爸爸来看过吗？"

卢曼说不出话，想想也是，进入高中两年，她从来没见过迟喻的父母，来开家长会的都是保姆，偶尔保姆没空的时候司机也会过来。

"这样活着还有什么意思。"纪晓晓站起来，把披在脑后的头发束成很高的马尾，低头看卢曼，"你想想，你在家撒泼打滚的时候，你爸妈连个白眼都懒得给你，你是什么感受？"

落日的余晖洒在少年的侧脸，映在睫毛上熠熠发光。

"付止桉你还没走啊？"王霄突然冷不丁拍了一下他的肩膀，付止桉身子一僵，皱着眉淡淡瞥了他一眼。王霄被付止桉眼中的冷漠吓得一愣，他压低声音，问："有事啊？"

杂物间的声音戛然而止，付止桉面无表情地摇头，轻声道："走了。"

王霄一言不发地跟在付止桉身后，一直走在前面的男生突然开口："你为什么想跟迟喻做朋友？"

"什么？"王霄怔了怔。

付止桉停下脚步但却没有回头，他又重复了一遍："我说，你为什么想跟迟喻交朋友。"

"可能是义气吧。"其实王霄也说不好，少年的友情总是来得莫名其妙，他摸了摸脖子，接着道，"反正我就觉得迟喻挺酷的。"

哪里酷，付止桉往楼梯口走，连二元二次方程都算不出来的人也能称得上酷了。楼梯下到一半，付止桉转过头，看着正从书包里掏耳机的王霄，语重心长地说："回去把卷子做了吧，不会的问我。"

桌上的手机响了两声，付止桉反应过来，偏着脑袋看了眼屏幕，是迟喻回给他的短信：你是傻子吗？照着步骤我会连个姜汤都做不出来？

他还没来得及回复，屏幕又亮起来，是一条新信息。

"但是这个第二步，水煮开和沸腾是不是一个意思？"

付止桉靠着椅背，摇头笑出了声。

第二天一大早，迟喻还没进教室就连着打了两三个喷嚏，音调奇怪，坐在教室后排的几个男生都在憋笑。迟喻径直略过他们，随手把书包随便往抽屉里一塞，趴在桌上。付止桉来得早，卷子写完了大半，翻到背面，付止桉才开口："往旁边坐点，别传染给我了。"

迟喻坐起来，哑着嗓子问付止桉是不是在这个美丽世界待够了。

付止桉这人波澜不惊没什么反应，倒是前桌的王霄转过身，他转过身还没开口，看着迟喻有些发红的眼皮，有些犹豫地问："你这是不是发烧了啊？"

迟喻没接话，冲着王霄有些敷衍地摆了摆手。

"不过，迟喻你现在连生病都不请假了啊？"王霄努了努嘴，"你可别这么努力啊，要不然咱班倒数第一争霸赛可就剩我和林川两员大将了。"

"谁跟你参加什么争霸赛。"迟喻重新趴回桌子，从包里随便抽了本书盖在脸上。付止桉放下手中的笔，伸手把迟喻盖在脑袋上的书拿起来，手背贴了贴他的额头。迟喻啧了一声，把付止桉的手撇到一边，有气无力地嘟囔："你烦不烦。"

"是有点烧。"付止桉忽略迟喻的目光，抬头冲王霄说，"早自习结束了陪他去趟医务室吧，省得把班里人都传染了。"

听见这话，迟喻又开始举拳头，可惜现在这招杀伤力实在不大，只有王霄嬉皮笑脸地配合往后躲了躲。迟喻嘴上不承认，但随着体温不断上升，最后还是黑着脸让王霄陪着去了医务室。早读耽误了十几分钟，等再回到教室的时候，林静刚好从后门进来。

林静站在讲台上咳嗽了两声，她向下扫了一眼，大家脸上都挂着麻木和疲惫的神情。除了最后一排角落里，那个阴沉着脸的迟喻和没什么面部表情的付止桉。

"下个月就是艺术节了。"林静笑了笑，双臂支在讲台边，"希望大家都能踊跃参加，这个机会还是挺难得的啊，一方面可以展示大家的兴趣爱好，另一方面也能锻炼协作能力。"

不出意料，原本一脸丧气的学生活了过来，讨论声越来越大，但是林静没有打断，她笑着看着台下这群十六七岁的学生，神采奕奕。

"不过这次活动各个班是提前定好的啊。"林静提高嗓音，接着说，"签我已经抽过了，咱们班是话剧，最好早点儿定下节目主题，开始排练。"

一听是话剧，班上大半的男生都泄了气，他们精心准备的其他节目看来是派不上用场了。

"老师，《白雪公主》你觉得可以吗？"艺术委员讪讪地举起了手，可她还没听见老师的回答，就被男生嘈杂的嚷嚷声给淹没了。

"我抗议！"

"我也抗议！"

"演啥《白雪公主》啊。"王霄也脸红脖子粗，恨不得站在桌子上嚷嚷，"那我最多也就能演个小矮人，我不同意！"

林静扶了扶额，她拍了拍黑板："都静一下，这样，我们投票决定。"

这下班里男生开心了。班里总共50个人，26个男生24个女生，没有哪个男生会愿意去演《白雪公主》，除非是脑袋不好使。

"白雪公主。"

男生低沉喑哑的嗓音，配上发红的眼皮，是说不出的怪异。王霄猛地转过头，小小的眼睛尽量睁到最大。迟喻无所谓地挑了挑眉，对上付止桉有些疑惑的视线，冷哼了一声便趴在桌上蒙着脑袋睡起来。

付止桉肯定不选《白雪公主》，他不选的我就要选！

王霄咂巴了两下嘴，回过身：得，脑袋不好使的出现了，而且就坐他后面呢。

剩下的半节课，大家都在认真看剧本，选角色。

桌子传来咚咚声，迟喻半睁着眼抬起头，眼前是挂着淡笑的纪晓晓。

"迟喻，你要不要演王子？"

纪晓晓的笑意溢到眼底，那一双大眼睛扑闪扑闪地紧紧盯着他。身后的女生捂着嘴笑道："纪晓晓这私心太重了吧，自己当白雪公主还要拉校草演王子。"

"不演。"迟喻懒散地掀了掀眼皮，纪晓晓也不生气，转头问坐在旁边的付止桉："那付止桉，你来演吧？"

付止桉点点头："都行。"

纪晓晓还没来得及回答，就看见迟喻站起来，指着付止桉说："他那样子最多也就演个小矮人，算了，我勉为其难演一下王子得了。"

令人愉悦的下课铃声响起来，原本略显疲惫的学生都收拾东西准备往外走，直到听见后排两个人有来有回的对话，生生地在门口止住了脚步。付止桉作为除了学习之外什么都不在意的尖子生，包括但不限于运动会、演讲比赛、艺术节，只要是集体类的活动几乎从来没有参加过。

他们私下讨论过，要是月考期中考能不参加的话，估计付止桉也不会去。迟喻更离谱，愿意出现在教室里已经是很给面子了。

而现在，付止桉跟迟喻坐在后面，为一个王子的角色唇枪舌剑。

"唉，你有没有眼力见，人家先问我呢，你就是个替补知道吧。"迟喻站起来挡在两人中间，付止桉没看他。想到又莫名其妙被抢风头，迟喻心里有股无名火，他转过身，冲纪晓晓扬了扬下巴："就这么定了啊，我演王子。"又瞥了眼坐在一边的付止桉，继续道，"随便给他个小矮人的角色得了。"

一直沉默的付止桉突然垂着脑袋轻笑一声，他看着迟喻，声音轻飘飘的："哪有这么傻的王子。"

"付止桉你找碴是吧！"

王霄不可置信地向后挪了挪凳子，尽可能找到一个最佳的观战地点。无法想象，一群十七八岁，正值青春期的男人要演《白雪公主》的话剧，而学校的学霸和有名的"吊车尾"现在居然还为了王子角色，吵得面红耳赤。

当然，面红耳赤的只有迟喻自己。他正一脸不耐烦，皱着眉头冷着脸盯着付止桉，脸上好像写着：我完全不想当王子，但是也不能让付止桉去当。

付止桉对旁边参毛的迟喻完全不在意，他把视线投向站在一边的纪晓晓，纪晓晓眼睛弯着，脸上挂着得逞的笑容。

"既然我们两个都想当，只好折中处理。"付止桉突然开口，他笑眯眯地说道，"那就把这个机会让给林川吧。"

原本站在一旁看戏的林川突然成了焦点，他摸不着头脑地扶了扶鼻梁上的眼镜。付止桉挑眉看向身旁好看的少年，语气中带了几分调笑："你要是真想当王子，你去当也行。"

付止桉顿了顿，补充了两句："我让给你。"

"谢谢您了，大可不必。"迟喻伸出手把额上的碎发往后将，露出光洁的额头和眉骨。反正只要付止桉不当，那他也不玩儿了，什么王子，披个红围巾满屋乱转，太傻了。

长达三分钟的王子辩论，最终结果从两个校草的争夺瞬间落到班里戴透明眼镜的人的头上。

下午的自习几乎占了大半时间，迟喻头枕在手臂上睡了好几个小时，脸上留下浅浅的印子。林川因为自己莫名其妙成了王子正处在兴奋状态中，余光瞥见纪晓晓清秀的五官，想了想还是往旁边移了两步，小声开口。

"那我们什么时候排练？"

"嗯？"纪晓晓没抬头。

"排练啊。"林川看着纪晓晓迎过来的目光，语气中带着轻微的颤抖。

"再说。"

直到放学，纪晓晓都低着脑袋在一张粉色的信纸上写写画画，最后写完的时候，她才终于露出笑容。终于到了大课间，写了一天卷子的学生闷头往教室外冲。等到迟喻睡眼惺忪、一脸困倦地走出教室门，纪晓晓才从位置上站起身，把信纸折了两折，塞进了迟喻的抽屉。

付止桉在洗手间洗了把脸便回到教室，长时间地看卷子，让他眼睛有些酸痛。他伸出手，拇指和食指按在鼻梁处，他的脚步停在自己的座位上，站了半天都没动。

迟喻的抽屉干净得很，里面只胡乱塞了几本漫画书和演算纸，角落里还有几张团成团的卷子。因为这样，付止桉才十分清晰地看见那点粉色的页角，上面透出纸张上女生清秀小巧的墨迹。

是纪晓晓的字。

校园广播放着古老的钢琴音乐，气温很高，付止桉甚至能隐约闻到塑胶球场被暴晒过后的味道。那一点点浅粉色的页角，就像是一小块多米诺骨牌，让付止桉重新复盘了第一次见到纪晓晓时她那张有些不可一世的脸，看起来她好像注定要伤心了。

"你站着求佛呢？"

身后响起干净的男声，付止桉缓缓转过身，对上迟喻干净漆黑的眼，一时间不知道摆出什么表情。

迟喻向前走了两步，皱着眉头问他："怎么了？"

"没事。"

迟喻拉开椅子坐下，一眼就瞥见抽屉里的粉色信纸，停顿了几秒，迟喻把纸拿出来，只看了前面几行就又重新叠好放了回去。

"你不看完？"付止桉看他一眼。

"看完了。"迟喻打了个哈欠，停了几秒才反应过来，瞪着眼睛看付止桉，"你这人也太不厚道了吧，偷窥别人隐私啊？"

付止桉没反驳，只是说："好歹是别人用心写的，你起码得看完吧。"

陆陆续续有人走进教室，迟喻别过头看向窗外，过了好一会儿，付止桉才听见迟喻低声说："如果是以前，我为了气迟越狄，可能真的会去谈恋爱，但那样对人家好像不太公平。"

"长大了。"付止桉感慨说，"我很欣慰。"

下午的课上到一半，迟喻就开始觉得饿，一直撑到放学。顾不上还在埋头看书的付止桉，迟喻扯着付止桉的袖子，头也不回地往教室外面走。中间付止桉冲他嚷嚷了几句，但威胁性不足，迟喻完全没当回事。可还没走出几步，纪晓晓不知道从哪儿冒出来，拦在两个人面前。纪晓晓的眼睛长得很好看，眼尾上扬，像猫。

"你看我写的信了吗？"

听到纪晓晓的话，迟喻抿了抿嘴，头顶灯光投下的光影遮住他的眉眼。

纪晓晓没有要走的意思，迟喻只好随口应付了两句说："还没，回去再看。"他扯了扯身后付止桉的袖子，一边走一边扭头念叨："走快点，哥马上就快饿死了。"

从小卖部出来，迟喻迅速解决掉刚买的两根烤肠，满足地长出了一口气。付止桉跟在他后面，还是忍不住开口："你就这么躲，不合适吧。"

"那能怎么办。"迟喻头都没回，脚踏上草地，接着说，"纪晓晓心理状况感觉也不太稳定。"

"事儿不能这么办。"付止桉说，"有人喜欢是好事，但要是处理不好，可能就会变成坏事了。"

"你觉得我应该直接跟她说？"迟喻转过身，脸上的表情是罕见的认真。

"你觉得呢？"

Chapter 03

互帮小组

身边来来往往的人似乎都被按下了暂停键，迟喻正在用心复盘刚刚付止桉的话。虽然付止桉一向和他不对付，但付止桉很少做错事，虽然不愿意承认，但是付止桉确实是比他要聪明一点。

付止桉原本想再说几句的，正准备开口的时候，忽然有人从背后拍了他一下。付止桉转过身，是一个戴着眼镜的女生，对上他和迟喻投来的目光，脸上的表情有些紧张。

"那个，王霄说你要演大树，是真的吗？"害怕付止桉误会，女生忙补了一句，"因为我要去买服装，所以要提前登记一下。"

付止桉笑着点点头。

得到答案，女生如释重负，很快转头跑开了。另一边，迟喻终于得出了结论，他喊了一声付止桉的名字，付止桉转头看向他。

"嗯？"

"我有一个大胆的想法。"迟喻走近一点，他呃巴了两下嘴，"你是不是喜欢纪晓晓啊？谁知道人家纪晓晓眼光那么高，看上我没看上你，结果你现在害怕我答应她，就使出这种小伎俩。"

迟喻越说越觉得有道理，他把手揣进裤子口袋，摇头感叹："付止桉，你心机真的太重了。"

……

付止桉自认为自己最大的优点是情绪稳定，但现在听见迟喻的话，他差点一口气没上来。但看着迟喻那张带着傻气的脸，他又发不出火，只是纳闷，迟喻这个理解能力，到底是怎么长到这么大的。

他现在有点儿明白那些给他送情书的女生是什么心情了。

两个人慢悠悠地晃到网吧门口，迟喻非要拉着付止桉进去玩两把，付止桉拗不过，掀开帘子跟着走进去。游戏开始不到十分钟，迟喻就意识到今天自己手感不佳，键盘敲得噼里啪啦响，时不时嘴里蹦出几声吼。付止桉没开机器，他坐在旁边的沙发上，看着迟喻时不时暗下去的屏幕。

"我真服了，这个打野，我在这儿打架他在野区逛街是吧！"

付止桉瞥了一眼迟喻右上角的战绩：5/12/0。

"你不是去打架，你这是单方面被打。"付止桉手托着脑袋，余光在对比，到底是电脑屏幕比较黑，还是迟喻的脸比较黑。迟喻打游戏的风格和他的人一样，勇敢又无脑。不管对面几个人，他拎着刀就冲上去干，忽略一直给他打信号的队友。

迟喻没理他，人刚复活，就传送到对面二塔。

落地不到三秒，就被对面的三个人捶了一顿，又死了。

迟喻双手离开键盘，正打算发作，一直坐着不动的付止桉忽然拎着他的后衣领，迟喻扭过头，付止桉冲他摆摆手。

迟喻背靠着沙发，付止桉把胳膊架在他肩上，握住鼠标，顺便把键盘往他的方向挪了挪，一脸平静地操控着屏幕上刚复活的小人向野区走去。迟喻没见过付止桉打游戏，在他眼里，学习好和游戏打得好这两件事，最多只能占一个。

细白的手指在按键上来来回回，屏幕里的角色熟练地使用着技能和走位，躲开了对面一个接着一个的控制。最后，一个闪现躲掉对方的大招，跟着一个小走位控住对方后排，点燃加大招带走对面的主要输出。迟喻看着左下角对话框里弹出的对话。

一个小草莓：这波厉害。

shudiahduf：这绝对是换人打了。

我是美少女：这是要翻盘？

付止桉收回手坐回原位，看着迟喻有些僵硬的脸眯着眼笑笑："我在键盘上撒把米，鸡都比你玩得好。"

迟喻没了兴致，跟着队伍的其他四个人打了大龙后，顺着就推掉了敌方的基地。迟喻丢下鼠标，坐在旁边的付止桉已经开始预习明天老师要讲的内容，指间夹着笔，时不时在上面做笔记。

"不打了，回家。"

付止桉没接话，拎着包跟在迟喻身后。黄昏的尾光带了几分悠长，迟喻看着地面上两人的影子，跟在后面的黑影即将盖过自己的，余晖把两人的影子拉得很长。

"你平时还打游戏？"

付止桉点头："过年的时候，亲戚家孩子会过来，偶尔打两把。"

"你骗谁啊你。"迟喻完全不信，"那种操作，是偶尔打两把能打得出来的？"

付止桉也不辩解，只是低头笑。像是用尽全力打在棉花上，迟喻只觉得一肚子火没处发。他索性蹲在马路牙子上，别扭地偏过头，眼尾懒懒地耷拉着，低着脑袋嘟囔："喊，你这人真没劲。"

巷子里的喧闹似乎在一瞬间停止，被风吹起的碎发挡住了眼，迟喻有些发蒙，任由那几根头发挡在眼前。直到付止桉冲他晃了晃手，迟喻才重新灵魂归位。

"你什么意思？"

付止桉抿了抿嘴，想了一会儿才开口："我知道我没什么立场替你做决定，但小时候你不是说了吗，等你长大了一定不会混得比我差。"

"有的事情发生了就是发生了，既然我们没有办法改变过程，总不至于要让结果变得太难看。"

"而且，迟喻，"付止桉眨了眨眼，声音变轻，"你这样做，你妈妈真的会很伤心。"

迟喻坐得挺直的身子渐渐软了下去，他双臂垂在膝盖上低着脑袋。地上两人的身影交织在一起，灰蒙蒙的影子被夕阳笼上一层金光，明亮又动人。

"知道了。"

校园生活总是不会发生太大变化，哪怕昨天晚上哭得撕心裂肺，第二天一大早还是会顶着肿眼泡坐在教室早读。唯独迟喻可以成为例外，自从上次付止桉和他在十字路口告别之后，迟喻已经一个星期没有出现在学校。

"付止桉？"

付止桉怔了几秒，停顿了几秒才抬起眼，浅褐色色的瞳孔中带着几丝迷茫。头顶里刺眼的日光灯照在他的脸上，显得他眼下的那团乌青越发明显，付止桉的心不在焉，连王霄都看出来了。付止桉手里的黑色水笔握得很松，迎上王霄有些担忧的眼神，付止桉笑笑，低头在选择题的题号前写上了个字母。

"知道你不情愿，但是放学你还是得去排练，陈琳脑袋估计有问题，你演个大树去排练个什么鬼。"王霄坐在桌上发牢骚，付止桉始终沉默，偶尔会在卷子上写两个字，最后对话由王霄的一个叹气作为结尾。

桌子上摞成高墙的卷子几乎挡住付止桉的大半视线，王霄随手翻了两摞，这些卷子来自各个辅导机构。这几天付止桉做的卷子多得吓人，除了每天固定的作业之外，还有不知道从哪儿搞来的真题，一整天下来，付止桉大部分时间都伏在桌上，几乎没怎么抬过头。

王霄看了一眼侧后方空荡荡的座位，想了想还是说："迟哥没来，你可以先把东西放他座位上。"

付止桉没抬头，只留给王霄一个黑漆漆的脑袋，他把卷子翻到另一面，声音平静："别了，迟喻回来看见又要发疯。"

王霄心里开始不是滋味，胃也顺带着不舒服，一个劲儿地往上吐酸水。他小小年纪心宽体胖，大事小事从不往心里搁，在学校和老师同学插科打诨，在家和爸妈斗智斗勇。付止桉这个大学霸坐他后面快一个学期，平时听着他和迟喻斗嘴，早就习惯了。

可迟喻已经快一个星期没有来过学校了，付止桉原本话就少，现在更夸张，几乎只剩下语气词了。对于迟喻的无故旷课，班主任解释为：病假。但王霄觉得不对，迟哥旷课从来不需要原因，也不会跟老师请假。前几天学校操场边上新来了一批施工队，据说是迟越狄要和一个教育机构合资，给学校盖个天文馆。

他想张嘴想对付止桉说点儿什么，但是酝酿了半晌，最后也只是从桌上跳下来，小声说："没事儿，迟喻肯定过几天就来了。"

付止桉手里的笔一顿，笔尖迟迟没有抬起，在薄薄的纸张上洇出一个黑色的墨点，墨迹边缘不断向外蔓延。

话剧的排练过程确实不太需要付止桉做些什么，他只要站在舞台边缘，跟着剧情的进度时不时转个身就可以。明明这么简单，付止桉已经错了两次。终于有人忍不住扑哧笑出来，接着就是第二个，第三个人，付止桉站在台上，有些无奈地耸了耸肩。

排练到第三遍，付止桉看着窗外铺到一半的塑胶跑道又开始发呆，付止桉偶尔也会反思自己是不是太爱多管闲事。但总是很奇怪，有的人只是站在那儿不动，你就能对他生活中的苦涩感同身受，想要拉他一把。

迟喻就是这么一个人，他陷在烂泥里，不挣扎不呼救。

不知道谁碰了碰他的手臂，付止桉从窗外回过神，看着舞台上有些发愣的同学。

"不好意思，又错了。"

王霄看着站在台阶上的付止桉，宽大的校服几乎是挂在他身上，可能是付止桉白净又好看，激起了王霄许久未起的关爱之心。

"你先走吧，回去睡一觉。"王霄在台下扯着嗓子喊着，他给了陈琳一个白眼，接着道，"也不知道一个词儿都没有的角色干吗非要逼着人排练，知道的是在排练，不知道的还以为让学霸在这儿罚站呢。"

陈琳嗓门没有王霄大，她偷偷瞥了一眼不远处白皙干净的少年，结结巴巴地道："我这也是为了排练效果好，要不大家投票，看用不用付止桉留下来！"

《白雪公主》里光男性角色就有八个，演小矮人的本来心情就不怎么好。这会儿见有提反对意见的机会，一个比一个蹦得高，声音大得像在开什么改革会议。持反对意见的几乎占了一大半，陈琳觉得没面子，她拉了拉纪晓晓的袖子。

"我无所谓啊。"纪晓晓的目光落在付止桉身上，她瞥了一眼之后偏过头，"他一直出错反而耽误大家的排练进度。"

纪晓晓话刚说完，原本蹲在地上的林川也猛地站了起来，红着脸跟着道："确实耽误时间了！"

最终的讨论结果就是付止桉不用排练了，他拎着书包走出排练厅，同学们的善良超出了他的预料。尤其是王霄，恨不得给他找个轮椅推着回家。即将入秋的夜晚，空气中都带着湿润的气息，倒数第三个路灯昨天晚上坏了，这会儿一闪一闪的，像灯塔。

脚步停在离校门不到十米的地方，脚下的地砖裂了缝，绿色的四叶草硬生生地从中间劈成两半，付止桉盯着校门外的男生，很轻地出了口气。

穿着白色线衫的男生站在铁门外，怀里抱着个黑乎乎的不知道是什么东西的活物，可能是姿势不太舒服，这会儿在他怀里扭来扭去。少年似乎极为不耐烦，他低着脑袋骂了半天，但依旧善解人意地给它换了个姿势。

"我说了，狗不能进学校，你这孩子咋就是听不懂呢？"门卫双手插在口袋里，动作带着无奈。

"我说了我抱着它呢，它又不乱跑，我就进去找一下我朋友。"男生话里带着强硬，他把怀里的小狗举起来，一边举着一边瞪着眼，"我抱着它它就不会乱跑，你看它多乖。"

又是莫名其妙的歪理，真不知道那个脑袋里都装了点什么东西。

门卫又叉着腰说了点儿什么，后来估计觉得实在说不通，索性走进门卫室锁上了门。

"啧。"

似乎感受到不远处投来的视线，迟喻一脸不悦地抬起头，隔着栏杆缝隙，对上付止桉的视线。外面车流密集，迟喻站着没动，几秒过后，付止桉朝他走过去。

没想到冷不丁的就碰见了，迟喻的表情有些怔愣，他手上的劲儿使得大了些，怀里那只脏兮兮的小狗又挣扎了两下，好像正在控诉命运的不公。迟喻垂眼敷衍地安慰了小狗几句，然后重新抬起头。付止桉不知道什么时候已经走近那么多，他双手插在校服口袋里，脸上没什么表情。

付止桉还没想好开场白，他不知道迟喻无故旷课是不是因为自己上周那段莫名其妙的发言，于是他只是看着，看着迟喻露出有些不自然的笑容，然后小心翼翼地举起手臂，把两只手高高举过头顶，被抱着的小狗不明所以，瑟瑟发抖。

"那个。"似乎怕付止桉看不清，他把手臂往前伸了伸，停顿了几秒，主动开启了一个话题，"你看，我在路上捡了一条狗。"

还没到放学时间，学校附近的店铺都还没什么人，迟喻和付止桉挑了一家冰店走进去。昨天刚下过雨，房顶还没干透的积水顺着铁卷帘门往下滴。因为店里不让进宠物，迟喻搬了个小马扎坐在门口，不太耐心地给脏兮兮的小狗讲道理。

　　付止桉离他近了些才看清他怀里的小狗，白色的卷曲长毛因为长时间没有清洗，这会儿一缕一缕地粘在一起。头顶连着耳朵的乳毛上还粘着一个口香糖，紧紧地扒在它的耳朵上。

　　迟喻的白色线衫脏了一大片，可他似乎完全不在意，反而垂着脑袋重新调整了一下手臂的姿势，希望它怀里的小东西能不要再一脸生无所恋。

　　"这小东西感觉智商不太高。"迟喻突然开口，声音不算大，一字一句却十分清晰，"当时就趴在马路中间，车都要开过去了，也一动不动。"

　　付止桉靠近了一点，垂着头，对上小狗像葡萄一样的圆眼睛，伸出手很轻地碰了一下小狗的脑袋，低声问迟喻："你家能养狗吗？"

　　"管他呢。"迟喻撇了撇嘴，把刚刚送过来的炒冰移到手边，用勺子挖了一大口，直接塞进嘴里，"他连儿子都没空管，更别说儿子要不要养狗了。"付止桉没接话，两个人在进食时都保持沉默，直到两个人的嘴唇都被炒冰里的色素染成绿色，才互相对对方笑着骂了句脏话。

　　因为怀里抱着狗，回去的路上，公交车和出租车都不太乐意让他们上。迟喻不是什么有耐心的人，又死活不愿意放下怀里的狗，最后只能放弃交通工具，沿着高架桥下的隧道往前走，穿过几条马路，付止桉和迟喻最后站在流浪动物救助站前。

付止桉没进去，他站在门外，透过巨大的玻璃窗看站在柜台前的迟喻，他小心翼翼地把狗放在台上，从兜里摸出钱包然后掏了十几张红票子扔在桌上。几天没见，迟喻好像瘦了一圈，垂感线衫松松垮垮地挂在肩头。

安顿好小狗之后，迟喻掀开帘子走出来，但是谁都没提要离开，迟喻和付止桉并肩站在玻璃窗前，看着那只小狗被工作人员裹上毛毯。

"其实我就跟流浪狗差不多。"迟喻双手插在口袋里，目光落在屋里正挣扎着不愿剪毛的小狗身上，继续道，"有人生没人养。"

"没人知道我有多羡慕你，你有永远爱你支持你的父母，每个老师都喜欢你，认同你，不像我。"

付止桉偏过头，对上迟喻带笑的侧脸，察觉到身侧的视线，迟喻转过头，冲着付止桉很轻地挑了挑眉："你看啊，迟越狄最喜欢的是他自己，我妹最喜欢的是她妈妈。"

"原来我以为我妈最爱的人是我，但现在想想好像也不是，她最爱迟越狄，要不然也不会扔下我。"迟喻开始叹气，黑漆漆的眼亮得吓人，似乎有什么就要涌出来了，他吸了两下鼻子，鼻尖皱起，他转过身倚着玻璃窗，仰着脑袋看天。

"就真的觉得，挺没意思的。"

付止桉没说话，只是脸上的表情越来越少，这大概是他认识迟喻这么多年，第一次听见迟喻说这么多话。或许是从小到大，那个唯一会给迟喻讲道理的人也消失不见的原因，迟喻恨自己的父亲，没人爱他，所以他靠憎恶生根发芽。

临街的商铺开了灯，透过纱帘是鹅黄色的柔光，隔壁炒栗子的门脸挂上了营业的牌子，迟喻转过身，很轻地叫付止桉的名字。

"我今天早上逛到A城。买了一袋橘子，尝了一口觉得特别甜。"迟喻抿了抿嘴，手从裤子口袋拿出来，垂在身侧，"你知道我当时在想什么吗？"

"我在想，等我重新回去上学，要怎么给付止桉和王霄解释我为什么旷课旷了这么多天。"他说完自己也觉得好笑，嘴角一点点扬起，露出温柔又好看的弧度。他把手从口袋里拿出来，付止桉这才发现他的口袋鼓鼓囊囊。迟喻站直了身子，向他走了几步，伸出胳膊冲着付止桉摊开手掌。

黄澄澄的橘子安静地放在少年的掌心，颜色鲜亮，表皮平滑。

"剩下的我都吃完了，就剩这一个，正好碰见你了，王霄也没办法怨我不讲义气，就算是贿赂，你可别那么没眼力见再问我为什么旷课了啊。"迟喻把橘子塞给付止桉，弯着眼睛冲他笑。

付止桉停了一会儿，把橘子皮剥开，清新的柑橘味迅速在空气中散开，付止桉不小心抠到果肉，橘色的汁水把手指染成黄色。

"那你上次考试考多少分能问吗？"

站在旁边的迟喻毫不犹豫抬手往他肩上捶了他一拳，力气不重，但付止桉还是十分配合地往后退了两步。迟喻走过去，一把抢过他刚刚剥好的橘子丢进嘴里，含糊不清地说："跟学习有关的都别问，晦气。"

付止桉没说话，转身往路口走，迟喻在原地愣了两秒又追上去，跟付止桉继续争论关于在课余时间还要讨论学习这件事到底晦气不晦气。付止桉大部分时间都沉默，但迟喻话真的很多，于是付止桉被迫加快脚步，迟喻依旧在后面不依不饶地迫。

"你渴不渴？"亮着红灯的路口，付止桉站在斑马线内侧头看站在旁边的迟喻。

迟喻瞥了他一眼，说："不渴。"

"那你还挺厉害。"付止桉补充道，"说了一路话都不用喝水的。"

迟喻听出来付止桉话里的意思，但他今天心情很好，所以没打算跟付止桉计较。很快走到分叉口，临要分别之前，付止桉叫住已经走出一段距离的迟喻："明天别迟到了。"

迟喻没回头，他冲付止桉扬了扬手臂，语气随意："用你提醒吗，废话怎么那么多。"

"哎迟哥，你上星期咋不来学校啊？"

"真羡慕你，想来就来，不想来就不来。"王霄双手托着脸，脸颊两侧的肉全被挤到中间，原本细窄的眼睛看起来更小。迟喻从头到尾连个眼神都没给他，侧身趴在桌上，无法分辨到底是不是还醒着。

王霄瞥了一眼旁边做卷子的付止桉，他低头凑近迟喻，声音压得很低："不过您的威严我现在真是见识了，你不在的那几天，付止桉桌上都堆成山了，愣是连书都不敢放你桌上。"

一直趴在桌上的迟喻终于动了动，他慢吞吞地抬起头，露出很黑的眼睛："你有没有点儿眼力见儿，看不见我正在做题呢？"

王霄愣了两秒，视线下移，捕捉到迟喻压在手臂下面皱皱巴巴的卷子，左上角潦草地写了两个大字：迟喻。不开玩笑地说，王霄和迟喻同班了这么久，他还真没见过几次迟喻的字，这人上学几年交作业的次数一只手都数得过来，刚开始老师还会批评，但时间久了老师也知道迟喻什么德行，渐渐地开启放养模式，不怎么管他。

王霄瞪着迷茫的小眼，瞥了一眼迟喻选择题前已经写好的选项，试探道："可以啊，这题你都会做啊？"

迟喻把笔丢在桌上，两条腿伸直了蹬在课桌下的铁杠上，仰着脑袋有气无力地开口："不会。"

小时候，不管哪个大人见到迟喻都会笑着说：这小孩儿长得真聪明。不知道人家是不是客气，但温华是听进去了，哪怕那时候她已经自顾不暇，但每天还是会坐在床边替他辅导功课。他从小成绩就不上不下，全班五十个人，每回都能考26名。偶尔有一次他考到25名，温华抱着他在客厅转了好几圈，高兴得晚上睡觉都直说梦话。

现在对着卷子上密密麻麻的字母，迟喻有些丧气，小时候他也是人见人夸，看见他脸的人都会夸他一句聪明，现在才发觉他们可能真是客气。

王霄从没见过迟喻这样，他低着脑袋，瞥见自己抽屉里包着辣条的卷子，边角已经被红油浸湿。他咬了咬牙，把卷子从抽屉里拿出来，又拿餐巾纸在上面使劲儿擦了好几下。现在这世道真不得了了，长了一副好皮相的迟哥都开始学习了，这个世界是不会给他这种普通人一条活路了。

林静站在后门看了迟喻半天，多好看的一男孩儿，这会儿两条眉毛狠狠地揪在一起。老师对学生总是怜惜的，以前迟喻不爱学习也就算了，现在既然有学习的意思，那她一定要支持。

"从今天起，为了高考冲刺做准备，我决定分一个互帮小组。"林静站在讲台上，笑眯眯地继续道，"大家可以自由分组，如果不愿意的话，也可以找我来分。"

林静的话刚说完，迟喻便看着班里人全都把目光落在他身侧的男生身上，可这人正支着脑袋写数学题，好像什么也没听见一样。迟喻垂眼看了看自己的英语卷子，除了选择题随便蒙上了几个之外，剩下的大题在经过四十分钟后还是一片空白。

下一秒，一片阴影投在他的卷面上，付止桉拿着黑色水笔，把迟喻面前的卷子扯到自己那边，悬着的笔尖在题目上停留了两秒，落下笔圈出了一个选项。

"选这个。"付止桉的声音平静，脸上也没什么表情。

迟喻转过头，看了付止桉一会儿。察觉到他的目光，付止桉也抬起头，看了迟喻一眼，轻轻挑着眉："干吗？"

"光把答案圈出来有个什么用。"迟喻把卷子重新扯回自己面前，停了两秒又重新抬起头，表情不太自然，"讲一下。"

"练习册这单元有一道类似的。"付止桉伸手把迟喻塞在抽屉里的书拿出来。书应该从来没翻过，纸张崭新，甚至在翻开的时候能闻到墨水的味道，付止桉捏着书页的手指顿了顿，随即看了迟喻一眼，说："你也写点儿作业吧。"

自习课很安静，教室里只能听到翻书声。

坐在最后一排的迟喻，用下巴抵着桌子，细长的手指时不时叩两下桌面。十几分钟后耐心终于消耗殆尽，迟喻把卷子一掀盖在头顶，整个人趴在桌子上："真服了，我发誓我这辈子都不出国，能不能请英语离开我的世界。"

头顶上的卷子被人拿走，然后响起付止桉十分平静的声音："那你先写语文，然后你又会请语文离开你的世界，接着孤独终老。"

付止桉轻飘飘的几个字飘进迟喻的耳中，他机械般地抬起头，对上身侧付止桉毫无感情的眼睛。

"我现在就想请你离开我的世界。"迟喻干巴巴地说。

"这题选B。"付止桉瞥了一眼迟喻刚填上的答案，慢悠悠地开口，"你可以把B留在你的世界里。"

或许是学校突然大发慈悲，六点半下课之后林静突然出现在后门，她撑着门看教室里坐得歪七扭八的学生，叹了口气后笑着说："今天不上晚自习，大家都早点回去休息吧。"

欢呼声在三秒后响起，王霄一边把桌上的书往包里塞一边转过身对身后的两个人说："打球去吧？"

迟喻伸了个懒腰还没说话，付止桉抢先一步替他回答："不去了，晚上有卷子要做。"

"别吧。"迟喻撇了撇嘴，表情有些僵硬，"能不这么扫兴不？"

把东西都收拾好，付止桉站起来，垂着眼睛冲迟喻笑了笑："不能。"

迟喻没说话，趁着付止桉背过身的时候冲王霄使了个眼色，王霄心领神会，冲前门扬了扬下巴示意待会儿从前门溜。迟喻和王霄正在准备一起逃，走在前面的付止桉突然回过头，眼睛弯着："王霄，你也想跟着一起做卷子吗？"

王霄皮笑肉不笑地摇头，偏过头对着迟喻做了个口型："救不了你了。"

付止桉经历过许多这样的傍晚，绯红的晚霞挂在离地面很近的地方，两侧的梧桐树时不时落下几片落叶，后方是汽车时而响起的轰鸣声。

只不过现在旁边多了一个人，校服不好好穿，走路晃晃悠悠。偶尔看见路边的野猫会悄悄放缓脚步，弯腰冲着它做个鬼脸再默不作声地回过头，余光偷偷打量他，看看自己幼稚的举动有没有被发现。

每当这时候，付止桉都会贴心地冲着他点点头。

然后付止桉就能顺利捕捉到迟喻有些僵硬的表情，以及毫无杀伤力的谩骂。迟喻骂骂咧咧地拐进巷子，听见对面街道上的嬉笑声，他随意地打量一眼之后，再也没挪动步子。付止桉顺着他的视线朝对面看过去，路那边，穿着深灰色短裙的女生靠在身后的铁栏上，脸上挂着一抹冷笑，眼中的不屑一览无余。

虽然她脸上化着亲妈都认不出来的浓妆，但依稀能辨认出和迟喻有几分像的眉眼。

迟喻皱着眉看向街道对面，三四个穿着皮夹克的男人把她围在中间，几个人看起来有些争执，其中一个男人抓住她的手腕，女孩挣脱了两下没挣开。

"你等我一会儿。"迟喻往前走了几步又停下来，语气认真地说，"放心，我不惹事。"

付止桉跟在迟喻后面，看着迟喻翻过栏杆，迈着步子跑过去，气势汹汹的。看见忽然出现的迟喻，迟音脸上闪过一次惊慌，她有些迷茫地眨了几下眼，看着迟喻一把揪住其中一个男人的领口，压着嗓子低声道："把你手松开。"

迟音脸上的表情有些松动，她扯了两下嘴角，脸上的笑容放大："迟喻，你也太能多管闲事了。"

"你给我闭嘴。"迟喻恶狠狠地看了她一眼，对上她眼皮上紫紫红红的眼影时，脸上的嫌弃更加明显，"化的什么玩意儿。"

"哥们儿。"皮衣男颤颤巍巍地拍了拍迟喻的手，对上迟喻狠厉的眼睛，他绽开了一个十分友好的微笑，"您能先把手松开不？"

"不能。"

迟喻看起来比他还要小几岁，可手上的劲儿却大得吓人，揪着衣领的指节发白。

"哥们儿，可能有点儿误会。"男人有些尴尬地笑，"这个妹妹来我们这儿买酒，她还没掏钱呢就想走……"

迟喻愣了愣，接着慢悠悠转过头，皱着眉问她："你买酒干吗？"

"喝啊。"迟音咧着嘴，瞥了一眼站在旁边的付止桉，有些好笑地说，"难不成还去救助儿童？"

迟喻面无表情地松开手，看了眼男人身上的皮衣领子被他抓出不深不浅的折痕，清了清嗓子，伸手在男人的衣领上拍了几下，问他："总共多少钱？"

"一千七。"

迟喻看着钱包里几张红票子，手上的动作顿了顿，抬眼问：

"现金不够，你们店在哪儿？"

领头的男人伸手指了下远处的店面，迟喻点点头，跟着几个人往店里走。穿着宽松校服的少年带头走在前面，双手插在口袋里，穿着皮衣的大哥忙不迭地跟在他身后，让人一时间分不清到底谁是老大。清瘦的身影消失在大门口，付止桉转过头，把目光重新放在和他站得很近的女孩身上。

和上次在学校门口见到的简直判若两人，黑色的全包眼线加上翘到天上的假睫毛，深灰色的短裙刚刚遮住大腿。感受到付止桉打量的视线，迟音完全不在意，反而转过身大剌剌地让他看个够，甚至神态做作地在原地转了个圈。

"是不是觉得很好看？"

"那倒没有。"付止桉身子微微向后，倚在身后的栏杆上，他眯着眼冲她笑了笑。

"就是第一次见到跟我同一副嘴脸的人，看来你哥说得没错，多看几眼还真是挺硌硬人。"

迟喻总是说，付止桉皮笑肉不笑的模样让人火大，他那时候不觉得。可现在对上迟音的脸，他突然有点儿理解为什么迟喻以前总是想对他挥拳头了，确实很容易让人上头。迟音完全不在意，她耸耸肩，学着付止桉靠在栏杆上。

"你最好不要在迟喻身上耍什么手段。"付止桉语气平静，垂在身侧的手指微微曲着，迟音用手指卷着胸前的长发，听见付止桉的话抬起眼，很轻地挑了挑眉。

"你从学校打车来我们这儿得半个小时了吧。"付止桉顿了顿，转过头接着说，"买个醉也用不着来我们这鸟不拉屎的地方。"

"我没有干涉你的意思，你想喝酒想打架都随便你。"付止桉看着她，"但是不要给迟喻惹麻烦。"

迟音转过身，看着面前长相干净的男生，如果他不张嘴说话的话，迟音觉得他还蛮好看的。她看着付止桉，随即笑了出来："就是说，我想找地儿吃喝玩乐，也最好选个离迟喻八竿子打不着的地方，最好是直接坐飞机换个城市？"

付止桉"嗯"了一声，接着冲着她点点头，态度友好地回答她："可以这么理解。"

有些人看起来狠厉又乖张，可没说几句就暴露自己是个软柿子的事实，有些人外表温柔又谦逊，但说出口的每句话都带刺。

迟音冷笑一声："你觉得你有什么资格管我？"

"谁知道呢。"付止桉看向重新出现在店门口的身影，身体站直了一些，"你也可以不听，无所谓。"

迟喻走过来的时候只觉得两个人之间的气氛怪异，他一脸纳闷地看着剑拔弩张的两个人。还没等他开口，付止桉走过来问他："付完钱了？"

"嗯。"迟喻皱着眉，他还没想好怎么教育自己的妹妹，上次见面时有些尴尬，现在他一时也没想好怎么开口。

迟音见他已经付完钱，手拢了拢脑后的长发："那我先走了，你们聊。"

"我送你。"

"别。"迟音瞄了一眼笑眯眯的付止桉，冲着迟喻摆了摆手，"你可离我远点儿，我怕招惹你。"

眼看迟音越走越远，迟喻还没反应过来。付止桉拎着包已经走出了几步，迟喻两三步跟上，皱着眉一脸严肃地开口："她那话什么意思？"

"夸你高大威猛的意思。"

周一早上，迟喻刚走到教室门口，就看见垂着头靠在栏杆上的付止桉，迟喻走过去，把书包丢在地上，站在付止桉旁边，打了个很长的哈欠。余光瞥见付止桉投过来的视线，迟喻的哈欠被生生止住，最后以有些狼狈的咳嗽声作为结尾。

"今天没赖床。"

迟喻翻了个白眼，弯腰把书包捡起来搭在肩上："哥本来就不赖床。"

今天是艺术节彩排，早读和前两节课全部都取消了，昨天得到这个消息，迟喻的嘴角都快咧到太阳穴了，总算能名正言顺地睡个懒觉。可付止桉在快下课时突然把几张卷子丢在他桌上，慢悠悠地说："今天晚上做了，明天拿给我。"

凌晨三点，迟喻睁着大眼盯着天花板上的纹路，听着桌上钟表指针滴答滴答的声音，清醒得不得了。他从小就嗜睡，几乎不熬夜，每天需要睡足十个小时才能保证清醒，坐在桌子前和卷子大眼瞪小眼的概率是小于或等于零。

但现在就这样发生了。

付止桉总共给了他四张卷子，除了选择题能蒙着写，几个小时过去，剩下的题目依旧是一片空白。语文还好一些，多少能写上几个字，数学能在解题步骤上写个解，这已经是他的学业顶峰。

付止桉是怎么做题做得这么快的，这人是不是文曲星下凡渡劫啊？这个念头只闪过了几秒，迟喻突然从凳子上弹起来，恨不得给自己几个大嘴巴子。这种念头不能有，有了就是输，以后在付止桉面前还怎么能抬得起头？

所以当晚上付止桉领着他坐在馄饨店时，迟喻冲着面前热气腾腾的荠菜馄饨，咽了口口水之后偏过了脑袋："不想吃。"

坐在对面的人没看他，用勺子舀了口汤："反正一会儿是你付钱。"

"可以。"迟喻停顿几秒拿了双筷子，狠狠扎透一个白花花的馄饨，眼睛死死盯着坐在对面的付止桉，"真有你的。"

"谢谢。"

"不客气。"迟喻把馄饨放进嘴里，吐字含糊不清。

学校的艺术节算是给每天埋头学习的学生一天放假的机会，当王霄看见穿着白色卫衣的迟喻斜倚在门口时，他瞪大了眼走了过去。

"我还以为出现幻觉了，迟哥你居然还来艺术节？"王霄叹了口气，仰着脸说，"要不是我要去演什么小矮人，早去玩去了，迟喻你就算再想接受艺术熏陶也没必要来学校啊。"

迟喻瞥了他一眼，扯了扯嘴角："差不多得了啊。"

不管艺术节的节目大家喜不喜欢看，只要不用写作业，每个人脸上都笑得跟花儿一样。迟喻站在后台，看着不远处套着绿色大树演出服的付止桉，全身都套在一个竖桶里，整个人直挺挺地站在角落。

迟喻想了想走到付止桉身前，从口袋里掏出纸巾。付止桉没说话，道具服把他全身都包裹住，只有一双狭长的眼露在外面。迟喻挑着眉冲他笑，抖了抖手里的纸巾，掀开整张盖在付止桉脸上，嗓音带笑："来，学霸擦擦汗。"

他们班的节目排在第三，前方舞台上的音响放着砸锅卖铁一样的电音，台上那几个男生像是没睡醒在梦游。观众席上班主任笑得都快抽筋儿了，台上那几个人愣是装没看着，私立高中艺术节成功搞成了不入流的KTV夜场。

迟喻有些烦躁地捂着耳朵，瞥了一眼穿着一身绿面无表情的付止桉，忍不住笑出了声。付止桉斜着眼看他，迟喻不知死活地晃了晃脑袋。

舞台上刺刺啦啦的声音终于结束，迟喻仰着脖子正打算看看是哪几个同学，却被身后的人撞了个趔趄。那人连道歉都没来得及，跌跌撞撞地跑到前面嘀咕了一通，刚刚还笑嘻嘻的几张脸瞬间就黑了下去，就连付止桉的表情也罕见地变得严肃起来。

"陈佳梦肚子突然不舒服，现在在厕所站都站不起来。"王霄垂头丧气地坐在地上，小声嘀咕道，"陈佳梦没法来弹钢琴，我们几个人上去干演啊？"

王霄有点儿失落，本来让他演小矮人他有一万个不乐意，但好歹排练了这么多天，他连晚上做梦都是小矮人的那几句台词。后台一片寂静，舞台前主持人已经报了两次幕了，他们还是没动静。

"要不算了吧。"陈琳吸了吸鼻子，她为这出舞台剧不知道付出了多少努力，虽然她没当成白雪公主，但她演皇后，怎么说也能算得上是个女二号。高中三年，这估计是他们最后一次参加艺术节了，倒也不是多想在全校学生面前露脸，只是觉得可惜，为她自己，也为班里的其他同学。

没人接话，迟喻抬起头对上付止桉的视线，付止桉因为长时间套在演出服里，原本没有什么血色的皮肤开始泛红。演出服厚重又不透气，站在一边的其他人也开始冒汗，但没一个人先开口说要换衣服。

"你们要弹的那曲子，"迟喻冷不丁地开口，他揉了两下头发，走过去，问陈琳，"有谱子吗？"

指尖落在冰凉的琴键上，迟喻一时间有些恍惚，那些已经落了灰的记忆好像被谁吹开，打他一个措手不及。

他最后一次弹琴是在十二岁，那个时候温华揪着他的后领子强迫他坐在钢琴椅上，手上动作不重，但嘴里却一直不停地碎碎念。小时候上钢琴课，教室里只有他一个男生，每一次坐在人不多的教室里，周围人时不时落在他身上的视线都让他头皮发麻。

他不想弹琴，温华去世了以后就更不想了。

那天迟越狄西装革履地来带他走，锃亮的皮鞋踩在温华的围裙上，眼睛随意地在客厅里扫了一眼，迟喻堆了满屋的乐高和衣服就装了一个行李箱。迟越狄没打算拉走那架钢琴，透过干净的镜片，迟越狄的声音听起来很平静。

"钢琴这种玩意儿，不学也罢。"

迟喻觉得这是他第一次和这个男人在某件事上达成共识，钢琴这种玩意儿确实没什么用。虽然在那之后的无数次，他跷了课漫无目的地到处游荡，不知不觉就来到学校的琴房。黑色钢琴漆已经有些脱落，琴键也不再有弹性，音准也错得乱七八糟，但在手指碰到琴键的那一刻，好像有电流穿过身体。

台下和台上的视线都落在迟喻身上，以往满身戾气的少年有些迷茫地坐在钢琴前，搭在琴键上的手指微屈。穿着深绿色道具服的少年站在他身侧，绑着绿色缎带的手很轻地按着他的肩，迟喻转过头，付止桉的眼睛弯了弯。

"没事。"付止桉向他做了个嘴型。

迟喻没说话，他转过头，闭上眼深吸了一口气，安定下胸腔中剧烈跳动的心，把注意力放在五线谱上，搭在琴键上的手指微微用力，发出清脆动听的琴声。谱子不难，虽然迟喻不想承认，但在除了学习以外的事情上，他倒是都有些天赋。陪着付止桉来排练的那几天，他只不过倚在一边听过几次，就已经能大差不差地弹出来了。

《白雪公主》这场话剧删删减减最后只剩下十五分钟，演出很成功，但王霄心情却不太好。他有些不悦地冲着底下观众鞠了一躬，余光却忍不住瞥着另一头穿着白色卫衣面无表情的男生。本以为付止桉套个只露着眼睛的道具服已经很安全了，没想到迟喻居然半路杀出来。有迟喻在，根本无人在意小矮人。

台下发愣的除了学生还有老师。林静推了推鼻梁上的眼镜，上身不自觉地挺直，她瞪大了眼瞧着台上手指翻飞的少年。林静带了迟喻两年多，这还是她第一次见到如此安静的迟喻。没有揪成一团的眉毛和随时要喷火的双眼，没有撸起袖子随时要和人干架的气势。

就只是一个带着少年气的漂亮男孩而已。

迟喻面无表情地站在台上，头怎么都直不过来，他随着其他人站在幕布后等着落幕。看着红色的丝绒绸布一点点遮住视线，眼前的灯光暗下去。迟喻转过身打算下台，不知道谁一把揪住他的衣袖，他随着力气往下栽。

　　迟喻有些不可置信地看着眼前的那张脸，纪晓晓精致的眉眼跟他离得很近，眼里是让人无法忽略的执着，嘴角固执地抿成一条线。先反应过来的是林川，他几乎是半跑着冲了过来，一把拉开纪晓晓拽着迟喻袖子的手。林川的脏话几乎都到了嘴边却又生生吞了回去，他不知道自己要说些什么。

　　迟喻在五秒之后才反应过来，周围没人说话，几分钟之后，付止桉走过来，低声说："别都站在这儿，有什么话出去说。"付止桉刚刚脱下道具服，原本落在额前的黑发因为出了汗被捋到脑后，露出很高的眉骨和眼睛。迟喻点点头，他不知道被人莫名其妙揪住要怎么反应，主动亲近他应该是表达好感的意思，骂人好像也不太合适。

　　班里人都挤在幕后，台前主持人开始报幕，几秒之后，掌声响起来。迟喻坐在化妆台前，沉默几秒后，他抬腿往外走，直到有人突然拉着他的袖口，迟喻皱着眉回过头，对上林川涨红的脸。

　　"你要去哪儿？"林川的声音有些颤抖，对上迟喻蹙着的眉头，他不由自主地想要后退，但看见站在一旁不作声的纪晓晓，攥着袖口的手又紧了些。

　　"你干吗？"迟喻嗓音暗哑，他面无表情地盯着面前瘦小的男生。

　　林川垂在另一侧的手忍不住发抖，他本想再说什么，却被突然响起的声音制止。

　　"松手。"纪晓晓的声音很平静，她抬起头冲着迟喻扬了扬唇角，双手抱胸倚着背后的道具架，"让他走。"林川的手指刚刚松开，迟喻迅速甩开手往外走。付止桉叹口气，几秒之后跟了过去。

　　大部分人都不太理解迟喻的大脑结构，只有付止桉知道，迟喻还没开窍。不知道是不是光顾着长个子，这么多年过去，智商和情商没有一点儿长进。付止桉看着前面不停地跟校门口保安理论的迟喻，站在原地看了一会儿才走过去，从兜里掏了张纸条。

　　"我有假条。"付止桉笑了笑，"师傅帮我们开下门吧。"

　　"你们倒是早说啊。"大叔摸了摸自己的啤酒肚，转身回到控制室，一边给他们开门一边念叨，"这上面只有一个人的名字啊，没名字的那个给我站着别动。"

　　迟喻转过头看他，脸色不太好看："你哪儿来的假条？"

　　付止桉往前走没看他，顿了几秒才说："所以说人要动脑子。"

　　也对，付止桉平日里人模人样的招人待见，班里人他谁都不得罪，冲着班长笑一笑，人家就恨不得把一本假条都送给他。看着付止桉的背影，迟喻有些烦躁地揉了揉头发，右手揣在口袋里，动作突然一滞。他冲着门卫大叔扬了扬下巴，从兜里拿出一团纸。

　　"哎叔，假条给你扔屋里了啊。"不等门卫回答，迟喻掂了掂手里的纸团，用了些力气使劲一抛，一道白色的弧线稳稳当当地落在门卫室的门槛边上。

　　迟喻瞅着男人骂骂咧咧地转过身去捡纸条，扒着铁门的手稍稍用力，左脚踩着铁架子的缝隙，三下两下便爬了上去。学校的大门已经好久没有换新的了，他刚爬上去脚下便发出咯吱咯吱的响声。他来不及想太多，脚下一蹬，又往上爬了几步。

"你这小兔崽子！"身后是男人带着怒气的嗓音，他手里拿着摊开的纸团，上面什么都没有。大叔转过身看见少年两条长腿挂在铁门上忙伸手去抓，但却只摸到了迟喻的一点裤脚。男生动作轻盈，攀到最上方时几乎没有犹豫地纵身跃下，然后稳稳地落在地上。

顾不上身后男人的叫喊，迟喻迈开步子往前跑，直到揪着付止桉的衣领。

昏黄的光线把他们两个的影子拉得很长，付止桉看他一眼，停了一会儿才说："我早说了，让你跟人家说清楚。"

迟喻罕见地没有反驳，别过头没接话。迟喻认识付止桉真的好久好久，在大家都在玩泥巴的时候，付止桉就已经坐在一边看故事书了。等年龄更大些，他的少年老成也就越来越明显，同时出现的还有拒人千里之外的温和。在迟喻的记忆中，付止桉的脸上总是挂着似有若无的笑意，他好像对什么都满意，又好像对什么都不太在意。

"那我回来跟她说。"迟喻嗓子发紧，声音也比以前低了好几度，他干咳了两声清了清嗓子。付止桉偏头看了他一眼，微卷的黑发随着风动了动。

见付止桉没说话，迟喻正打算开口，余光却瞥见付止桉手里拿着一个打火机，红色的，上面用金色的字印着某个超市的名字。迟喻愣住了，他从来没想过，付止桉居然会抽烟！

"付止桉。"

付止桉低着头"嗯"了一声，见迟喻半天没说话，才抬起眼。

迟喻从口袋里掏出手机，手指飞快地在键盘上打了几个字，打开了个网页之后咳嗽了两声，字正腔圆地念了起来：吸烟的危害，香烟中的尼古丁及一氧化碳会影响心脏机能，吸烟者患心脏病的机会比不吸烟者高三倍。如果你有高血压、糖尿病或胆固醇过高，吸烟更会加速冠状动脉硬化，形成冠心病……

旁边那人的身子微微动了动，迟喻不用看也知道，付止桉的太阳穴这会儿肯定突突地在跳。正打算继续念，手腕突然被人狠狠压了下去，迟喻转过头，付止桉举着手里的打火机，脸上带笑："是老师做化学实验给我的。"

迟喻反应了几秒，有些尴尬地别过头，嘴硬道："反正你小子不是什么好玩意儿。"

"你也不是什么好东西。"付止桉倚在墙上，轻描淡写地瞥了他一眼，"当众早恋。"

"你少在这儿胡说八道了！"

付止桉笑了一声："你准备怎么说？"

迟喻看了付止桉一眼："……不知道。"

付止桉开始感叹喜欢迟喻的女生有点可怜，大部分人收到表白，起码会给个回应，但迟喻不是。付止桉把没了油的打火机丢进垃圾桶，抬眼看着迟喻，表情变得有些认真："态度认真，言辞恳切，不要说脏话。"

迟喻在旁边点了点头。

第二天一大早，迟喻在学校操场后面找到了纪晓晓，去的时候纪晓晓正趴在栏杆上，左腿踩着台阶，散着的长发遮住她的侧脸。听见脚步声，纪晓晓转过头，盯着他看了一会儿，笑着问他："你该不会是来打我的吧？"

　　"得了吧你。"迟喻透过栏杆缝隙看外面的街道，顿了顿说，"你喜欢我我挺感谢，说明你眼光不错，但我不喜欢你。"

　　纪晓晓低头笑出了声，迟喻不愧是迟喻，就连拒绝别人的表白都这么理直气壮。纪晓晓转过身，背靠着栏杆，笑着问："这话谁教你说的，付止桉？"

　　对上迟喻没什么表情的脸，纪晓晓了然于心地点点头："就知道。"

　　"其实我也没有让你也喜欢我的意思，你当初帮过我，现在我长得也还行吧，咱俩算是一类人，本来想着咱俩能凑一块儿。"纪晓晓说这些话的时候没看迟喻，所以迟喻分不出真假。

　　"咱俩不是一类人，你也不用硬跟我凑在一块儿。"

　　纪晓晓没接话，迟喻站了一会儿觉得没意思，准备转头走的时候，身后的人突然叫住他。迟喻扭过头，对上纪晓晓平静的视线，过了几秒钟，纪晓晓才开口说："迟喻，你真是够笨的了。"

　　迟喻没回头，往操场走了几步，忽然想到什么，他停下来："没事儿少上天台。"

　　纪晓晓没接话，迟喻也不需要听见她的答案，快要上课了，迟喻转过身，往教学楼跑。

　　迟喻平日里在卧室睡得不安稳，唯独在上课的时候睁着眼都能

136

去见周公，但现在却怎么都睡不着。可能是因为同桌太爱学习的缘故，近朱者赤近墨者黑，导致他现在不做卷子也开始不踏实了。迟喻第五次叹气的时候，付止桉终于抬头看了他一眼，问："怎么了？"

"我左眼皮一直跳。"迟喻有些不耐烦地在眼皮上按了两下。

付止桉想了想，拿出手机打了几个字，手指划了几页后又关上。

"左眼皮跳是好事。"

迷信不可取，因为在自习课时，他瞧见王毅低着脑袋从后门进来，接着没过多久，教导主任便面无表情地将他和付止桉叫了出去。

脸色黑得吓人。

也许班里的同学从没见过教导主任直接来找人，这会儿也没人做卷子了，一个个伸着脖子往窗外看。教导主任的脑门儿油得发亮，他有些不耐烦地冲着教室里嚷嚷了几句，然后回过头瞥了他们一眼。

"去我办公室。"

迟喻不是第一次来，教导主任的办公室比林静的大了一半还要多，有三人座的真皮沙发，墙角放了盆绿色的芭蕉叶，都和他每一次来时一样。付止桉默不作声地站在他身边，感受到他的目光，转过头冲他挑挑眉。

男人脱掉身上的西装外套坐在沙发上，跷着二郎腿抿了一口茶。

"你们两个也不用紧张。"他放下杯子，双手交叉放在膝盖上，探究的目光在两人之间游移。

"我就想问问，有人说昨天看见穿着咱们学校校服的人在外面抽烟。"

"是你俩中的哪个？"

迟喻是会做噩梦的，不是什么牛鬼蛇神，大多时刻，梦里有许多陌生的、狰狞的脸把他围在中间，毕竟他总是惹事。教导主任的态度比起梦中的场景，要温和得多，唯一不同的只有现实当中的主角，除了他还有付止桉。

在迟喻要说话之前，坐在沙发上的男人靠着椅背，视线在他脸上停留了一会儿。

"是有同学举报说看到了。"男人语气一转，咧着嘴冲他笑了笑，"想好再说。"

房间里很安静，迟喻看了付止桉一眼，他们俩总得有一个是能拿得出手的吧，但迟喻还没来得及说话，就被身旁的人打断。

"嗯。"付止桉突然打破沉默，低低地应了一声，面无表情地直视沙发上的男人，"是我。"

似乎是什么天大的笑话，男人双手抱胸："学习压力大我可以理解，偶尔做点儿出格的事我也不是不能接受。"

"但不要在学校里引起不良风气，你看看连你们自己班上的同学都看不下去了，我说话可能不好听，但是你们两个，不要太随心所欲了，这是学校，还没轮到你们当老大。"

"要是心理出现问题，就叫你们爸妈早点儿带着去看医生。"

本以为挨训永远不会结束，可一个女人却突然推开了门，她瞧了瞧桌上的烟灰缸，缓缓走过去，站在两个男生身前。林静的个子很小，每每训斥迟喻的时候，都只能扬着脑袋，时不时还会用卷着的书砸两下他的脑门。但那天，一向风风火火的林静，挡在他们身前，声音平静。

"王老师，您是不是有些过分了？"

楼道里安静得像是密封的玻璃瓶，因为氧气稀薄，所有人的感官都变得十分敏感。林静的声音透过门缝传来，语气恭敬但却带着不可闻的烦躁，她一遍又一遍地重复自己会处理好这件事。而男人似乎没打算让这件事就这么过去。

付止桉的眉头越皱越紧，从侧面能看见他紧绷的下颌和脖颈上隐隐的青筋。迟喻也开始觉得烦躁，胸腔里仿佛安了一个定时炸弹，这会儿因为紊乱，不知道什么时候会炸开，直到有人突然笑了一声。迟喻怔了怔，扭过头，付止桉趴在栏杆上侧着脑袋看他，很轻地挑了挑眉。

"你笑什么？"

"没什么。"付止桉回过头，看着楼下的喷泉池，"就是觉得挺新奇的，第一次被主任逮着一顿臭骂。"

迟喻也跟着笑了一声，骂他："有问题。"

在下课铃响起的前几分钟，林静才从教导主任办公室里出来。似乎没想到他们两个就在门口等，林静露出一个有些不太自然的笑容："先去我办公室吧。"

隔着门，也能清晰地听到楼道里传来的嬉笑声。

"自习课可又发了不少卷子啊。"林静笑笑，她双手捧着杯子，却一口都没喝，"一会儿直接回家吧，家里清静。"

付止桉点了点头，林静的视线落在迟喻身上，语气轻松，"我就不冲你唠叨了，反正你也从来不上晚自习。"

迟喻低着头漫不经心地应了一声，他站起来喊了一句付止桉，准备跟他一起离开办公室。

"迟喻，你先走吧。"林静冷不丁开口，端起杯子抿了一小口水，对上迟喻有些疑惑的目光，停顿了几秒才开口，"付止桉的父母已经在路上了。"

林静不自觉地瞟了眼站在桌子那头的付止桉，他的脸上几乎没有什么表情，平静得仿佛这事儿跟他没有任何关系一样。付止桉在明远中学两年，不论大考小考几乎都是年级第一，各种竞赛拿到手软。许多老师恨不得把他供起来，毕竟不出意外，明年的状元大概率就会出现在明远中学。

在最关键的这一年，付止桉破天荒地被叫了两次家长，第一次是和同学打架，第二次是被人举报抽烟和不尊重老师。

迟喻站着没动，就算他再傻也能明白，抽烟的严重性并不会发展到现在这种程度，最大的可能性是主任早就看自己不顺眼了。付止桉只是倒霉，倒霉地跟他挂上钩，迟音没说错，他确实不是个什么吉利的人。

"我包里有早上刚买的面包，你带走吧。"付止桉回过头，冲他笑了笑说，"明天见。"

明天见。

付止桉在告诉他，这是短暂的分开，不论今晚发生什么事，最多也只会是一场汹涌的雪崩，等到第二天，好的坏的都会被掩埋。迟喻挑衅似的冲他扯了扯嘴角，不屑地嗤笑一声，一边伸手开门一边无所谓地念叨："面包难吃得要死，你自己留着吃吧。"直到门被关紧，迟喻向上弯的嘴角逐渐平直，他靠着门板，眼眸低垂，除却胸前轻微的起伏之外几乎没有别的情绪。

他还真是个倒霉蛋。

耳边传来细碎的声响，迟喻抬起眼，瞧见站在拐角处鬼鬼祟祟的身影。他整个人掩在阴影中，这会儿伸长了脖子朝他这边看。迟喻只觉得心跳很快，好像也开始耳鸣。等他反应过来时，自己已经揪着那人的领子，把他的脑袋紧压在墙上。

"又是你。"迟喻的声线低沉，语气冷得让人心慌，"你没完没了了是不是？"

王毅的手扒上自己被揪成一团的衣领，他咽了口唾沫，对上迟喻通红的双眼。

"你什么意思啊……"

"你最好现在开始祈祷付止桉安安稳稳地留在学校里。"迟喻黑白分明的眼睛死盯着他，王毅甚至能感受到后颈迟喻呼出的热气，"要不然我真的会揍你。"

办公室很安静，付止桉放下杯子，听着窗外偶尔传来汽车驶过的轰鸣声，林静刚刚出去接他的父母，现在办公室里只剩他自己。他站起身走到窗边，手下意识地摸了摸裤兜，可里面只有一根裹着塑料糖纸的棒棒糖。那是迟喻昨天晚上给他的，草莓味，他还没来得及吃，倒也不能说是迟喻给的，真要说，应该算是他从迟喻手里硬抢来的。

门从外面被推开，夹杂着浓重烟草味的空气飘进来，付止桉转过身，对上门口陈仪芳晦暗不明的神情，那是他见过自己母亲露出过最复杂的表情。而付建国从进到办公室里就没看他一眼，自始至终都皱眉盯着地板。

林静没进来，她十分贴心地关上了门，只剩他们一家三口面面相觑。

"林老师说你这次大测的成绩还是第一。"陈仪芳先开了口，她把包搁在桌上，却没坐下，"老师对你的期望很高，说你如果正常发挥的话，考A大没问题。"

付止桉低头笑了笑，哪怕已经站了很长时间，但脊背依旧挺得很直，整个人像不会打弯的白松。这是付建国对他少有的要求，站有站相坐有坐相，才像是个男人，付止桉在这方面一向做得很好。陈仪芳抿了抿嘴，她的孩子她最了解。

"跟老师同学有冲突是难免的。"陈仪芳叹口气，脸上带着有些无奈的笑容，她低头在包里找着什么，接着开口，"知道你现在学习压力大，有叛逆心理也正常，回头你跟主任道个歉……"

"我不会道歉。"

付止桉的声音不大，但每个字都说得很清楚，陈仪芳手上翻找的动作一顿，她闭了一下眼，但却始终没有抬头。

"错的不是我，也不是迟喻。"付建国终于抬起头，和他的儿子对上视线。"如果主任要道歉的话，你们也可以通知他——我不接受他的道歉。"

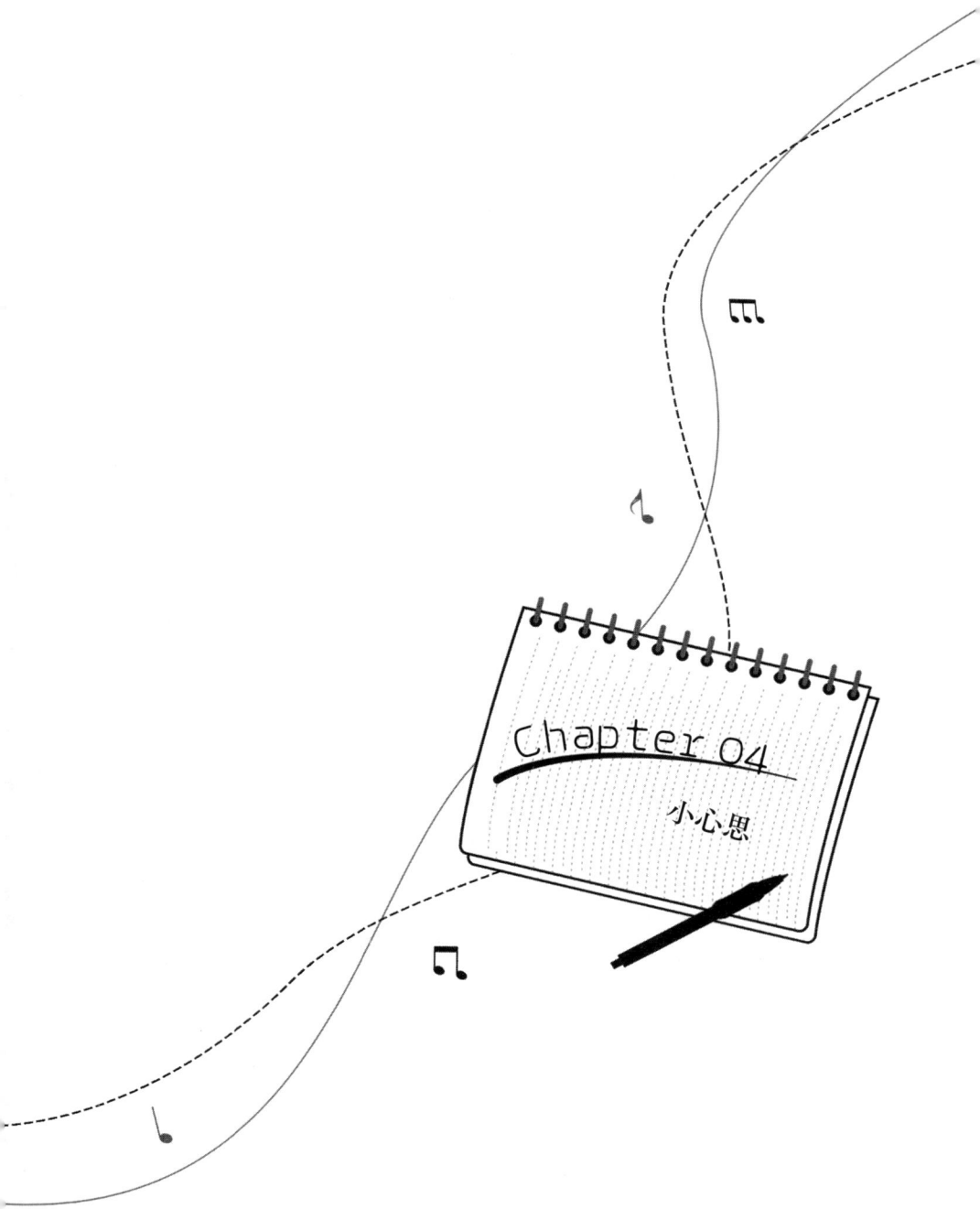

Chapter 04

小心思

晚风吹起付止桉额前的碎发，露出藏着的眉骨和额角细小的疤痕，那是小时候迟喻用小石子砸的。那应该是迟喻第一次见血，往常肆意挑着的眼瞬间耷拉下来，脸上的表情有些无措。

　　陈仪芳站在校门口和林静说话，在整个谈话过程里，陈仪芳都在躲避林静的视线，双手攥着放在身前，带着让人无法忽略的局促。付建国站得很远，黑色夹克里是还没来得及脱下的警服，他手上夹着烟，青白色烟雾从指间缓缓飘向胸口。

　　而脚下已经有许多烟头，有些还没熄灭。

　　不知道林静说了些什么，陈仪芳连连点头却一言不发，林静临走前伸出手在她肩头拍了拍，大概是给这个女人一些安慰。迟喻站在墙后，看着陈仪芳径直略过付止桉上了不远处的车，付建国吸了最后一口烟，也转身要走。刚走出几步却又拐回来，弯腰捡起地上散落的烟头，装进口袋之后，右手撑着膝盖站起来。

　　直到银色的轿车完全从视野中消失，迟喻才从墙后出来，他走到刚刚付止桉一家站着的地方，垂着眼愣了好久，转身往公交站牌走。迟喻没有坐过几次公交车，他随便找了辆车上去，愣愣地站在投币口，口袋摸了个遍也没找到零钱，最后只好从钱包里抽出一张红票子丢进去。司机见他头也不回地往里走，透过后视镜，扯着嗓子嚷嚷说可没人会给他找钱。

车厢里弥漫着让人不太愉悦的味道，混着各种食物和廉价香水味，司机开车猛，晃得人头昏脑涨。但迟喻的大脑却莫名其妙变得清楚，以前记不太清的事儿似乎都涌了上来，像是突然撕掉长久粘在皮肤上的膏药，让人忍不住皱眉。

付止桉的成绩从小到大都很好，但中考那天却发了高烧，导致发挥失常上了明远中学，和自己一个学校。当他被迫参加运动会时，付止桉会被老师强迫报体育项目，付止桉挑了最没水准的方队展示，站在队伍最后面，有点敷衍地晃悠着手里的彩旗。

他们俩应该真的挺有缘，每次他被堵在办公室写检查，付止桉没过多久就会出现，坐在另一边帮老师改作业，有的时候一改就是一个下午。付止桉碰见他是真的倒霉，要是他们没被分到一个班，变成同桌，付止桉应该永远都会是所有人心目中最优秀的那个。高考拿高分，照片会被挂在荣誉墙上，校门外应该也要拉横幅，毕业后的工作也很好，慢慢变得富有，说不定还会被写在学校的荣誉校友纪念册里。

窗外的风很大，迟喻迷了眼，他伸出手去揉，但是越揉越痒，直到广播里响起站名，他才按了按眼眶，下了车。

路灯把迟喻的影子拉得很长，他在离门还有几步的位置停下，看向门边那抹白色身影。

"这是流浪回来了？"迟音的尾音拖得很长，她歪着脑袋冲他笑笑，一脸天真。

迟喻站在原地没动，他张了张嘴，声音低哑："有事？"

迟音丝毫不介意他的冷淡，反而大刺刺地走过来挽上他的手臂，歪着脑袋笑嘻嘻地说："没什么事儿，就是来看看我哥还能花家里多少钱。"

"今天你班主任给爸爸打电话了。"迟音脸上的笑容没变，"我接的。"

迟音回过身，走到大门前抬手叩了两下，转头看迟喻，示意他为自己开门。

迟喻罕见地没有发脾气，他打开门，穿着球鞋，走到冰箱前，拿出一瓶可乐仰头猛灌了好几口。没有得到房主允许的迟音正在房间里四处转悠，她走到餐桌前，冲着一筷子没动的饭菜咂了咂嘴。似乎是瞧见迟喻的表情越来越不耐烦，她随手捏了一块牛肉放进嘴里，含糊不清地道："你们班主任打电话来也没说什么，就是让爸有空去一趟学校。"

"这次事儿不小吧。"迟音舔了舔手指，似笑非笑地看他。明远中学对待迟喻甚至都不是睁一只眼闭一只眼，两只眼差不多全闭上了。每回打电话给迟越狄，三言两语就能把事情说清，然后挂掉电话之后没多久就能收到一笔赞助费。

但这次，居然要迟越狄去学校。

"你又干坏事了？"迟音瞧着迟喻的脸色不太好，憋了半天才开口。

"……没有。"

迟音心里松了口气，她扁了扁嘴，又伸手拿了一块盘子里的牛肉。牛肉已经冷掉了，吃起来有点咸，而且嚼不动。迟音有点嫌弃地把嘴里的牛肉吐掉，靠着桌子看了迟喻一会儿，才说："还以为你跟着那个姓付的能学点好。"

"跟他有什么关系？"迟喻看她一眼，表情冷淡。

对于迟喻的冷淡，迟音早就习惯，她摊着手，说："你们俩现在不是好得跟穿一条裤子一样吗？"

迟喻下意识想要反驳，但张了张嘴，什么话都没能说出来。

付止桉跟迟喻的好体现在很多方面，要是需要说得更具体，那应该是在学习方面。付止桉在每天让他做几张卷子这件事上非常执着，迟喻甚至偷瞄到过付止桉手里的日程本，每天做五张卷子那项被付止桉频频置顶。

迟喻开始头疼，他有学习恐惧症，甚至盯着卷子超过十秒就开始反胃，但付止桉很残忍，他一脸痛苦不但得不到任何同情，甚至还会遭到嘲笑。大课间结束，迟喻面前的卷子还保持空白，付止桉看了他一会儿，搬着凳子朝迟喻那边挪了挪，但这个行为很快遭到迟喻反抗："你卷子呢？"迟喻的脸色很臭，他翻了翻付止桉的抽屉，"答案让我先看一眼，我倒推过程。"

付止桉托着下巴，笑着看他："你还是别看了。"

因为他们几个的功课落下得太多，付止桉见缝插针地给他们补课。

课间操音乐渐渐停止，站在走廊上的王霄也终于写下了最后一个句号。他借了付止桉的卷子，但解题过程比他想象中还要难熬。从小到大，王霄不知道抄过多少作业，但抄作业抄得这么痛苦还是第一次，他每落一次笔都写得浑身不舒服。王霄不是不带脑子抄作业的类型，看着别人的公式和算法多少能学到点儿什么。可付止桉每道题，开头一个公式，中间两三行计算，然后就是答案，这让他学不到什么。

王霄拿着卷子站在门外，背靠着墙，心里却像被猫挠了一样直痒痒。天知道他到底有多想直接敲门让付止桉给他开小灶，让全校第一给自己补习，想想就开心，只可惜他没这个机会。王霄站在门口叹气，付止桉的一对一项目很显然已经被迟喻抢走了，没办法，谁让自己没有那个运气，不能也跟付止桉光着屁股一起长大。

"那个，你们讲题讲得咋样了啊……要是氛围不好的话，我是气氛组啊，也可以让我进去听一听……"

王霄话没说完，门唰的一下从里面打开，迟喻黑着脸看他，黑漆漆的眼中带着生无可恋的感觉。迟喻皱着眉，瞥了一眼面前一脸怔愣的王霄，单手撑着门，问他："你觉得我能听得懂吗？"

"应该……大概，能吧？"

"付止桉讲题，你觉得我能听懂是吧？"迟喻说完便低着脑袋开始撸袖子，王霄讪笑了两声，迟喻伸手拎着他的后领，一边把他往里拽一边说，"看来你水平还可以啊，来，你觉得你能听得懂你就进来。"

王霄一边扒着门框一边抗议，付止桉不知道什么时候站在他们两个身后，双手抱胸，脸上满是笑容。

"有学习积极性是好事啊，那王霄也一起来好了。"

王霄站在门口笑，两只手扒着门框不松，摇摇头说："算了算了，消受不起。"

"烦死了。"迟喻拿起卷子放在头顶，他背倚着墙，突然想到什么，转过头问他们两个，"捐栋楼是不是也能上大学？"

付止桉抬眼看他，始终沉默，直到迟喻叹了口气重新回到座位上拿起笔。王霄在门口站了一会儿，也跟着进了教室，听着身后两人时不时窃窃私语，王霄越来越泄气。他有时候觉得老天爷真不公平，付止桉虽然家境差点儿，但盖不住人家学习好又长得帅。迟喻虽然学习差点儿，性格也不算好，但人家有钱啊。要是其他人说捐楼这种话，他绝对第一个上去冲人家吐口水，再大骂一声你装什么大尾巴狼。但这会儿，王霄偏头看了眼窗外操场上刚铺好的足球场草坪，还有不远处正在施工的钟楼，叹了口气。

这件事没困扰他太久，王霄最大的优点大概是善于开导自己，一个星期后，王霄在一节作文课上对着黑板剖析自己跟付止桉和迟喻的关系，意识到自己在学校里算是少有能跟这俩人说上话的。王霄心里痛快多了，就算以后自己混得不好，但朋友飞黄腾达，多少也会拉他一把。

王霄的心情阴转晴，他转过身，刚想问付止桉和迟喻放学想不想吃门口的汉堡，才发现身后的两个座位都空着。

"哎，迟喻和付止桉哪儿去了？"王霄伸长了脖子问旁边人，"作文课也逃？"

"逃什么啊。"男生冲着后门扬扬下巴，"被主任叫走了，你是没瞧见，主任那个脸黑的哟。"

"早就知道会有这么一天，人啊，就是不能太嘚瑟。"旁边人接过话，脸上的不屑毫无掩饰，"一个仗着投胎投得好，家里有几个臭钱，一个觉得自己成绩好点就装模作样，天天绷着脸，真以为自己有多了不起了。"

明明声音不大，可王霄却觉得这窃窃私语刺耳得很，吵得他太阳穴突突直跳。教室前方传来一阵低笑，王霄抬头看了一眼，从地上捡了个粉笔头用力往前排砸。

"王霄。"前面男生转过头，猥琐地笑了笑，尖着嗓子跟他说，"你真是受苦了，要坐这俩玩意儿前面。"

他还没开口，一直低头看书的女生突然冷笑一声，把笔丢在桌上，抬头看着刚刚说话的男生："买不起镜子就去学校厕所照照，看看自己的嘴脸有多恶心。"纪晓晓的声音不大，但一字一句都十分清晰，落在班里所有人的耳中。

男生一愣，王霄反应过来，迅速点头附和说："就是，关你什么事。"

男生似乎没想到突然被两人围攻，他气极反笑，站起身双手撑着桌子："王霄，我以为你只给迟喻当跟班，看来现在连付止桉也傍上了？真以为他俩把你当朋友呢？急着替人家冲锋陷阵。"

"哟呵。"王霄把桌子一推，笑嘻嘻地站起来，"你今天话咋这么多呢？"

没有下一句，两人已经厮打到了一起，王霄凭借着体重优势将男生压在地上，一边拽着那人的领子一边嚷嚷："今天我就教育教育你！"

这一刻大概是王霄的高光时刻，高中毕业那天，班上的男男女女都笑得不像样子，好几个女生拍了拍王霄的肩膀，笑着道："就你帮迟喻和付止桉出头的那天，我们都觉得你特帅。"

王霄也有点儿上头，他笑嘻嘻地捋了捋袖子，露出二头肌：

"有迟哥和付止桉帅？"

身后的迟喻用脚踢了踢他的凳子腿，王霄回过头对上一双漆黑的眼，迟喻手里拎着啤酒瓶，仰着脑袋冲他笑了笑："你出门又没照镜子是不是？"

其实迟喻在昨天就已经下定决心，不管发生什么事，他都会和付止桉站在同一战线。第二天中午，付止桉站在他旁边，盯着地板不知道在想些什么。迟喻偏过头，瞧见他与自己差不多齐平的肩头，停了停开口问他："付止桉，你是不是长个了？"

"不知道。"付止桉有些敷衍地接话，然后抬起头，冲迟喻伸出手，"你手机给我。"

迟喻愣了愣，他接着开口："你干吗……"

"给我。"

虽然心里不情愿，但迟喻还是从兜里掏出手机放在付止桉手里。手机没有密码，手指在屏幕上轻轻一划就打开了。付止桉点开短信，最新一条是来自银行的收款信息，他低着脑袋松了一口气。

"你这人控制欲太旺盛了吧现在，连我手机都查？"

"想看看你爸有没有发短信威胁你。"他把手机重新放进迟喻的口袋，手指按在眉间揉了两下。付止桉突然有点儿庆幸，还好迟越狄对迟喻的事不怎么上心，所有事都没有发展到最糟糕的地步。

迟喻倚着墙站着，双手插在裤子口袋里，仰头笑着说："是不是一想到我可能会转学就吓得不得了？"

"你少自恋了。"

入秋之后的天好像总是阴晴不定，前一秒还照得人睁不开眼的太阳,下一秒便隐在积雨云背后。阴雨前的风总是刮得人忍不住打冷战,付止桉偏着头,看了眼迟喻永远大敞着的校服外套,里面的白色T恤被风刮得紧紧贴在身上。

"要下雨了。"付止桉说。

迟喻抬头看了看阴沉的积云,没接话。当雨势逐渐无法控制,雨点一下下砸在走廊栏杆上时,迟喻开始不耐烦地皱眉。付止桉看了他一眼,揪着他的后衣领,把他半拖半拽地拉到楼道里,两人并肩站在办公室门口,看着头顶的感应灯亮起又熄灭。

也许是骤然熄灭的灯让人的感官都变得敏感起来,迟喻这会儿才听见从办公室里传来的谈话声。

"付止桉和迟喻可是不一样的,迟喻家里有钱,现在怎么折腾将来都有他老爸给他收拾烂摊子。"

"我们老师也是主要也是为了付止桉着想,毕竟之前他在学校的成绩和表现都是有目共睹的,老师和同学也都喜欢他。"

"但是你们看,自从他和迟喻混在一起之后,上次居然出现在班里和同学打架的情况。"

男人叹了口气,他弹了弹手中的烟灰接着道:"有些学生,那就跟病毒一样,不管你什么好苗子,他都能从根儿上给你熬烂了。"

"你们也别觉得我说话难听,像迟喻这种学生我见得多了,他就是见不得别人好,自己瞎折腾得一身泥,非要把付止桉这种好学生也变得跟他一样才满意。"

迟喻从头到尾都没出声,安静得似乎要溺在黑暗中,付止桉忍不住想要推办公室的门,但一直站在旁边的人却突然拉着他的袖子。付止桉扭过头，对上迟喻的眼睛。迟喻脸上没什么表情，付止桉把安慰的话又憋了回去，只是往迟喻那边挪了挪，两个人的肩膀很轻地碰在一起。

"王老师。"屋内男人的声音响亮，但却带着些疲惫，付止桉听出来是谁在说话。

"我们小迟不是你说的那种孩子。"付建国顿了顿，他深吸了一口气接着道，"我希望这种话您当着我们的面说说也就算了，当着孩子的面不要这么说。"

林静有些尴尬地笑了笑，她拿起桌上的手提包，语气温柔："换班的事儿我看也算了吧，付止桉这孩子自己有主见，我们随便替他做决定他要生气的。"

"您是不知道，这孩子年纪不大，生起气来可吓人了。"

林静的声音刚落，办公室的门从里面唰的一下被拉开，屋内的灯光照亮了门口两个男生有些怔愣的脸。主任似乎没想到有人在门口，两道八字眉微微往上扬，看起来有些滑稽。拿着包的林静也走到了门口，脸上的尴尬一闪而过。

"你们老师叫我和你爸来一趟。"陈仪芳笑了笑，她偷偷拽了拽身旁男人的衣角，接着道，"没什么事儿我们先走了，你爸下午还得回局里。"

迟喻站在一旁，抬眼间对上付建国的视线，他愣了好几秒才露出笑容。陈仪芳自始至终都没有看迟喻一眼。迟喻记得每次见到付止桉的母亲，她脸上总是挂着笑的，拥有成绩优异的儿子，体贴的丈夫，她没有什么不满意的。

直到现在，她完美的儿子因为他开始出现问题。

陈仪芳站在露天的走廊口，她步子一顿，低着脑袋从包里掏出了什么又拐了回去。

"下雨了，这伞你留着吧，我和你爸用一把。"陈仪芳把裹着塑料袋的雨伞塞进付止桉手里，不等付止桉再说什么便转过身，她走了几步却慢慢停下。

"今天我们家里包饺子。"陈仪芳突然笑了笑，握着包带的手指逐渐攥紧，停了半晌，她朝迟喻走了一小步，开口问他，"小迟要不要来家里吃饺子？"

豆大的雨点打在伞上，沿着伞骨簌簌落下，溅上男生干净的白色球鞋。付止桉歪了歪雨伞，遮住另一边迟喻被水淋湿的肩头。

"你真的不去吗？"

迟喻双手插在口袋里，漫不经心地笑了笑："我不喜欢吃饺子。"

付止桉点了点头，他想把伞给迟喻，手还没伸出去却被人挡住。迟喻从口袋里掏出皮夹，他大刺刺地露出里面的钞票，挑着眉道："伞你自己留着吧。"

"我都是打车回家的。"

好像太久没见到迟喻露出这种不可一世的表情，付止桉有一瞬间的怔愣。之前那个处事张扬又不计后果的迟喻，确实是好久都没见到了。付止桉把伞递给他，迟喻本想说些什么，但对上付止桉平静的双眼，撇了撇嘴还是把伞接过来。付止桉对此很满意，他腾出手把迟喻把大敞着的校服外套拉链拉上，一直拉到最上面，才重新拿回伞。

"本平民替您拉个拉链。"付止桉说。

迟喻紧绷着的眉眼软了下来，他低着头，嘴角抿成一条线，唇边浅浅的梨涡若隐若现。这句话似乎戳到了他的笑点，眉眼都舒展开。

"滚一边儿去。"迟喻笑着轻轻地推了付止桉一把，付止桉也十分配合地连连退了好几步，最后两人隔了几步远，付止桉冲他做了个口型便转身离开。

迟喻看懂了，付止桉还是那三个字：明天见。

直到看着付止桉的背影从十字路口消失，迟喻才回过神，唇边的笑意逐渐消失。他吸了两下鼻子，站在路边随便拦了辆出租车。

"去林园。"

司机原本想闲聊两句，可透过后车镜对上男生冷硬的眉眼，他顿时没了这个心思。即将入冬的天气温度不高，车内已经打开了暖气，没过一会儿迟喻的额上已经覆了一层薄汗。拉链拉开了一半，迟喻低着脑袋看了一会儿手上掉了漆的拉锁，默不作声地拉了回去。

林园离市区有段距离，在红灯停车的空当，司机大叔看了眼后座阖目的少年。大概是因为热，好看的眉毛狠狠揪成一团，满脸都是不耐烦的神色。

陈仪芳在厨房忙着烧水，听见门打开的声音，她走到厨房门口，伸着脖子往付止桉身后看，直到门关上，她才有些纳闷地走出来，问："小迟怎么没跟着一起？"

付止桉把伞拿进卫生间撑开，靠着墙站了好一会儿才开口：

"您叫他来家里干吗？"

她放下手中的盘子，走到卫生间门口，对上付止桉投来的视线，陈仪芳无奈地笑了笑："你觉得妈妈想做什么？"

"你上次都那样跟我说了，妈妈还能做什么？"

随着付止桉的年龄越来越大，性子里的冷淡也越来越明显，再加上付建国工作的特性，三个人一起吃饭的时间越来越少。像今天这样三个人坐在一起的场景，好像还是付止桉刚上初中的时候。

陈仪芳现在已经平复了很多，她在网上查了很多关于教育孩子的资料，最后还加了几个社交群，里面有不少父母的孩子突然变得叛逆，而大家都不约而同把这些归咎于青春期。

"我能理解。"陈仪芳舔了舔嘴唇，她看向自己平静无波的儿子，笑着道，"你和小迟从小一块儿长大，虽然谁都不说，但我们知道你们俩关系好，就算中间分开了一阵子，现在重新做了同学，又在一块儿玩也很正常。"

"我知道，你做事有分寸。"

付止桉自始至终没有躲避她的目光，表情认真，似乎确认她的话说完，付止桉才慢慢开口："我知道我在做什么。"付止桉看着陈仪芳，声音很轻，"其实我很早以前就是这样的人，跟迟喻没多大关系，我从心里看不起那些高高在上的所谓的大人，有的时候听见他们说话都会难受。"

陈仪芳的笑容僵在脸上，垂在身侧的手微微蜷着，这是她第一次听见付止桉说心里话。

付建国不知道什么时候出现在阳台门口，他看着站在客厅的付止桉，声音很低地开口："每个人都有每个人的不容易，你觉得无法接受的大人，他们可能也正在经历一些不好的事。"

这大概是他们家里少有的谈心时刻，付止桉知道，他的家庭很幸福，有一个总是装傻的父亲，还有一个好说话的母亲。小的时候，付止桉还会跟父母诉苦，但随着年岁渐长，撒娇的话变得很难说出口。他唯一能做的，就是不给父母添麻烦，扮演一个完美、听话、成绩优异的儿子。

"但这些不是他们在其他无辜的人身上撒气的原因。"付止桉对上付建国有些浑浊的双眼，顿了顿才开口，"我反抗，是为了现在和将来都不成为那样的人。"

付建国不接话，他只是认真地打量着自己的儿子，他的眉眼干净却带着韧劲儿，和他年轻的时候一模一样。陈仪芳见付建国不说话，她有些着急，连带着声音都提高了些。

"你现在这样做有什么好处？"

"你们那个主任，如果在学校给你使绊子你怎么办？"她见付止桉不说话，心里急得像是燃着火，"不是妈妈说话难听，你现在就是太幼稚，太……太不懂事！"

"可能是吧。"付止桉靠着椅背，低垂着眼睫，"我现在就十八岁，幼稚也正常，但是不能把责任推到别人身上。"

少年的声音带着不置可否的坚定和认真，陈仪芳挺直的背脊逐渐软了下去，她有些无可奈何地掩面叹了口气。其实从付止桉推门进来的时候就知道了，她最终会被自己的儿子说服。

"爸，妈。"付止桉身子微微前倾，"我知道你们多少都会对迟喻有看法，但如果你们碰到迟喻，还是希望你们别说什么过分的话。"

从小亲戚们都说，他们从没听见付止桉向他们要过什么东西，明明才半大点儿的孩子，却不哭不闹，连个软话都不会说。但现在，她的儿子用很真诚的语气，问他们："可以吗？"

　　现在最重要的事情是高考，其他的事陈仪芳都能迁就，她夹了一个饺子放进付止桉碗里，冲着他笑了笑。

　　付止桉不知道他母亲的心思，窗外噼里啪啦的雨声让他心里不太踏实，他转过头盯了一会儿，现在的雨好像比之前更大了些。他突然有点儿后悔，刚才应该把伞留给迟喻的，如果他没有打到车，现在应该淋得不像样子了……

　　"今天是几号？"

　　付止桉冷不丁地开口，刚拿起来筷子的付建国低头看了一眼手机，嘴里含糊不清地说："29号……"付建国愣了愣，他低着头嘟囔，"11月29号……是不是温华的……"他话还没说完，坐在对面的男生突然站起身走到门口，脚步一顿，又拐进了书房。

　　等再出来的时候，付止桉穿着黑色外套低着脑袋："我去一趟找迟喻，晚上不用等我。"付止桉丢下这句话，便啪地关上门，接着楼道里响起一阵急促的脚步声。

　　陈仪芳的话还没说出口，付止桉人就不见了，叮嘱和挽留到了嘴边只剩下一声叹息。付建国不知什么时候也放下了筷子，他双手覆在脸上，垂头丧气地狠狠搓了两下："这么多年了，还是第一次忘掉温华的忌日。"

　　雨比付止桉想象中还要大，哪怕他打着伞，还是挡不住随着风四处乱窜的雨点。昏黄的车灯透过雨雾，付止桉伸出胳膊，半眯着眼站在路边拦车。明明亮着空车标志的出租车却在看见他的那一刻灭了下去，额前碎发已经湿成一缕一缕，付止桉不在意地将头发捋到脑后，手再一次伸了出去。

黑色的轿车停在他面前，付止桉看着溅起的污水沾上自己的裤子，顺着裤管钻进脚踝。

车里人摇下窗户，戴着金项链的男人猫着腰，透过车窗缝隙问他："哥们儿去哪儿啊？"

付止桉走近一点，弯下腰，手扒着车窗说："林园。"

"林园啊……林园也太远了，现在又下雨路上还堵车，我就单拉你一个不知道亏多少……"

"您走吧，我付您来回的车钱。"付止桉单挑着眉，原本还不太乐意的男人瞬间闭了嘴，他舔了舔嘴唇笑着道："那我们绕城郊那边走，能快点儿。"付止桉没接话，他掏出手机在屏幕上噼里啪啦打了一串字，最后又一个一个删掉。

他想了想，打出几个字后按了发送。

我现在过去，你不要乱跑。

付止桉合上手机靠在椅背上叹了口气，迟喻可能根本看不到，因为他之前打了好几个电话都没有人接。车里的收音机正在播放一首付止桉很熟悉的老歌，因为堵车，坐在驾驶位的男人时不时啐一声，骂几句不痛不痒的脏话。

付止桉单手拿着雨伞，心里想着——待会儿要是瞧见那人，非得揪着他的衣领劈头盖脸地骂他一顿，如果不解气，他甚至还想踹他两脚。付止桉深吸了一口气，皱着眉闭上了眼。

这些想法没有一样付诸行动，在他瞧见迟喻之后，像是被雨水浇了个透，连带着快要溢出来的火气也被浇没了。

林园是距离市区最近的陵园，即使如此，迟喻也很少过来，除了温华忌日这天。付止桉下车没走多久，很快在排列整齐的墓碑里看到迟喻。付止桉甚至没有刻意去找，因为不会有人在大雨的夜晚，孤零零地坐在地上，一片死寂地盯着面前的墓碑。

脚步声在身后停下，迟喻转过头，看到撑着伞的付止桉。往常覆在额前的碎发被他随手捋在脑后，衬得干净的五官少了几分稚气，多了些说不清的冷冽。

他本来想笑着说：你这样挺帅的，但迟喻扯了扯嘴角，却怎么也笑不出来。

付止桉走过去，虽然迟喻身上早就湿透了，但他还是把伞往迟喻那边偏了偏。这次迟喻没再推让，他从地上站起来，抬起手用力在脸上胡乱抹了一把。

"走吧。"迟喻转过身，走了两步发现付止桉没跟上来。

他回过头想叫他，张了张嘴却没能发出声音，落下的雨点沾上他的睫毛，但少年却还是连眼睛都没有眨一下。

付止桉站在墓碑前，揣在外套口袋里的手拿出来，手里是一朵鸡蛋花，五片花瓣，花蕊泛黄。在确认花瓣依旧完好无损后，付止桉笑着松了口气。他用袖子擦了擦碑面上的水，墓碑上温华的照片十年如一日，时间再也不会在她脸上留下痕迹，笑容依旧漂亮。他将那朵花搁在正中央，向后退了两步之后，弯腰鞠了个躬。

迟喻看着他撑着伞向自己走来，身上的衣服被水浸湿，软塌塌地贴在身上。他突然有些恍惚，明明很近的一段距离。但迟喻却觉得，这人是跋山涉水而来的，不为别的，只是单纯为他而来。

160

"要安慰吗？"

迟喻将视线从那朵百合上挪开，他避开身前人打量的目光，低垂着眼笑了笑："你可别恶心人……"

剩下半句哽在喉中，他被后背上的力道带进怀里，带着清淡的洗衣粉味。湿透了的衣服紧紧地贴在身上，拍在他背脊上的手掌顿了顿。

迟喻垂在两侧的手指攥紧又放开，最后沉沉地叹了一口气。

湿漉漉的黑发蹭着付止桉的脖颈，冰凉湿润的触感让他不自觉地打战，他的手在迟喻的背上轻轻拍着。目光落在他的肩头，黑白相间的校服外套已经湿透，顺着伞骨滴下来的雨点马上就要落在他的肩头。

付止桉下意识地将手中的伞一偏，将那滴雨水撇到一旁。可能是动作太大，迟喻的呼吸一滞，然后便是十分僵硬地直起身子，垂着脑袋看也不看他，向后退了两步便闷声往外走。

付止桉还没反应过来，迟喻已经走出去好远了，他顾不上细想，只能提起脚步先去追他。可他脚步越快，前面那人越欢实，付止桉迈出一步，迟喻恨不得小跑三步。付止桉无奈地叹了口气，不去管溅在裤腿上的泥点，大步迈出去跑到男生身边，伸出胳膊一把拽住他。

"现在不好意思晚了点儿吧。"付止桉偏着脑袋，在瞧见那人紧紧抿着的唇时，压低嗓音笑着说。

"想找碴是吧。"男生猛地抬起头，黑漆漆的眼直直看过来，目光却在相触的一瞬间又马上挪开。他眉间紧蹙，不再看他，一边往前走一边嘟囔："谁稀罕你的安慰……"

两个人沉默着并肩往陵园大门走，密密麻麻的雨点打在伞面上，声音很大，像是很久都不会结束的耳鸣。陵园门口空空荡荡，要走到前面的大路才会有出租车。

路两边的灯亮起来，昏黄的光线把雨丝也照得柔和，迟喻始终垂着头，直到他一脚踩到裂开的地砖，脏水溅起来，顺着脚踝流进鞋里，迟喻没忍住，低声骂了句脏话。

"付止桉，你说我怎么这么倒霉？"

付止桉没回答，看了他一会儿，抬起手不轻不重地拍了两下他的背，声音在大雨里变得模糊："不会一直都倒霉的。"

雨簌簌地下着，打碎了两人重叠在柏油路上的倒影，迟喻吸了两下鼻子。他正哆哆嗦嗦摸着手机打算叫车，便瞧见付止桉招了招手，不远处的黑色轿车闪着车灯停在两人面前。

付止桉对上迟喻有些呆滞的脸，笑着替他打开了车门。

迟喻屁股刚坐下，便听见前座男人不满的碎碎念："你身上这也太湿了吧，我这座椅可是真皮的，你要给我弄坏了我找谁赔去啊。"

付止桉一边收伞一边坐下，他笑吟吟地戳了戳身旁少年的肩膀："他赔，他有钱。"

男人愣了愣，歪着脑袋瞧了瞧旁边那个面色不善的少年。少年满脸写着不耐烦，黑白分明的眼睛紧紧盯着他不放，这模样不像有钱人，倒像是惹事精。

司机回过身，一边发动车一边问："去哪儿？"

"御园。"一言不发的男生突然开口，司机透过后视镜对上他有些狠厉的视线，想搭讪的嘴重新紧紧闭上。

雨点打在车窗上发出噼里啪啦的响声，付止桉转过头，身旁的少年正闭着眼，眉头揪成一团，瘦削的下巴埋在校服领子里。湿透的校服领子有些发硬，白皙的皮肤被蹭红了一块。付止桉稍稍偏了身，伸手去抓他的拉链，他手指刚刚捏上，身侧的人却突然一把抓住他的手腕。迟喻半睁着眼盯着他瞧，似乎确认了好久，才缓缓松开手。

"拉链拉那么高干吗？"

"……不是你给我拉的吗！"

迟喻说得含糊不清，付止桉没太听明白，挑着眉看他示意他再说一遍。迟喻有些啧了两下嘴，有些不耐烦，不再看他。

付止桉看着站在门前的迟喻，他手指在密码锁上摆弄了半天，却一直别扭地不愿去按。最后他皱着眉回过头，语气有些冲地道："你能不能不看我按密码啊，安全保障知不知道！"

迟喻看着一动不动的付止桉，心里一阵烦躁，最后干脆破罐破摔地转过身，大剌剌地按下了密码。

付止桉站在迟喻家门外，有些无所适从的感觉。直到迟喻换上了干净的T恤走出来，才发现门口那人没有进来，只是低着脑袋发愣。

"你大半夜站门口干吗呢。"迟喻的声音硬邦邦的，像是块没有感情的木头。见付止桉半天没接话，只是看着他发愣，迟喻轻咳了两声，扯着嗓子嚷嚷道："你不进来我关门了啊，这大晚上的冻死了。"

付止桉瞧着扔在他怀里的T恤和睡裤，男生有些沙哑的嗓音夹杂着水声从卫生间传来："里面还有淋浴间，你洗干净了再穿我的衣服听见没！"

隔壁淋浴间也响起了水声，迟喻闭着眼松了一口气，脱掉上衣和裤子，赤着身站到了水下。男生洗澡的速度很快，当迟喻裹着浴巾站在镜前吹头发时，旁边的水声也停了下来。

迟喻只想以最快的速度吹干头发，他闭着眼将风速开到最大，在头顶一通乱揉，再次睁开眼时瞧见了站在门口一言不发的付止桉。他下意识地关掉了吹风机，就见付止桉一步步走近他。

似乎觉得他这模样有些好笑，付止桉无声地笑笑，漫不经心地站在他身旁，一边吹着头发一边开口："隔壁没有吹风机。"

迟喻"哦"了一声，踢踏着拖鞋走了出去。

等付止桉吹干头发走出去时，瞧见穿着白色T恤的少年站在阳台上，一动不动地盯着头顶挂着的被单床罩。迟喻感受到身后的目光，慢悠悠地转过身，干巴巴地开口："我家保姆阿姨比较勤快。"

"勤快到雨天也要洗被子。"

迟喻自己住着一套两层的复式公寓，空着的房间有许多，可放着床的只有楼下的两间。而现在那两间房的床上用品，都被晾在了阳台上，并且正在不断地往下滴水。付止桉走到沙发上，随意用手在上面按了几下，无所谓地笑着道："我睡沙发吧。"

"随便你。"迟喻转过身，头也不回地进了一旁的卧室。

付止桉拉过一旁的浴巾，关上了客厅的灯，他刚刚躺下，便听见屋门咔嗒打开的响声。屋里太黑，他什么也瞧不清，只是知道有人站在卧室门前，声音闷得像梅雨季。

"你要不要进来聊天。"

反正都睡不着。

迟喻的双手交叠枕在脑袋下，一双眼亮晶晶的，目不转睛地盯着天花板。

"你在想什么？"付止桉问。

"在后悔。"男生顿了顿，轻轻地挑了挑唇角，"今天应该告诉我妈妈的，告诉她你还是我最好的朋友。"

少年的嗓音夹杂着鼻音，他睫毛轻颤，语气认真。

"下一次吧。"付止桉闻着T恤上的洗衣粉味儿，"下次我自己说。"

迟喻弯了弯唇角，便闭上了眼。

付止桉见迟喻睡着了，便来到阳台。下过雨的夜晚，连风都夹着泥土味儿，付止桉低着脑袋吸了一口，觉得清醒了些。

"大晚上你不睡觉在这儿喝西北风？"冷不丁响起的男声吓了付止桉一跳。

迟喻半眯着眼，他睡眠很浅，零星的响声便能把他吵醒。还以为是家里进了贼，没想到是付止桉大半夜摸出去。

想到这儿，迟喻莫名其妙的火大，而那人却还是背对着他，完全没有要进屋休息的意思。

"你给我转过来！"迟喻见他不接话，嘴角耷拉着弯下腰，脱掉脚上的拖鞋，向阳台上的人砸了过去。

阳台上的那人弓着背，他似乎叹了一口气，伏下身捡起地上的拖鞋，慢悠悠地转过身。

　　风吹动少年额上的碎发，月光打着旋儿落在他肩头，两束影子沉默地投在地板上。迟喻认识付止桉好久，但这好像是第一次他这么认真地去看他，去看他干净好看的眉眼，还有不知何时越发清晰的喉结。

　　那个小时候总是一脸冷淡地站在原地看他搞恶作剧的男孩子，好像长大了。

　　攥着拖鞋的手紧了紧，付止桉一步步走到他身前，对上少年坦荡的目光时不自觉挪开了眼神。他蹲下身将拖鞋放在迟喻脚旁，示意他把鞋穿上。付止桉蹲在地上，他不需要抬头，也能感受到落在头顶那道明晃晃的视线。

　　他就那么垂着眼蹲着，直到听到一声轻笑他才抬起头。原本站得挺直的少年不知道什么时候也蹲了下来，一起顶着月光看着楼下的风景，心里不知在想些什么。付止桉抬起手揉了揉眉心，嗓音懒散："明天还要上课……"

　　少年炙热的心情最后还是败给了寒冷。阳台的玻璃门大敞着，毫不留情地向屋里灌着冷风，直到迟喻没忍住一哆嗦打了个喷嚏。两人大眼瞪小眼，就算迟喻再没眼力见儿也知道，他这个喷嚏打得太破坏气氛了。

　　付止桉扬了扬眉，笑着道："是不是很傻？"

　　迟喻迅速站起身，神情掩在黑暗中，只能听见少年有些不耐烦的声音在屋内响起："滚滚滚。"没再多说话，只留下一个看起来有些狼狈的背影，还有巨大关门声。

付止桉叹了口气慢吞吞地从地上坐起来，手指按了两下小腿才稍微舒服了些。

当他重新回到房间时，那人已经裹着被子缩成一团一动不动。他忍不住想笑，小时候那点儿报仇雪恨的小伎俩，没想到现在还在用。

不过他没有什么立场去说迟喻幼稚，毕竟从小到大，自己都对这些招数乐此不疲。

迟喻不知道自己是什么时候睡着的，失眠这件事自从成为习惯之后，也就不算是失眠。听着窗外吹过的风声会睡不着，钟表的滴答声会让他喘不过气，就连一点细碎的响声也会让他在梦中突然惊醒。

但雨夜从温华墓地回来，似乎散了很多压在心头的沉重。

阳光漏过窗帘缝隙一点点揉碎了落在少年的侧脸，睫毛轻颤，迟喻不想起，脑袋在枕头上蹭了蹭，翻了个身便打算继续睡。身侧响起细碎的脚步声，想来是付止桉从沙发上起来了，他缩了缩脖子把下半张脸藏在被子里。

咔嚓，是按响照相机快门的声音。

他慢吞吞地睁开眼，刚好对上面前的手机镜头，见到他睁眼，快门又连着响了好几下。男生干净的眼从手机后面露出一半来，他笑得眯了眯眼，轻轻呼出一口气后小声地道："早上好。"迟喻突然从床上坐起来，伸出手作势就要去抢手机，却扑了个空。

"很上镜。"付止桉在手机上按了几下，满意地扬了扬眉梢，他将手机屏幕反过来，冲他晃了两下。少年满是困倦的脸几乎占满了整个屏幕，头顶正中央竖着一小簇头发，看起来好笑又怪异。付止桉撂下这句话便走出了卧室，只留下迟喻自己咬牙切齿的嚷嚷："付止桉！你给我删了！"

迟喻不耐烦地揉了揉脑袋，一步不落地跟在付止桉身后，经过几番激烈的斗争，最终以他陪付止桉去吃早饭，付止桉删照片这个结果告终。绕过两条街，一个看起来不太大的早餐铺子出现在拐角，付止桉弯下腰冲着收银员交代了两句，便站在一旁等待。

他随便找了个空位坐下，百无聊赖地摆弄着手机。付止桉动作很快，没过一会儿便端着一笼烧卖和豆浆放下，接着又把手伸进口袋里摸了半天，掏出一卷彩色的泡泡糖搁在桌上。迟喻不喜欢吃早餐，温华还在的时候为这事儿不知道头疼了多久，最后两人达成一致，如果迟喻吃早饭的话，她就会奖励给他一卷泡泡糖。

然后迟喻便会拿着这卷泡泡糖，偷偷地黏在付止桉的作业本上，然后看着他面无表情的脸笑得直不起身。

他还在发愣，对面那人却已经把手机递了过来，屏幕亮起，上面是自己那张看起来有些可笑的脸。迟喻接过手机，点开相册图标，里面只有几张试卷的备份，还有一个带密码的相册。对面那人正低头喝着豆浆，他下意识地点开相册，输入了生日日期。

有好多页，学校的，家里的，陵园的，还有几张被放大好多倍导致面容像糊了马赛克的大合影。时间跨度很大，从短袖T恤再到厚重的羽绒服，有好几张应该是初中的，能依稀看见掩在身下的校标。

"付止桉。"迟喻掏出自己的手机用摄像头对着他，他顿了顿笑道："来给爷笑一个。"

坐在对面的男生低头笑笑，他放下手中的筷子，冲着镜头弯了唇角。想象中的快门声没有响起，举着手机的男生突然背过身，将照相机调成自拍模式，把两人都装在了画面里。一脸僵硬的少年冲着镜头眨了眨眼，另一只手在角落里比了个V。

在即将按下快门的那一刻，原本坐在凳子上的少年突然站起身，半弯着腰凑近。迟喻被吓了一跳，转过头去看他，手却不自觉按下照相按钮。画面构图并不好看，桌面上摆着两碗豆浆，吃了一半搁下烧卖，还有画着卡通人物的粉色泡泡糖。

照片上，他的脸甚至是模糊的，只有迟喻轮廓分明的侧脸无比清晰，黑白分明的眼夹杂着慌乱。但付止桉很满意，有些凌乱的画面一遍遍提醒他，这是他的青葱岁月。

下雨天就是下雨天，哪怕迟喻执着地认为这是老天爷给温华忌日流的眼泪，对于其他人来说，那依旧是一个平凡到不能再平凡的雨天，除了第二天他和付止桉都感冒了以外。从感冒这件事上，迟喻也能看出所有人对他和付止桉的差别对待。

老师和学生都给付止桉发了消息嘘寒问暖，要他记得吃药，注意保暖。迟喻收到的只有王霄的信息，上面写着几个大字：迟哥，打球不？

迟喻裹着被子坐在沙发上，臭着脸回了一条：哥感冒了。那头王霄回复得很快，手机嗡嗡振了两下，迟喻划开屏幕看了一眼，王霄回的是：真感冒了啊？我还以为你装的呢。迟喻把手机丢到一边，哑着嗓子嘟囔了几句之后打了一个喷嚏。

日子过得很快，人生进度条从来不等人，很快到了所有老师口中"最重要的一个学期"，林静开始站在讲台反复强调珍惜时间的重要性，时不时把迟喻拎出来做例子，比如"现在时间有多重要你们知道吗？就连迟喻，上周的作业都按时交了！"，接下来，前排的同学都会扭过脸看他。

迟喻想发火，但没理由，虽然不知道正确率有多少，但他上周的作业确实都写完了。迟喻扭过头，阴着脸看旁边低头看书的付止桉，顿了顿，朝他竖了个中指。

连迟喻都开始学习这件事给了大家鼓励，王霄林川纷纷加入学习队伍，每天抱着书来回乱跑。

狭小的钟楼里裹挟着陈旧发霉的木头味，躺在地板上的林川扭动了两下身子，发出咯吱的响声。空气干燥得让人皮肤发痒，王霄吸了两下鼻子，重新把卷成长条的卫生纸塞进鼻孔，朝着坐在沙发上的两人叹了口气。

"付止桉，你这区别对待是不是太明显了点儿。"王霄话音刚落，一直趴在地上的两个人同一时间抬起头，向下耷拉着的嘴角透着委屈。拿着卷子的付止桉像是没听见，他扫了一眼手里写得乱七八糟的解题步骤，伸长了手去拽瘫在沙发上的另一个人。

"笔。"

强忍着不耐烦，迟喻长叹了口气，手撑着沙发坐起来，把脑袋送到付止桉手边。付止桉抬手取下夹在迟喻耳朵上的中性笔，干脆利落地在卷子上画圈。迟喻黑着脸，双手交叉搁在膝上，一脸冷漠地看付止桉手中满是红色笔迹的卷子。

"这个地方时态不对。"付止桉细长的手指握着笔，沙沙地在卷子上打了个叉。目光往下，付止桉在最后的填空题上画了个星号，"这个地方去看十七单元的原文，看不懂就原封不动地背下来。"迟喻抿了抿嘴角，闷闷地唔了一声，拿过他手中的卷子重新瘫倒在沙发上。付止桉这才抬起头，面无表情地看着一脸怨恨的王霄，慢条斯理地开口："你刚刚说什么？"

王霄扬着脑袋冲着屋顶哀号了一声，趴在角落里的林川和胡玉山也愤然抬起头，控诉他们学习组长付止桉完全不听从"民意"。

眼看马上就要放寒假，班上原本就不太安定的人心又开始躁动起来，以王霄为首的几个男生每天窝在教室里聊天，胡玉山甚至带着一碗关东煮来教室吃。

所以当林静通知大家放假前一天要校考时，胡玉山刚夹起来的鱼丸啪嗒掉在了地上，王霄有些可惜地"呀"了一声，盯着地板，思考到底要不要把鱼丸捡起来吹吹吃掉。

"这次的成绩将会在年夜前后发到家长手机里。"林静顿了顿，扫了一眼教室里学生呆滞的目光时满意地笑了笑，接着道，"还包括班里的排名、整个年级的排名以及和上次月考的排名对比。"

"所以为了大家可以更好地查漏补缺，还是跟上学期一样，分一个学习小组啊，一组四到五个人。"林静撑着讲台，笑了笑问，"大家想自由分组，还是让我来分？"

最后的结果是大家自由分组，王霄迅速转过身，双手捧着脸，挤出一圈的肥肉。他舔了舔嘴唇谄媚地冲着付止桉挤眉弄眼："付哥，我这成绩可就靠你了。"

最后分组的结果是以付止桉为首往四周扩散的阵容，迟喻、王霄，还有厚着脸皮硬要加入的胡玉山，以及被纪晓晓无情抛弃，一脸失落的林川。胡玉山对这个分组极其满意，能抱上付止桉的大腿，今年的压岁钱基本可以翻上一倍了。

可结果不太尽如人意，晚自习后几个人拖着书包来到钟楼阁楼，里面除了一张沙发之外什么都没有。原本站在最后的迟喻大刺刺地走了过去，横着往上一躺伸了个懒腰。付止桉也学着他的模样坐在沙发上，一边拿卷子一边说："我们什么时候开始？"

苦点儿就苦点儿，为了学习什么苦都能吃。另外三个人盘腿坐在地上，手里拿着卷子看着沙发上的那人，像是看着散发金光的佛像，目光虔诚。付止桉随意在卷子上圈了几道题递了过去，然后便转过身拍了拍迟喻的背，问他："你想先做英语还是数学？"

也许是常年没人上过钟楼，木质窗户裂开了个缝，冷飕飕的风一阵阵往屋里蹿，王霄吸了两下鼻子打了个喷嚏。

"迟哥，你家盖的钟楼质量可不怎么样啊。"王霄一边说一边卷着餐巾纸，直到把两个鼻孔都堵上才哼哼唧唧地道，"这风漏的。"

正被各种时态搞得头皮发麻的迟喻抬起头，扯了扯嘴角冷冰冰地道："要不以后让给你家盖？"王霄笑了笑，他突然想起什么接着道："对了，迟哥你家又捐了一批实验室的器械啊。"迟喻淡淡地唔了一声，本以为迟越狄知道他顶撞主任这事儿起码会叫他回趟家，没想到又是用这种方式解决。

风卷着光秃秃的树枝摇晃作响，到了放学时间，迟喻双手插在口袋里跟在付止桉身后，王霄一直在耳边聒噪个不停，他好几次想出声打断，却在瞧见付止桉安静的目光时又噤了声。王霄站在校门口冲他俩挥了挥手，往前走了几步后突然又跑了回来，跟付止桉说："你过生日得请我啊，我们现在可是革命友谊。"

王霄一直站着不动，直到付止桉轻轻点了点头，他才咧着嘴笑笑转身离开。

街道被巨大的夜幕笼罩着，裹着水汽的车灯照在两人身上拉出长长的影子。

"你生日打算怎么过？"少年的声音散在冷风中，付止桉扭头瞧他，只看见了迟喻冷硬的侧脸。

"一起吧。"付止桉声音很轻，他听着两人步伐一致的脚步声，接着道，"别的都无所谓。"

回到家冲完澡，迟喻坐在桌前开始给自己布置今晚的学习任务，带着绝不向付止桉求助的决心，刚做到第二道物理选择题，迟喻就开始抓头发。

点开电话簿，在拨通键上犹豫了好久也没按下，迟喻抿了抿嘴，手指飞快地在键盘上打了一串字然后点击发送。他翻了个身，才发现没完全擦干的头发把枕头弄湿了一大片。抱着枕头走到客厅，卧室传来手机振动声，迟喻又夹着湿枕头回到卧室。

点开未读短信，是付止桉发来的一张手机截图，最上面是他刚刚发给付止桉的：这题怎么写。再往下翻，在同一时间里，付止桉连着收到来自林川和王霄的信息，上面是跟他一模一样的五个字：这题怎么写。

陈仪芳探着脑袋瞧着屋里盯着手机傻笑的付止桉，她轻轻地叩了两下门，付止桉迅速将手机放在抽屉里，然后转过头，是一张平静到有些僵硬的脸。陈仪芳讪讪地笑了笑，走进来把手里的牛奶搁在桌上。

"今年生日还是去舅舅家过？"陈仪芳将床单重新掸了掸，余光却忍不住往桌上瞄。付止桉放下笔，手指在太阳穴上按了两下才回道："不去了，约了朋友。"陈仪芳脸上是掩不住的惊讶，这还是她第一次听付止桉说要跟朋友一起过生日。

"好啊，跟同学一起过好。"陈仪芳说，"用不用我做几个菜？蛋糕还是订以前那家吧，我有会员卡。"

"不用。"付止桉冲她笑笑，"妈，你不用太操心。"

陈仪芳点点头，走出房间后替他关上门，在门即将关严的时候，门忽然又被推开。对上付止桉投来的视线，陈仪芳问他："我记得你之前是不是说校奖名额有你啊。"

"好像是。"付止桉说，他低头重新看没做完的卷子，直到陈仪芳笑盈盈地将门合上，他才抬起头。安静地躺在抽屉里的手机里还有一条几个小时前收到的短信，是班主任发来的，大概说的是这学期的校奖有许多有竞争力的学生参加，他有可能会落选。

应该是已经落选了，付止桉拿出手机，想了想回复了几个字：知道了，谢谢老师。接着删除了短信。付止桉裹着外套走了出去，对上陈仪芳疑惑的目光时，他轻声道："屋里有点闷，去阳台上透透气。"

路灯打出昏黄的光晕，偶尔有零星的车呼啸而过，冷风顺着敞开的外套领口往里钻，毫不留情。付止桉拿出口袋里的手机，拨通了电话搁在耳边。提示音只响了一声便被接起，两人十分默契都没有开口，直到对面那"喂"了一声，付止桉低头无声地笑。

"又有什么指示？"迟喻声音闷闷的，听起来兴致不高，"我物理还没做完呢。"

"没事儿。"付止桉抻了抻手臂，仰着头深吸了一大口气，接着说，"你慢慢做。"

付止桉站在空荡荡的走廊里，除了偶尔从门缝里传来翻动的纸张声以外，几乎没有别的声响。步入冬季后的温度一天天下降，干燥冷冽的风刮在肌肤上，让人忍不住倒退两步。付止桉把高领毛衣拉得更高些，下半张脸掩在衣领中，只露出一双浅褐色的眼。哪怕是冻得脸都要脱皮，他依旧固执地站在风口，偶尔将冻透的手放在嘴边哈两口热气。

付止桉虽然成绩好，但一般都不是最早交卷子的那个，他认为自己很贴心，如果他写的速度又快正确率又高，会打击其他学生的自信心。虽然迟喻和王霄听见他这个说法之后不屑地撇了撇嘴，骂他说："你恶心人真有一套。"

想到这儿，付止桉没忍住扑哧笑了出来，不大不小的笑声回荡在悠长的走廊里，付止桉少有地感觉到尴尬。在走廊上站了一会儿，他重新将视线投向教室里坐在靠窗位置的迟喻，题应该是很难，迟喻的鼻子眼睛都皱到一起。付止桉这次是第一个交卷的，甚至没怎么检查，写完最后一个字便提起书包走了出来。校考是按照考试成绩来分考场的，他在一班考试，而迟喻跟王霄都在十一班考试。

"不要提前交卷，要把卷子写完。"

考前付止桉给迟喻交代了好几次，最后迟喻不耐烦地摆摆手，手往口袋里一揣走进了考场，一副没把他的话当回事的样子。但现在四十分钟过去，迟喻还是老老实实地坐在考场里，下巴抵着桌子，冲着卷子上密密麻麻的英文单词叹气。考场内陆陆续续有人交了卷子走出来，在瞧见走廊上的付止桉一时都是一愣。直到铃声响起，坐在位置上的迟喻才不太情愿地揉了揉头发，目光却依旧停在卷面上。原本揪成一团的眉眼突然舒展，他拿起叼在嘴里的笔，低头在纸上写着什么，嘴角轻微上扬。

交完卷子，迟喻走出教室，扑面而来的冷风让他不自觉打了个冷战，他拢了拢外套，看见倚着栏杆站着的付止桉。

"你什么时候过来的，我怎么没看见？"迟喻走过去，问他。

"早就来了。"付止桉往前走。

和他们相比，王霄显然没什么耐心，早在一个小时之前他就在聊天群里发了无数张美颜自拍，见没人搭理他，又连着发了十几张表情包，然后在十分钟之后，被纪晓晓从群里踢了出去。

对于每天伏案做笔记写卷子的高中生来说，能让他们蠢蠢欲动的活动除了运动会就是过生日，不管是不是自己的生日，只要是有生日会，都像是自己过生日一样开心。

付止桉和迟喻还没走进包间，隔着墙便能听见王霄在屋里不满地嚷嚷："这俩人是被抓走了吗，写这么久，平时这会儿工夫我三个包子都进肚了。"

迟喻大刺刺地推开门，视线瞄准坐在对面的胖子，将肩上的书包朝他扔了过去："你低头看看你的肚子，少吃点儿吧你。"

大概是因为刚考完试，凉菜刚刚上桌只转了一圈便被席卷一空，坐在一边的迟音轻挑着眉放下筷子，慢悠悠地道："这菜也太难吃了。"

迟喻头也不抬，吐掉嘴里的鸡骨头之后才开口："不吃去外面蹲着。"他说完扭过头，胳膊肘戳了戳坐在旁边的付止桉，"你叫她来干吗？"

付止桉擦了擦嘴，余光瞥向一边面带笑意的迟音，弯着眼说："让有钱人来体验下平民的生活是多么艰苦。"迟音似乎对这话很受用，她冲他举起高脚杯，笑吟吟地开口："那有钱人祝你生日快乐。"

王霄顾不上嘴里还没咽下去的排骨，满嘴是油地去摸身后书包里的盒子："为了表达对学霸的敬意，这个礼物可是我斥巨资买的。"他擦了擦嘴走过去，把礼物盒塞进付止桉怀里，又补了一句，"我给偶像都没买过这么贵的礼物。"

"你可滚吧，管动漫里的人叫偶像你丢不丢人。"胡玉山给了王霄个白眼，拎着书包朝付止桉走过去，扬着下巴将书包链拉开，露出里面几摞厚厚的习题。

"这可是我爸给我搞的内部卷子，我连翻都没翻开呢都送你了。"胡玉山将书包往地上一扔，双手抱拳，"祝你早日金榜题名啊，今后你飞黄腾达了可别忘了哥们儿我。"

付止桉只是弯着唇角笑着看王霄和胡玉山打成一团，直到感受到怀里的重量。纪晓晓不知道什么时候走到他身边，将手里的盒子扔给他，居高临下地跟他对视，最后憋了半天才干巴巴地说了一句："生日快乐。"

是一块手表，蓝色的绒面盒子，看起来应该不便宜，付止桉没推托，他笑着看向纪晓晓，点了点头轻声道："谢谢。"跟在纪晓晓后面送礼物的林川显得有些尴尬，他这个月的零花钱早就花得差不多了，可既然来了总得带点什么。

付止桉看着手里的黑色中性笔，末端是红色加粗的四个大字：逢考必过。

迟音在那头笑出了声，见林川扭头走了之后，她才走过来，笑着说："大哥，祝你生日快乐，在我这儿，迟喻永远排第二。"

迟喻离得远些没听见，只瞧见了付止桉脸上舒展的眉眼和逐渐放大的笑意，直到迟音重新落座，他才冲她举了举杯子："你比你哥上道。"

"过奖。"迟音笑着抿了一口橙汁，不去看身侧那双黑漆漆的眼。迟喻搁下筷子，戳了戳身旁人的肩，皱着眉问："她跟你说什么了？"

"没什么。"付止桉盛了一勺凉拌核桃仁放进他碗里，努了努下巴慢悠悠地开口，"多吃点，补脑。"对着付止桉那张笑眯眯的脸，迟喻只觉得憋了一肚子火发不出来，他索性搁下筷子站起身，阴着脸加入了角落里王霄和胡玉山的战局。

原本扭打成一团的两人见到黑着脸的迟喻便迅速分开，甚至十分友好地握了握手。

"不打了？"迟喻把卫衣袖子卷起来，露出结实的小臂线条。

"友谊赛，友谊赛。"王霄舔了舔嘴唇笑笑，和胡玉山交换了个眼神便压着脑袋重新回到了座位。付止桉笑着转过身，对上一脸暴躁的迟喻，冲他招了招手。

迟喻夹杂着怒气依旧迈开步子向他走来，付止桉看着他，黑色的筷子尖拨走盘子里的核桃仁，又重新夹了一筷子苦瓜放在他面前。

"吃点苦瓜，降火。"

对上付止桉弯弯的笑眼，迟喻冷笑一声，捏了捏拳头："你是不是真的皮痒了？"

付止桉搁下筷子转过身，两个人掩在桌布下的膝盖撞到了一起，他单手撑着下巴，笑眯眯地轻声道："是呀。"

满身的戾气好像突然软了下来，迟喻挪开视线，喊了一声后低头吃掉了碗里的苦瓜。

有王霄活跃气氛，大家的兴致都很高，不知不觉就吃到了饭店打烊。王霄骂骂咧咧地搀着不胜酒力的胡玉山，歪七扭八地走在大街上。街道上的圣诞气息很浓，商场门口的圣诞树上挂着五颜六色的彩灯，映在人脸上，很是好看。

街心广场人多得吓人，王霄凭着自己傲人的身材为其他人开路，硬生生在最中间的位置为他们辟出了一片空地。还有五分钟就过了零点，付止桉瞥了一眼身旁兴致缺缺的迟喻，问他："困了？"

迟喻没看他，仰头看天："没有。"

"5，4，3，2，1……"

"圣诞快乐！"

人头攒动的广场上是嘈杂但却整齐的呼喊，夹杂着几声焰火升空的响声，蹿上夜幕的火光开出五彩斑斓的花，围在四周的人不顾寒冷聚在一起，哪怕再深的夜色也掩不住上扬的唇角。

直到人潮逐渐散去，他们才准备回家，王霄打车去送醉醺醺的胡玉山，迟喻便把纪晓晓和迟音托付给了林川。他从钱夹里掏出几张红票子塞进林川手里："别坐黑车。"

当所有人都离开时，付止桉原本想去拉迟喻，却被躲开了。

迟喻只是看了他一眼，便伸手拦了一辆出租车，打开车门后自己就钻了进去，一个眼神都没给他。后面座位很宽敞，可男生却缩成一团贴着车门，只留下了气鼓鼓的后脑勺。

"去哪儿？"司机透过后视镜往后看，付止桉刚打算开口，却听见身旁男生语气不善地道："公安家属院。"说完这句话，又把头偏了过去。付止桉不知道迟喻这莫名其妙的火是从哪儿来的，直到下了车，他跟在迟喻身后却发觉他走的方向并不是家属院。

迟喻最后停在了公园的儿童游乐场，他指了指不远处堆起的沙丘，毫无感情地吐出两个字："上去。"没等付止桉再提问便头也不回地朝另一个方向走去。

付止桉走到沙丘下抬眼瞧了瞧，不太高。顺滑的细沙顺着脚踝钻进球鞋，他没在意，脚下用了点力气爬了上去。

几乎在同一时间，不远处传来好几声巨响，天空中炸开了好几朵烟花，但付止桉没有细看。他的目光全落在火光下，那个气喘吁吁冲他跑来的少年，风吹起他细碎的额发，露出好看的眉眼，看得他头晕目眩。迟喻三下两下便爬了上来，站在他身旁连着喘了好几口气。

"今天一下看了两场烟花。"付止桉笑着看向绽放在天空中的光亮。

"不一样。"迟喻突然开口，一字一句说得很慢："别人是为了圣诞节，这个是你的生日专属。"

"而且我买的比他们的贵多了。"迟喻转过头，对上付止桉映着火光的眼，他举着手机语气认真，"虽然已经过了二十八分钟，但我还是要说——"

"付止桉，生日快乐。"

焰火点缀了夜空，站在沙丘上的两人仰头看着，声声巨响和呼吸声交织在一起。

星星点点的火光落下之后又是静悄悄的夜，迟喻低头清了清嗓子，慢腾腾地从口袋里掏出个小盒子塞进身旁人的手里。付止桉轻轻打开，是一条黑色的手链，几乎要与这黑夜融为一体。

"大街上随便买的。"迟喻见他不说话便转过头，语气生硬，对上付止桉的视线，他舔了舔嘴唇忙解释道，"不用太感恩戴德，对于我来说没几个钱。"

"嗯。谢谢。"

付止桉低头笑笑，他把盒子合上放进外套口袋里，重新抬头瞧着面前的少年。黑漆漆的眼睛下面是高挺的鼻梁，还有总是固执抿起的嘴角，都是他一直熟悉的模样。

直到听见耳边响起的轻笑，迟喻才猛地转过头。

男生素白的手指上勾着一小截细长的银链，垂在最下方的价签摇摇晃晃，付止桉的手指挑起价签，眯起眼睛看了看。是被拆穿之后的窘迫，迟喻咽了口吐沫，对上男生盈满笑意的眼，他猛地向后撤了一步。顾不上满是黄沙的鞋，他三步两步跳下沙丘，头也不回地快步向出口走去。

迟喻最后停在路灯下，投在他身上的灯光散出光晕，往常懒散的背脊突然挺直，垂在身侧的双手缓缓握成拳。

"付止桉！"应该是真的生气了，甚至从后脑勺上都能看得出来，付止桉这么想。那抹黑色的身影消失在远处，少年却还是站在沙丘上一动不动，只是垂着眼一味傻笑。今天他看了三场烟花，广场上放的，好朋友放的，还有自己心里放的。

房间里开着暖气，手机屏幕上的亮光投在深灰色的窗帘上映出光影，迟喻窝在床角，盯着手机上刚收到的信息眯了眯眼。托了付止桉的福，放假前的考试他们小组中的五个人在全年级的排名都往前跳了好几十名，王霄从大早上就开始在群里嗷嗷叫，哭天喊地要认付止桉当大哥。

在一连串的叫哥环节结束之后，付止桉在聊天群里发了个笑脸，没过几秒迟喻手机振了两下，新信息弹出界面。

——考得怎么样？

迟喻坐直了点，长长的睫毛在眼下投出一小片阴影，手指飞快地在屏幕上打出两个字：还行。

——语文？

——没及格。

隔了好几十秒，迟喻收到了新信息，上面只有黑色的六个点，迟喻能想到手机那头付止桉无奈的脸。见付止桉不再回复，迟喻顺着墙壁倒在床上，两条腿大刺刺地伸出床外，手指在屏幕上划拉两下，最后停在昨天就收到的短信上。

只有短短几个字，他甚至不用点开，和往年相同的时间相同的内容，这是他和迟越狄之间所剩无几的默契。在家家户户吃年夜饭的这天，迟越狄要坐飞机去欧洲的工厂视察，秦梦露会带着迟音回娘家，而他会开几瓶冰箱里的可乐，喝到第二天天亮。

挂在墙面隔断上的空调口吹出干燥温热的风，迟喻踮起脚，抬起手努力想将风口遮严实，但却总有那么几缕，带着不听话的燥热顺着指缝蹿出。他收回手，指腹上带着粗糙的触感，凑近了些甚至能闻见灰尘的味道，家里好像好久都没有大扫除了。迟喻从兜里掏出手机，编辑好的短信发出去没几秒就响起了提示音。

迟喻：你在干吗？

付止桉：准备包饺子，白菜馅的。

迟喻放下手机没再回复，他兴致不高，但其实没什么不高兴的，过年这天确实是要和父母家人一起过的。白菜馅饺子，他一点都不喜欢吃，迟喻抿了抿嘴，低头在键盘上打出几个字：我喜欢虾仁馅的。手指一抖便点击了发送，迟喻想了想还是没有撤回，随手将手机扔到地毯上。

从冰箱里拿了几罐冰可乐，迟喻抱到客厅，坐在地毯上，随着拉开拉环的嘭的一声，挂在房顶上光秃秃的灯泡突然闪了起来，一下明一下暗，空荡荡的客厅透着说不清的破败冷清。以往迟喻是不大在意灯泡的明亮程度或是微波炉好不好用，但这会儿他手里攥着冰凉的易拉罐，半眯着眼仰头瞧着忽明忽暗的灯泡，心情忽然变得很差。

家里找不到凳子，迟喻从阳台上拖来两个大行李箱，不管上面的浮灰，穿着鞋踩了上去。伸长胳膊，指尖也只能轻轻擦过灯泡，懒得再去拿凳子，他踮了踮脚，两只手堪堪抓住灯泡。可能是家里太静，门打开的咔嗒声便显得尤为清晰，迟喻一时间没有反应过来，保持着手上的动作，黑漆漆的眼透过胳膊之间的缝隙，对上门外人的目光。

付止桉穿着宽大的深灰色粗针圆领毛衣，衬得眼神澄澈皮肤白皙，他弯腰脱掉鞋子，穿着袜子踩在地板上，举着手中的牛皮纸袋，仰头看他："虾仁馅的。"付止桉身上的毛衣大得有些不太合身，衣领松垮。迟喻愣了几秒，才从行李箱上跳下来，伸手接过牛皮纸袋。

"你怎么来了？"头顶上是明明灭灭的昏黄灯光，虾仁的鲜香扑面而来。付止桉只是看他一眼，便将目光落在头顶的灯泡上。落满灰尘的黑色行李箱上有两个清晰的脚印，付止桉走过去，抬腿踩在那两块看起来还算干净的位置，像迟喻刚刚那样站上去。

看起来没有那么狼狈，稍稍踮了下脚，付止桉的指尖就摸到了灯泡，他转过头冲着迟喻扬扬下巴："把灯关掉。"

确认关掉电源之后，付止桉才回过头开始拧，灯泡发出咯吱咯吱的响声。取掉的灯泡在掌心发烫，付止桉本来想看看里面的灯丝，却被门口死死盯着他的迟喻搞得浑身不舒服。他从行李箱上下来，有些疑惑地挑了挑眉。

迟喻舌头顶着腮帮子，走到付止桉身前从上到下打量了一遍，扯着唇角，语气硬邦邦的："你是不是垫增高垫了？"

窗外是川流不息的车流，时不时响起几声刺耳的鸣笛，付止桉用了几秒钟才反应过来，低头笑出了声。

从迟喻第一次和付止桉见面开始，两人虽然年纪相仿，但付止桉却总是矮他那么一点。那时候两家住得近，温华和付建国十分热衷于比身高这件事，每过一个月就互相拽着自家儿子的衣领把两个人拎到一块儿，强行按着脑袋背靠背站着。最初迟喻总是不乐意，嘴角向下耷拉着，垂在两侧的手固执地握成拳，直到发现他每次都比付止桉高那么一点儿，才开始期待这项固定的活动。

青春期的男生身高成谜，但不知道从什么时候开始，迟喻和付止桉并肩走在一起时，那点儿不多不少的差距正在一点点缩短。

对于付止桉好像长高了这件事，迟喻不高兴。想到几分钟前自己站在行李箱上的狼狈模样，那点儿零星的火气像是突然燃了起来，嘭的一下就着了。

他上前几步扯住少年松垮的衣领，对上付止桉的眼睛，攥着衣领的手指不自觉更紧些，迟喻不依不饶地说："你把鞋脱了。"

付止桉垂眼瞧了瞧自己脚上的白色棉袜，又抬起眼看迟喻。

"你该不会把增高垫塞袜子里吧？"迟喻越想越觉得有道理，他弯下腰去拽付止桉的小腿，却被他步子一撤躲了过去。付止桉那张似笑非笑的脸看得迟喻火更大，他站直身子，伸手便朝付止桉的肩膀推了一把。付止桉脚下一滑重心不稳，他下意识扯住迟喻的衣领，对上迟喻充满诧异的脸，两个人一起摔在地毯上。

迟喻后背生疼，他龇牙咧嘴地倒吸一口冷气，一扭头发现付止桉还躺在地上笑。

"你笑个头啊你。"迟喻伸腿踢了付止桉一脚。

付止桉撑着地板坐起来，转头看了一眼迟喻，摇了摇头，皮笑肉不笑地感慨："迟喻，你比我矮了。"

付止桉不是什么好东西。

迟喻从小就这么觉得，当他满手是泥地扑向穿着白色T恤的付止桉，原本在人前安静的小男孩突然扯住他的手腕，一动不动地看他，力气大得吓人。他跑回家告诉温华，温华只是朝他头顶轻轻拍了一巴掌，然后一脸嫌弃地脱掉他的外套，没好气地道："小小年纪就知道造谣。"没人信他的话，毕竟付止桉那张秀气安静的脸太能骗人，只要他眼眶一红，所有人都会不由自主地相信他。

迟喻躺在地板上，看着付止桉皮笑肉不笑的脸，翻身站起来，扯着嗓子嚷嚷："瞎说！"

"你比我矮。"付止桉脸上的笑容没有变化。

"瞎说！"迟喻把付止桉拉起来，强迫付止桉跟他背靠背比个子，迟喻站得笔直，手在自己和付止桉的头顶来回比，"你现在撑死就跟我一样高。"

付止桉没接话，哪怕迟喻看不到付止桉的表情，也知道付止桉脸上肯定还是那副欠揍的表情，于是他索性拽着付止桉往厕所走。对着巨大的镜子，两个人并肩站在一起，不论迟喻如何调整站位，身边的人都比他高那么一点点。

"你吃药了。"迟喻看着镜子里阴着脸的自己，下了结论。付止桉转身走到客厅，打开一罐可乐仰头喝了几口："早就说过了，我比你高是早晚的事。"

迟喻的脸色并没有因此好转，他死盯着付止桉，看着付止桉打开外卖盒，捏了个饺子丢进嘴里。

"噎不死你。"迟喻的语气冷硬，脑袋偏到一边固执地不看他，付止桉一边嚼一边点头附和："是，噎死也比你高。"

"你再说一遍？"

"忙着吃东西呢。"付止桉冲着迟喻笑了笑，"没空再说一次。"

于是迟喻就坐在付止桉对面，看着他慢条斯理地吃完半盒饺子，直到搁在桌上的手机亮起来，迟喻才移开带有诅咒含义的视线。低头看了一眼手机，迟喻皱着眉说：“和王霄他们约了去游乐场，完全忘了。”

“那就现在过去。”付止桉用纸擦了擦嘴，站起来之后把剩下半盒饺子推到迟喻面前，“来，赏你的。”

“你是不是真的想离开这个美丽的世界了？”

付止桉笑着往门外跑，迟喻咬牙切齿地追了过去。

十几分钟后，付止桉和迟喻终于出了门。干燥冰凉的风偶尔蹿进衣领让人浑身打战，迟喻缩了缩脖子，余光瞧了瞧走在一旁的付止桉依旧身体挺拔，想到两个人的身高差距，迟喻吸吸鼻子，把背挺直。

站在检票口，迟喻一眼就看见站在人群中的王霄。胖子的占地面积比较大，再加上王霄穿着个大红色的羽绒服，隔着大老远就能看见醒目的一团在那儿蹦跶。等迟喻和付止桉走近了些，听见王霄中气十足的声音，吸着鼻涕嚷嚷：“你俩也太慢了吧！我们仨大中午就在这儿等着了！”

“你瞧瞧我这细皮嫩肉的。”王霄一边说一边把脸往迟喻身上凑，“吹这一会儿皮肤老化一年。”还没碰到迟喻的衣领，一只手啪地拍到他脸上，阻止他继续前进的步伐。付止桉将手揣回兜里，往前走了几步，对上王霄的视线。

“买票了吗？”

王霄从兜里掏出两张皱巴巴的彩色纸片，转过头冲着大门口的两人努了努嘴：“你和迟哥来得晚，纪晓晓就直接买了票了。”付止桉侧过头刚好对上女生的视线，纪晓晓挑半眯着眼，冲他晃了晃手臂。新年前后游乐场的人并没有太多，再加上这几天温度骤降，往常受人青睐的过山车和其他高空项目也没几个人排队。

"过山车没几个人排队啊。"王霄把烤红薯装好放进包里，扯着林川的胳膊一边跑一边回头大声喊道，"我俩先去排队，给你们占个位置。"

"不用给迟喻占。"付止桉瞥了身旁人一眼，眼底含笑，"他恐高。"

"你少胡说八道，我像是恐高的人吗？"迟喻小跑两步跟上王霄，揽着他的肩一边往前走一边说，"我坐第一排，你们都给我后面趴着去。"

少年人的一腔热血来得快也去得快，当迟喻在第一排坐下的时候，脑门被猛地刮来的风吹得发麻。身侧的空位突然出现一个身影，四条长腿蜷在不太宽敞的座位里，付止桉的膝盖不轻不重地撞了一下迟喻的大腿，迟喻扭过头，付止桉冲他挑了挑眉："别怕，哥哥保护你。"

"爬远点儿吧你。"

过山车飞过一轮，迟喻才真实地感受到了头晕目眩，这种感觉就像是喝多了酒，视线和大脑都变得不太清明。当小车在轨道上缓慢行驶，咯噔咯噔的响声似乎被放大了无数倍，胸口堵了一口气还什么也说不出来。尤其是快到最高处的时候，坐在旁边始终沉默的付止桉突然开口，一个劲儿地让他睁开眼。

"我睁了！"

"那这是几？"付止桉问他。迟喻半眯着眼，余光模模糊糊瞥见几根手指头，迟喻迅速回答："三。"

付止桉还没说话，纪晓晓的声音从后排飘过来："你们俩幼稚不幼稚？"迟喻原本想要反驳，但突如其来的失重让他原本十分有礼貌的语句变成撕心裂肺的尖叫，结尾还掺着几个脏字。

几圈下来，过山车终于在平滑轨道停下，王霄从最后一排跑过来，捋了两把飞上天的头发，笑着嚷嚷："这也太猛了，我在最后一排坐着差点儿被甩出去。"他向后看了一眼一脸呆滞的纪晓晓，贼兮兮地压低身子小声说："纪晓晓是哪儿来的妖孽，坐个过山车一声都没出，反倒是林川抖得跟个筛盅似的，还英雄救美呢，丢人丢到奶奶家了。"

迟喻蹙着眉走下过山车，反应了一会儿才转过头看向付止桉："林川喜欢纪晓晓？"

付止桉看他一眼，反问说："你才知道？"

"又没人跟我说。"迟喻理直气壮地反驳。

几个人一边吵一边往前走，也不知道谁提了一句说要去鬼屋，迟喻还没来得及说话，就被其他人推搡着拽到鬼屋门口。接下来的剧情发展得过快，以至于迟喻和付止桉站在鬼屋门口半天一句话也没说出来。林川一脸兴奋地冲着呆站在不远处的两人招手："下午我们可是第一批，趁着里面群演劲儿大赶快进去！"

"你要怕就别进去了。"付止桉面无表情地侧过头，顿了顿接着道，"我可以在外面陪你。"

"你别往我身上扣盆子。"迟喻脸色煞白，也不知道是刚刚过山车吓的，还是现在心情不太好的缘故。他双手插在口袋里，耸了耸肩："你要不想进去我也能理解……"

不等他话说完，付止桉抬起腿走了几步，在鬼屋门口停下转过身冲他扬着眉做了个口型：要死一起死。

　　鬼屋里吱哇乱叫是常事，此起彼伏的鬼叫声从开头一直持续到结尾，王霄第一个掀开帘子从里面冲了出来，满脸通红。迟喻和付止桉前脚刚出来，就听见王霄沙哑的嗓音，因为刚刚持续十几分钟的高音，导致现在说话也像是鬼叫。

　　"迟哥还是猛啊，进去愣是一声不吭。"王霄从包里掏出水瓶，咚咚灌了好几口才上气不接下气地道，"不过哥你下手也忒重了，拳打西山猛虎脚踢四海游龙，瞧里面的工作人员吓得。"迟喻面色不善，有些不耐烦地拉开外套拉链，咂了咂嘴皱着眉道："我去厕所。"

　　"王霄你跟我一块儿。"王霄还没反应过来，迟喻已经用胳膊肘勒紧他的脖子，他跟跟跄跄地跟上。迟喻垂着眼皮笑肉不笑地开口："一会儿到厕所，找个水多的坑就把你推进去。"

　　直到迟喻的身影消失在拐角处，一直挺直脊背的付止桉才长舒了口气，他抿了抿干燥的嘴唇，靠着墙平复心情。想起刚刚在鬼屋里那个从缝隙里拽他裤腿的手，付止桉就头皮发麻。

　　在外面等了几分钟，迟喻他们还没出来，付止桉正打算找地方买瓶水，忽然听见熟悉的女声。付止桉站在长廊门口，纪晓晓背对着他站着，双手环在胸前，看着面前的男生，声音冷淡："不好意思，现在高三了，我不想谈恋爱。"

　　站在纪晓晓对面的林川始终低着头，直到纪晓晓转身要离开，他才抬起手，试图拉住她，但指尖只擦过纪晓晓的外套。纪晓晓刚转过身就看见付止桉，付止桉脸上没什么表情，好像没有看见刚才发生的那一幕。

"你还有偷听的习惯呢？"纪晓晓笑了一声，将垂在胸前的长发撩到身后。

付止桉没说话，只是笑，两个人重新回到卫生间门口，纪晓晓站在付止桉旁边，过了半晌，冷不丁地开口说："我打算出国了。"

感受到身侧的视线，纪晓晓也没有回头，她盯着前方缓慢旋转的摩天轮，小声地说："不是所有人都有你那样开了光的脑子，我怎么学也考不上重点大学的。"

"分心的事儿太多，转学应该也静不下心，干脆跑远点儿得了。"纪晓晓接着说。

在付止桉的记忆里，这好像是纪晓晓第一次和他说这么多话，两人虽然在班里坐得不远，但由于谁也看不惯谁，并没有太多交集。付止桉认真地听，停了一会儿才开口："我看了你给迟喻写的情书。"

纪晓晓低着脑袋抠了抠指甲，漫不经心地"唔"了一声："我知道。"虽然纪晓晓讨厌付止桉，但不得不说，这是个从头到脚都坦荡的人。

"不过现在想想，我跟迟喻也确实不怎么合适。"纪晓晓似乎松了口气，声线少了几分戾气和尖锐，"我俩脾气都差得要死，要真在一起，估计能打起来。"

付止桉仰头笑笑，两个人安静地站着等。没一会儿，王霄从卫生间门口冲出来，迟喻在后面追。迟喻跑得很快，手拽着王霄的后衣领，扑在他身上，一边笑一边揪王霄的脸。

"还喜欢吗？"付止桉看了纪晓晓一眼，纪晓晓没说话，有些嫌弃地把脸别到一边。

入冬之后，随着气温降低，付止桉家里吃火锅的频率也越来越高。

摆在桌上的火锅咕噜噜地冒着热气，陈仪芳冲着手中一长一短的筷子嘟囔了两句，从锅里捞出一片土豆放进付止桉的碗里，瞧见一旁蓄势待发打算伸向辣锅的竹筷子，提高音量冷声道："嘴角都烂成什么了，还吃辣的！"

坐在一旁的付建国尴尬地笑笑，把沾到辣汤的筷子收了回去，放在嘴里唆了个干净才恋恋不舍地在清汤锅里捞块肉。

付止桉拿着筷子戳了两下碗里的土豆片，煮的时间有点长，稍稍用力便碎成了好几块。陈仪芳对他很上心，但唯独在吃饭这方面不怎么在意，要不然也不会把煮得这么软的土豆片夹给他，这是迟喻喜欢吃的类型。一米八的个子，总是臭着张脸的人，却喜欢吃煮得软塌塌的拉面、甜得要命的奶油蛋糕，给他一袋果冻就能安静地坐在沙发角落吸上一天。

付止桉夹起一小块土豆放进嘴里，绵密糯软的口感，也不是很难吃。

"妈。"一直低头吃饭的付止桉突然开口，屋里静得只能听见翻滚的汤底的咕嘟声，"温华阿姨去世的时候，迟喻在哪儿？"这件事好久没人提过，付建国拿着筷子的动作一滞，停了几秒，才长长地出了一口气，拿起手旁的玻璃酒杯将里面的白酒喝了个精光。

头顶上的灯光昏黄，温华这两个字让餐桌上火热的气氛消去了大半，陈仪芳站起身将电磁炉调到最小又坐下。"温华应该真的是心如死灰了吧，本身就有心脏病，再加上情绪抑郁。"付建国盯着手里的酒杯，透过玻璃能瞧见后面因为放大而变形了的油桃，"要不然也不会放弃治疗。"

温华在拔掉输液管之前，还把病床前的拖鞋摆整齐了，看起来似乎对放弃治疗这件事格外执着。

但付建国还是觉得温华会后悔的，在那一刻，她若是看见刚刚从楼梯爬上来气喘吁吁的迟喻，一定会撑着活下去。

跟温华做邻居这几年，付建国从没见过她其他的家人，他试过给只出现在谈话中的迟越狄打电话，只有忙音。

"后来的事儿你都知道了。"付建国叹了口气，接着又把酒杯满上，"小迟还是你送回来的。"

那天雨刚停没多久，钻进衣褶的风湿漉漉的，付止桉戴着耳机走在马路上，垂着眼睑——躲开地面上的水坑。也许是街道太过安静，耳机里是字正腔圆的英文录音，夹杂着细微的电流声，但付止桉还是听见少年的脚步声，是踩在地上溅起积水的声音。

他抬头，迟喻穿着黑白相间的校服，手里拎着白色塑料袋，一步一步朝他走过来。不知道从哪儿吹来的风刮起付止桉垂在胸前的耳机线，他眯着眼看向那个眼眶泛红的男孩。风把他手里的塑料袋吹得沙沙作响，付止桉从袋子中隐约的形状看出来，那好像是一双鞋。

离得更近些，付止桉才看见少年紧紧抿着的唇角还有满是红血丝的眼，他伸手想去摘耳机，却被人猛地抱住。是一个力气很大的拥抱，带着骨骼相碰的声音横冲直撞，付止桉没动，也没说话。

付止桉不知道前因后果，他只是愣住了，耳机里的英文课文他一句都没听清。之后的发展不在付止桉的预料之内，付建国带走了迟喻，然后他就再也没回来过。接着他见到了迟喻的爸爸，他的轿车停在楼下，西装笔挺，宝蓝色的袖扣熠熠发亮。

不再沸腾的汤汁上结了一层薄薄的油膜，陈仪芳揉了揉有些发红的眼，笑着站起身，一边往厨房走一边开口："刚刚切的豆腐忘记拿出来了，我去拿。"盯着碗里碎成好几块的土豆，付止桉拿起搁在桌上的手机，点开网页在搜索栏上打了几个字，抖动的睫毛在眼底投下一片阴影。

——心脏病会遗传吗？

——你好，很高兴为您解答这个问题，父母有心脏病，儿女有遗传的可能。

付建国又给自己倒了一杯酒，看着好久没说话的付止桉，悄悄把酒杯推到付止桉手边。付止桉抬起头，付建国朝他使了个眼色："趁你妈不在，尝尝？"

"付建国！我都听见了！"陈仪芳在厨房大声嚷嚷，"你又在儿子那儿发什么疯！"

迟喻前几天报了辅导班。

从游乐场出来的那天晚上，站在门口拿着传单的小姑娘朝他们四人跑来，在一阵打量后把手中的传单笑盈盈地塞进了迟喻手里，语气轻柔地说："要不要看看我们的英语补习班？"学习不好的人似乎都自带某股气质，举手投足之间都写着：我学习很差。

迟喻似乎急于摆脱这种气质，在登记簿上写下了自己的大名，第二天就气冲冲地跑去辅导班报了名。迟喻坐在自习室里半个小时，刚开始的壮志凌云也消得差不多了，瞪着卷子上的小字，太阳穴突突地直跳。手机屏幕上是付止桉刚刚发来的照片，火红浓郁的汤汁在锅里翻滚，颜色鲜艳的肉卷看起来鲜嫩多汁。

"真是无耻。"迟喻低声骂了两句，对着桌上的卷子拍了两张发了过去，之后付止桉便没有再回复他，迟喻也没有再问，权当付止桉在那边自我检讨了。

夜晚是油画一般深邃的天色，迟喻坐在辅导班教室里，刚好是空调风口，几个小时下来迟喻被吹得口干舌燥。把桌上的卷子推到一边，迟喻站起来，走到自动售卖机前买了瓶冰水。仰头猛灌好几口，回过头的时候愣在原地。迟喻反应了十几秒，才意识到站在门口冲他笑着招手的人真的是付止桉和王霄。

王霄走过来，抬手揽着他的肩，笑眯眯地问他："迟哥现在觉悟高得很啊，还在学习？"

"你俩什么时候来的？"迟喻带着他们两个往教室走，教室里没人，付止桉走过去，低头看了眼被压出折痕的卷子，几秒之后，拿笔把迟喻刚刚画上的圈画掉，在下面的选项上画了两道横线，然后抬头看他一眼，说："能不能认真看题。"

迟喻没接话，想起今天早上收到班主任发来的短信，迟喻坐在桌上，晃着两条腿："你们打算报哪个学校？"

"不知道。"王霄仰头叹口气，"想上的都考不上。"

迟喻咧嘴笑笑，转头看着付止桉："你呢？"

"医大吧。"

迟喻愣了几秒，手搭在腿上，问："你什么时候想学医了？"

付止桉卷起线衫的袖子，无所谓地唔了一声，轻声道："就觉得学医还挺有意思的。"抬头笑笑，"没办法，我这人天生就是要去救死扶伤的。"

"呕。"迟喻嫌弃地转过头，不去看付止桉那张笑嘻嘻的脸。

室内又热又闷，付止桉身旁的男生阴着脸，蹙起的眉心带着戾气，但一双眼却是亮晶晶的。

小时候熟悉的东西，长大了之后就会更习惯，人也是一样。大概喜好这事儿本来就肤浅，昏黄灯光下的几秒对视，或是落日余晖下的拥抱，都能够让人记好久。

任何不幸都不会因为你不愿意或是你不想就不发生，付止桉没有幼稚到认为自己有改变结果的能力，但如果足够努力，足够真诚，他或许能做到不再让悲剧发生。

但在下个周一清晨，付止桉来到教室时，却看到面前空荡荡的桌子，原本塞在抽屉里的漫画书已经收拾得干干净净，扔在窗台角落里的口香糖包装掉在地上。付止桉看见王霄从前门跑进来，上气不接下气地扶着他的肩，弯着腰断断续续地说出几个字。

"迟喻好像要转学了。"

Chapter 05

负责售后

付止桉坐在学校门口的台阶上，攥在掌心的手机烫得吓人，发出去的短信和打出去的电话都没有回复。门卫大叔从伸缩铁门内探出头，扯着嗓子冲他大声嚷道："学生快早读了啊，你俩再不进来一会儿可不会给你单独开门啊。"

　　"我俩不进去了！"王霄站在旁边扯着嗓子嚷嚷。

　　随着大门关上，王霄摸了摸后颈，站在付止桉身前，问他："现在怎么办？"

　　像是听不见一样，付止桉没说话，拇指来回摸手机边缘尖锐的直角。见付止桉一直沉默，王霄也不再说话，坐在他旁边，很轻地叹了口气。其实不用付止桉说，王霄心里也清楚，迟喻要转学这种事，他们解决不了。

　　早自习铃声响起来，声音很大，王霄心里烦，索性用手抱着头，直到铃声结束，他才放下手。迎着光，才发现付止桉不知道什么时候站了起来，低着头，不知道在想什么。

　　"去迟喻家吧。"付止桉说。

王霄愣了几秒，然后跟着站起来，点点头说："行，你说去哪儿就去哪儿。"

对于付止桉，王霄有一种天生的信任感，其实不单是他，好几次跟林川他们聊起来，大家都认为付止桉有做领导者的天赋。或许是因为付止桉很少有大的情绪波动，他说的每句话都无理由地让人信服。

迟喻家的大门密码还是他的生日，付止桉打开了，可是里面没有人。门口地毯上的拖鞋只有一只，另外一只孤零零地丢在冰箱旁边。付止桉几乎能想象迟喻一边走一边掉拖鞋，但是还懒得去捡的模样。他顺着门滑坐在地上，仰着脑袋长出了一口气，听着咚咚作响的心跳声合上眼。王霄见状，在一旁静静等待着，不敢打扰。

在地上不知道坐了多久，直到背靠着的门发出响声，凝结在身体里的血液好像才重新流动。付止桉倏地站起身，几乎下一秒钟就要扑上去，却在伸出手的那秒顿住了动作。穿着合身西装的男人站在门口，五官深邃。

"付止桉？"

迟越狄没进来，似乎是没想到会在自己儿子的公寓里见到陌生人，狭长的眼微微眯起，显出眼尾细密的皱纹。

父母从小教育付止桉，对待长辈一定要懂礼貌，要主动打招呼。但现在，付止桉只是挺直了脊背站在那儿，没有要说话的意思。迟越狄也不恼，抬手把衬衣纽扣解开两颗，然后从口袋里掏出烟盒，抽出一根烟拿在手里，低声开口："迟喻离家出走了。"

迟越狄的声音很平静，虽然付止桉也不知道迟越狄应该用什么语气来说这件事，但起码不应该是这么平静的，平静得完全不像是一个父亲。付止桉看着他，迟越狄夹在指间的烟被点燃，青白色烟雾绕上他的袖口，他和当年一样戴着宝蓝色的袖扣，没想到这么一个抛家弃子的人，对袖扣倒是比老婆和儿子都要长情。

"我联系了M国的高中。"迟越狄掸了掸手中的烟，接着道，"最迟下个月就送他过去。"

"这么急？"王霄没忍住，瞪圆了眼问。

迟越狄看他一眼，很轻地点头。

屋里变得很静，迟越狄站在门口抽烟，王霄用余光打量他，在看见男人跟迟喻有七八分像的眉眼之后，确认这应该是迟喻从未出现过的有钱父亲。王霄突然觉得迟喻有点可怜，哪怕迟越狄只是站在那儿抽烟，王霄还是感受到十足的压迫感，是那种高高在上、拒人于千里之外的压迫感。

"您可能不太清楚，我其实是个不太有礼貌的人。"付止桉说，"看在您是迟喻父亲的分上，我勉强维持一下礼貌。"

"您之前把他扔掉一次，想捡回去就捡回去，现在嫌麻烦就又想送走。

"我不知道您作为一个父亲，是怎么可以把儿子从小就扔在外面不管不问的。"

迟越狄抽完手里的烟才抬起头，细细瞧了他一会儿，说："因为你还没到我这个年纪。"

"既然你问了，我可以多跟你说几句。"迟越狄丢掉手里的烟，用脚碾灭之后，重新看向付止桉，"我现在是站在一个父亲的立场上来跟你说话，依照迟喻现在的成绩，考上个能拿得出手的大学几乎不可能，送他出国是最好的决定。"

付止桉和王霄都没接话，迟越狄顿了顿，接着说："我做出的决定不会改变，你们要是想不通的话，只能再努力想想，要不然难受的是你们自己。"迟越狄话说完，手又放进口袋想要拿烟，直到站在客厅始终沉默的男生突然冷笑一声。

"想当父亲之前最好先了解一下自己的儿子。"付止桉往前走了几步，在离开之前，对迟越狄说，"迟喻闻不惯烟味。"

两个人都走了，迟越狄在门口站了一会儿走进客厅。房间的装潢跟之前一模一样，迟喻住进来之后，没有再添任何东西。迟越狄坐在沙发上，放在口袋里的手机又振起来，迟越狄看了眼来电显示，按下接通。

"嗯，签证下来了吗？"听见电话里传来确定的回答，迟越狄点点头，掸掉掉在西装外套上的烟灰后站起来，一直走到门口，才重新开口："再记一条，寄宿家庭不要找抽烟的。"

即将入冬的夜晚夹着瘆人的寒意，放在口袋里的手指冻得僵直，王霄把手拢到嘴边哈了两口热气。他们两个还在找，从学校绕到公园，又从公园绕到迟喻平时会去的地方，都没有人。害怕错过迟喻的信息，付止桉一直开着手机，这天陈仪芳总共打来了七个电话，十五条短信，林静打了两个电话，林川打了一个。

"分开找吧。"付止桉说，"你去补习班看看，找到了给我打电话。"

"行。"王霄吸吸鼻子，走出去几步又回过头，嘱咐他说，"你自己也注意安全啊。"

路边的路灯一盏接着一盏亮起，橘黄色的柔光打在地面上，白日里积在云中的雪，在夜里终于漫天地落了下来。无边无际的雪花顺着风打着圈儿掉下来，簌簌地掉落在少年的肩头和发间，但付止桉没心情欣赏。他拖着僵硬的身体走进小巷，却在瞧见墙角处的身影时停下了脚步。

　　静谧的巷子只有偶尔能听见一声汽车经过的响动，缩在角落里的人抬起头，对上付止桉不太清明的眼。付止桉发誓，他在上一秒就想，找到迟喻之后一定要劈头盖脸地骂他一顿。但对上那双黑白分明的眼，付止桉只觉得眼眶发热。

　　他走了几步站在男生面前缓缓蹲下，迎着橙黄的灯光露出戴在左手的手环，伸出手拂掉男生肩头的雪花，轻声开口道：“你手环买大了，要负责售后的。”

　　迟喻扭过头，继续盯着救助站玻璃箱里舔毛的小猫，脸上没什么表情，不知道在想什么。

　　过了好一会儿，付止桉很轻地叹了口气，对迟喻说：“多大人了还离家出走，你幼稚不幼稚。”

　　小时候的承诺不知道作不作数，如果作数的话，付止桉和迟喻之间也是有过承诺的。那个时候他们都还小，温华也活着，迟喻总在院子门口摆火车玩具，付止桉坐在树下面看书。在迟喻第一次拼错火车零件时，会跑到付止桉旁边，拎着他的衣领强迫付止桉帮他拼好火车。

　　付止桉当然不会马上妥协，于是两个人会开始争吵，甚至还会动手，最后总是付止桉先妥协。迟喻蹲在地上看付止桉一点点把火车拼好，停了一会儿说："长大以后，咱俩最好也待在一块儿。"

付止桉抬头看他，迟喻咧着嘴笑，露出一颗尖尖的虎牙："要不然我就没办法使唤你了。"算不清到底过去多少年，付止桉应该算是说到做到，他确实没离迟喻太远，迟喻也确实一直在使唤他。

外面太冷，付止桉和迟喻找了家馄饨店，点完餐之后坐在门口等。门外传来汽车轮胎与地面剧烈摩擦的响声，付止桉看着坐在对面的迟喻，过了好一会儿才开口说："你去M国吧。"

车流声与空调机箱的声音掺杂，映着从窗帘缝隙里透进的亮光，迟喻抬头看他，搁在身侧的手指微曲，眼神很冷："你再说一遍。"

"你去M国比较好。"付止桉说。

"你也有病了是吧？"迟喻眼中的火气明晃晃的，攥成拳头的手好像随时就会挥上来。

付止桉没回答，馄饨端上来，热气扑在脸上，他拿了双筷子递给迟喻，迟喻没接。

"我的意思是，你要是去M国的话我没有意见。"付止桉把筷子放到迟喻面前的碗上，他低头喝了一小口汤，暖意顺着喉咙流到胃里。余光能感受到迟喻还在盯着他看，付止桉没理，夹了一个馄饨正准备吃，手突然被人打了一下，馄饨重新掉进碗里，热汤溅上付止桉的手背。

"你胃口还挺好啊？"迟喻冷笑一声。

付止桉也不生气，抽了张纸把手背擦干净："你也吃点吧，跑了一天了，有什么话我们吃完再说。"

重新拿起筷子，付止桉安静地吃馄饨。迟喻盯着他看了一会儿，好像有点泄气，一只手撑着头，另一只手拿着勺子，来回舀碗里的鸡汤。小店陆陆续续进来不少人，大多是上夜班的工人，点一瓶啤酒一碗馄饨，一边吃一边大声聊天。

两个学生坐在店里很显眼，老板娘拿了两碟小菜过来，笑着说是送他们吃的。付止桉忙接过来，笑着道谢，一直发愣的迟喻也抬起头，硬扯出一个不太自然的笑容。

吃饭的空隙，手机响起来，付止桉拿出来看了一眼，怔了几秒后接起来。

"我没找到人啊。"王霄的声音很大，"你那边咋样啊？"

"我找到了。"付止桉说。

电话那头是几秒的沉默，付止桉也觉得有点尴尬："忘记跟你说了。"

"……付止桉，我冻得两条腿都快不听使唤了！"王霄在那头嚷嚷，付止桉把手机拿远了一点，迟喻看见，伸手把手机抢过去，说："你在哪儿呢？"

"在补习班啊，冻死了。"停了会儿，王霄又补充道，"林川、纪晓晓他们也在找你呢，市区都快跑遍了。"

迟喻垂眼盯着漂在汤面上的油花，喃喃道："对不起。"

电话那头的王霄先是一愣，然后摆摆手，也忘记迟喻压根看不到，忙说："这有啥可对不起的啊，我们不是朋友吗，朋友有难，当然得插两肋两刀不是。"

"是两肋插刀。"迟喻笑着骂了两句，"王霄你多看点儿书吧。"

电话挂断，迟喻放下手机，夹了一个馄饨塞进嘴里。付止桉坐

204

了一会儿，站起来去餐台点了两瓶汽水。

一碗馄饨很快见底，迟喻把碗端起来，把汤也喝得干干净净。放下碗，迟抽了张纸把嘴擦干净，身体靠着椅背，抬头看向付止桉。

"好了，你说吧。"

付止桉用起子把汽水打开，插上吸管，推到迟喻面前。

"我知道让你听你爸的安排你心里很不舒服。"付止桉声音很轻，"但是你静下来好好想想，对于你现在来说，这确实是最好的安排。"

"不是为了扮演什么父慈子孝的戏码，单纯是为你自己。"

吸管被碳酸气泡推上来，听着付止桉的话，迟喻没出声，只是伸出手，有些用力地把吸管重新按了下去。

"如果老天爷看你顺眼。"付止桉抬头，顿了顿接着说，"你可能勉强能上个本科。"

"但这样很冒险。"付止桉笑了笑，"你总不能把一辈子都押在运气上吧？"

迟喻抬头和付止桉对视，发现付止桉的眼神很冷静，透着权衡利弊之后的理智，迟喻看见琥珀色瞳孔中的自己。

见他不说话，付止桉接着开口："现在转过去，你有时间适应环境和语言，你的英语其实还不错。"

"在纯英语的环境里，你会成长得很快。"

剩下的话迟喻都没听清，他没有多大兴趣听付止桉的说教，原来一肚子的邪火现在也消了大半，明明是冬天，可他后背出的汗已经把衣衫浸湿了。不知怎么的，迟喻突然想起小时候，那个时候付止桉的个子小小的，一副发育不良的样子。有时候他做错事，付止桉就会一脸严肃地冲他皱眉，然后说："迟喻，你不能这样。"

"你想没想过以后要怎么过？"付止桉拿着汽水瓶，光线落在他脸上，眼下投出一小片阴影，"我想过。"

"如果你没有想到十几年以后的事，现在就听我的。"付止桉转过头看他，神情坚定。

当迟喻站在迟越狄的书房里的时候，迟越狄的眼里罕见地闪过一丝惊讶。想来也是，从他把迟喻接到身边，两个人几乎从没有和平相处的瞬间。一个不拉扯几十个回合从不罢休的人，过了一个晚上就改变了想法。面对默不作声的迟喻，迟越狄一时间也不知道要说什么。

把文件夹递给迟喻，迟越狄大概说了下M国那边的高中情况就没了话，迟喻的耐心也已经消磨得差不多，皱着眉头"嗯"了一声便走出了书房。

工作日上午的街道一向冷清，街道旁停着几辆出租车，见迟喻孤身一人便摇下窗户，探着脑袋吆喝问他要不要打车。迟喻摇摇头，下巴往衣领里又缩了缩，数着地面上的彩色地砖一步步朝前走。他不喜欢坐车，尤其是在冬天，车窗全都关得严丝合缝，让他不舒服。

走过好几个路口，明远中学的大门出现在眼前。迟喻从口袋里掏出手机，拨通号码后放在耳边，倚着电线杆懒散地站着。电话提示音响了两声，迟喻才恍然想起来现在应当是上课时间，他刚打算把电话挂掉，便听见对面传来男生低哑的嗓音。

迟喻抿了抿嘴还是开口，"我在学校对面。"

付止桉答得很快："好。"

身形瘦削的男生穿着黑色大衣站在台阶上，脚尖时不时点几下水泥地，视线朝着马路那边看去。穿着军大衣的门卫大叔从小屋里走出来，眯着眼朝他的方向看过来，应该觉得他眼熟，又朝前走了几步。迟喻不怕别人打量，迎着男人的视线大方转过身，刚好瞧见从拐角处跑来的付止桉。

额前的碎发被风吹起，露出好看的额头和眉骨，付止桉跑得很急，敞开的校服外套一点点滑到肩头。他跑到校门口，垂头和门卫说了两句什么，又从口袋里掏出手机晃了两下，伸出手冲迟喻指了指。

迟喻刚想迎上去，几秒之后，他看到跟在付止桉身后的王霄和林川。

迟喻看着他们仨朝自己小跑过来，站在他面前气喘吁吁的。付止桉低声问他："冷不冷？"

付止桉头顶立着一撮头发，迟喻本想帮他抚平，可手伸到一半又停下，他面无表情地努了努嘴："头发乱了。"见付止桉摆弄头发的工夫，迟喻接着问："门卫怎么这么容易就把你放出来了。"

"我和他说你是我们班的，在翘课，老师让我们把你拉回来。"付止桉撒起谎来脸不红气不喘，迟喻偏过头喊了一声，问他："你们没在上课吗？"

"在。"付止桉脱掉校服外套搭在手臂上，他们几个人并肩往人行道上走，付止桉顿了顿才继续说："讲的东西都会，跟老师请了假就出来了。"王霄跟在旁边忙否认，他跑到迟喻面前，一边倒着走一边说："我不会，但我就是想出来。"

迟喻伸手推了王霄一下，王霄一点儿不生气，咧着嘴冲他笑。

他们几个人漫无目的地走在小路上，这几天降温很明显，迟喻裹着棉服也觉得冷，好几次路过咖啡厅他都想进去，但都被付止桉他们几个糊弄过去了。

"我没带钱。"付止桉话说得很理直气壮。

付止桉的步子又快又利落，绕过好几个街区之后，在一个宠物店门口停了下来。对上迟喻眼中的怔愣，付止桉推开了玻璃门，坐在柜台里的女生抬起头，在瞧见男生后露出了个熟稔的笑容。迟喻站在付止桉身后，看着他与宠物店的女员工有来有往地交谈，你一句我一句，付止桉时不时低头笑笑。

"小白这两天好多了。"女生把耳边的碎发别到耳后，在对上付止桉的目光后迅速低下头，"肠炎也好久没复发了。"

付止桉点了点头，接着道："我今天来交领养的钱。"

迟喻原本兴致不高，但在瞧见女生抱出来的小狗之后，呼吸一滞。哪怕毛修短了许多，但迟喻还是一眼就认出来，那是之前他在马路上捡到的那只狗。迟喻不知道这狗是什么时候被弄到宠物店里来的，他看着付止桉从女生怀里接过狗，漂亮的眼睛弯成一道弧线。

"领养手续你之前已经办齐，现在交过钱就OK了。"付止桉从裤子口袋里掏出几张红票子搁在桌上，接着便重新低头去逗狗。

看来之前就已经把钱准备好了。

女生在电脑里录入信息之后便重新站起身，见付止桉不再多看她一眼，才红着脸说："领养流浪动物的人可以拍照留念的，你要拍吗？"语气带着试探，虽然这个男生常来，但每次待的时间短，话又不多，看起来不太好相处的模样。

付止桉笑着抬眼，冲她点了点头。

迟喻知道付止桉笑起来很好看，女生大概也是被那个笑容晃了眼，手忙脚乱地低头去找照相机。王霄和林川他们几个也跑过去，站在付止桉旁边。付止桉抱着狗站在白墙前，见迟喻还站着不动，冲他扬了扬眉梢："你傻站着干吗？"

"我也是有狗的人啦！"林川摸了摸小狗的脑袋。

"快点快点，这可是我们的吉祥物。"王霄也冲他笑。

迟喻怔了怔，才慢吞吞地走过去。

"那个，穿黑衣服的，你能笑一下吗……"女生话刚说完，迟喻便朝她看过来，他眉眼间距近，一双黑漆漆的眼盯着人不放时，让人不自觉感到紧张。

迟喻还是没笑，嘴角紧抿着站在几个人中间，在女生倒计时的最后一秒，迟喻终于露出笑容，藏在身后的手悄悄握成拳。女生拿着拍立得照片站在两人中间，她笑眯眯地拿出笔，冲着付止桉说："照片上要写主人名字吗？"

付止桉伸手按摩了两下狗的后颈："迟喻，付止桉，王霄还有林川。"

女生有些疑惑地看了看四个人，接着问："你们是几个朋友一起养吗？"

"嗯。"王霄看了迟喻一眼，手绕到迟喻身后拍了拍他的背，说，"我们四个人一起。"

迟喻怀里抱着狗，没过多久，羊绒大衣上沾满了微卷的白色狗毛，他转过身，看着他们几个："哪有四个人一起养狗的？"

付止桉摸了两下狗的头，又把手搁在他头顶揉了两下，应了一声："怎么不行？"

"就是，平时我们一人养几个月，等你去M国了说不定还能把它带走，到时候小白也是洋狗子了。"林川伸出手也要抱，迟喻把狗递给他。

王霄看了一会儿，忍不住感慨："这狗命真好，一下子有了四个爹。"

迟喻瞥了他一眼，说："你要当爹自己当，别拽上我。"

可能是太久没有过这样的时刻，迟喻只觉得他们四个人好像从来没有笑得这么开心。

接下来的日子，迟喻已经不来上学了。

付止桉的话原本就少，现在更是连个笑脸都少见，王霄看着心里不舒服，作为迟喻和付止桉最好的朋友，王霄认为自己有义务要去安慰后座的学霸，好几次他转过身想说点儿什么，但对上付止桉平静的目光，最后说出口的只有"你饿不饿"。

从高一到现在，每次考试，付止桉的成绩始终保持在年级第一的位置，每个任课老师都拿付止桉当例子。但现在高三开学还没多久，付止桉已经拥有了五次迟到记录，上课也变得心不在焉，自习课总是做着做着卷子，就开始盯着空白的卷面发呆。不过他以前底子打得好，成绩并没有下滑，只是老师都不再念叨着把他当榜样了。

明远中学算是市里面的重点高中，在高二的时候基本上已经把高中所有的知识点全都讲完了，老师能做的也就这么多，剩下的全凭学生自觉。教室里安静得只能听见写字的沙沙声，就连咳嗽，也都是压着嗓子。

教室的后门虚掩着，付止桉垂着脑袋推门进来，手肘不小心撞到坐在门边的林川，付止桉漫不经心地说了句抱歉。林川耸了耸鼻子，看着付止桉回到座位，压低声音说："这几天主任一直在楼道里晃悠，你可注意点啊。"

付止桉"唔"了一声算是回答，林川也知道他说话不管用，毕竟林静也来敲打好几次了。他每次都是嘴上应下，可一到下课就没了人影。学习好的人做什么事都值得原谅，林静大概也发现多说无用，好在付止桉的成绩依旧稳定，临近高考，每个人的压力都很大，她对付止桉也睁一只眼闭一只眼。

林川转过身打算接着写卷子，听着付止桉的脚步一滞，紧接着男生很平静的声音在教室中响起。

"谁的卷子？"

不大不小的声音引起不少人的注意，埋头做题的不少人都直起腰，扭着身子往教室后面看。放在角落里的两张桌子好像被挪了位置，付止桉放在桌上的笔掉到了地上，旁边迟喻的空桌子上堆满了各种辅导书，原本放在桌面上的糖纸被人随意地扔在了地上。

付止桉把掉在地上的笔捡起来，伸手拿起一张卷子，从头到尾粗略地看了一遍，他抬起头，扫了一眼班上的人，晃了晃手里的卷子："左静雯，你卷子放错地方了。"

坐在第二排扎着马尾辫的女生低着脑袋跑了过去，她站在付止桉的面前，小声说："我的抽屉实在放不下了，我想着反正迟喻不

211

是要出国了吗，也不会再回来了……"

付止桉轻笑一声，他掀了掀唇角，说："谁说他不回来了？"

女生呆愣愣地抬起头，对上付止桉那张没什么攻击性的脸，却被他眼底的冷淡吓了一跳。付止桉拿过桌上的一厚摞卷子，递过去，但她却没接。

"只有上面几张是我的……"女生颤抖地伸出手，拿走了放在最上面的几张。

接下来的十几分钟，付止桉拿着手中的卷子，用着恰到好处的音量念着每张卷子上的名字，顺便为他们大致估了个分。等到手中的卷子发完，付止桉弯下腰，把散落在地上的糖纸一张张捡起，重新放在身侧桌子的空抽屉里。

做完这些，男生趴在桌子上，整张脸都埋在臂弯里，长出了一口气，声音很轻，带着颤抖和疲惫。

左静雯也没说错，迟喻确实不会再回来了。

迟喻要走的前两天，王霄花光了原本要买雷神手办的钱，在学校隔壁的大排档订了一桌菜，给迟喻办了一场欢送会。那天王霄不自觉地感慨，幸好迟喻的脾气怪异，让他没几个朋友，全部都叫上也就五个人。

"这辈子这么大手笔可能就这一次了。"王霄端起塑料杯，将里面的雪碧一饮而尽，才接着说，"哥们儿都放开了吃。"

迟喻脱下外套搭在椅背上，转身的时候才发觉付止桉今天和他穿的外套近乎一样，黑色的羊绒大衣还有浅灰色的线衫。付止桉猛地回头，对上迟喻打量的目光，原以为他会和往常一样皱着眉扭过脸。

但他眉眼一软，咧着嘴冲付止桉笑了笑，眼尾的睫毛长长地耷拉着。

胡玉山完全没注意到这边的氛围，他喝了两口雪碧搁下杯子，喊了一声服务员，转过头笑王霄："光喝雪碧多没劲！"

"我还点了可乐。"林川吐掉鸡骨头，含糊不清地回答。

胡玉山从兜里掏出钱给服务员，歪头小声说了几句话，服务员点点头走出去，没过多久就折回来，手里拿着两副扑克牌。服务员把找的零钱还给胡玉山，胡玉山心情极好，挥挥手说算是跑腿费。

服务员笑得脸都要开花，把扑克牌包装拆开，笑眯眯地问："用我给你们发牌吗？"

"不必。"胡玉山把牌捏在手里，说，"我们接竹竿。"

王霄盘子里的鸡腿还没啃完，胡玉山拉着林川坐在旁边，腾出张椅子用来放牌，林川嘴上骂他幼稚，手却不自觉地伸过去拿胡玉山手里的扑克。付止桉没有打牌的兴致，他把饮料一杯一杯地倒好，把最满的那杯递给迟喻，迟喻伸手去接，付止桉手一抖，小半杯洒在迟喻手背上。迟喻蹦起来骂人，付止桉靠着椅背笑。

接竹竿这个游戏似乎永远不会结束，胡玉山和林川开始为大小王到底能不能参与牌局开始吵架，胡玉山拽着林川的胳膊，一遍一遍念大王就是最大的。林川边骂边笑，时不时伸手偷偷掐胡玉山两下，趁着战局混乱的时候报仇雪恨。

付止桉把杯子里的饮料喝完，站起来准备再倒一杯，正想问迟喻要不要的时候，转头对上他泛红的脸。

"……喝雪碧也能喝多？"付止桉问他。不过林川和胡玉山实在太闹腾，迟喻还是呆愣愣地笑，没有听见付止桉的话。

视线从迟喻的脸上移开，付止桉盯着面前盘子里的虾，看了几秒，抬头叫胡玉山的名字。

"这是个什么菜？"付止桉指了指桌子中间没怎么动过的虾，胡玉山看了一眼，说："醉虾吧好像是。"

付止桉没说话，他把扔在地上的菜单拿起来，往后翻了几页，找到醉虾那道菜，视线往下，开始看醉虾的介绍：以十年花雕酒泡制而成。后面的付止桉没看，余光捕捉到吃醉虾吃醉的迟喻正面带微笑，身体十分有节奏地来回摇晃。

也算是碰巧，迟越狄在饭局快结束的时候打来了电话，付止桉把手机从迟喻的大衣口袋里拿出来，按下了接通。比起让迟喻打车，付止桉宁愿让迟越狄来接他，毕竟他不知道迟喻的酒品到底怎么样。临要走之前，王霄又把杯子里的饮料倒满，他扶着桌子站起来，扬着脑袋冲迟喻说："我知道你以前看不起我，但以前归以前，以后是以后，现在是朋友，一辈子是朋友，去了M国有什么好玩的，也记得让我开开眼啊！"

"带我一个。"胡玉山还趴在林川身上，靠着他。

"我也要。"林川举起手。

迟喻坐在椅子上半天没动，过了好一会儿他才站起来，手里捏着根筷子，敲了两下桌沿，笑着说："你们要个头啊。"

王霄林川他们也不生气，几个人倒在沙发上笑成一团，一遍遍重复说"我们就要"。

王霄和付止桉搀着迟喻下楼的时候，迟越狄的车已经到了，司机把迟喻扶进去之后，冲他们点了点头。

小饭店里又闷又热，出来的时候被冷风吹了吹，付止桉觉得自己清醒了点儿。迟喻闭眼坐在车里，头靠在玻璃窗上，付止桉站在外面，抬手敲了两下车窗，迟喻睁开眼，但只有一秒，便再次合上眼。

迟越狄没跟付止桉打招呼就踩下油门，黑色的轿车速度很快，先是变成一个小点，接着就消失在胡同里。付止桉没穿外套，冷风全都呼呼灌进他的线衫里，冷得人直打哆嗦。店门离得很近，也就几步路的事，但脚下好像被水泥钉在了地上，一步都挪不动。

付止桉突然觉得胃痛，一阵阵抽搐让他想流眼泪，他扶着大腿弯下腰，但疼痛并没有缓解，他索性蹲在地上缩成一团。肩上突然一重，付止桉没有回头，王霄站在他背后，憋了半天才开口："如果早知道会分开，你还会跟迟喻做好朋友吗？"

付止桉没说话，他垂眼盯着地面，好像要盯出个窟窿。

王霄叹了口气，转身上了楼，他的责任重大，还要想办法把楼上的那俩送回家。林川和胡玉山平时看着蔫，但牌瘾上来后像是打了鸡血，一个个吆喝得脸红脖子粗。他好不容易把林川拉到一边，正闷着头往外走时，胡玉川又突然伸手拽着林川的手臂，嘴里还在嘟囔游戏连招。

付止桉跟王霄都默契地没说话，费了半天劲把林川和胡玉山塞进出租车，王霄转过头冲着付止桉说："我送他俩回去。"

"我会。"付止桉冷不丁地开口，答非所问的话把王霄弄得一头雾水。

"什么？"

"如果早知道会分开，我还是会和他做好朋友。"这个答案得出得并不难。

迟喻的飞机是下午六点，再加上要提前四十分钟检票，差不多四点就要到机场。

而那天不凑巧，学校在月中大测，从早上八点一直考到晚上七点。临考前，林静走到付止桉桌前，手指轻轻叩了叩桌面，蹙眉轻声开口："静下心，做完以后检查几遍再交卷。"付止桉知道老师的良苦用心，学校指望他高考在市里拿个名次，能上个新闻采访之类的就更好了。

林静嘱咐完便转过身，没走出两步，胡玉山便探头探脑地低声叫他："付哥，你一会儿胳膊别挡着卷子了。"这次校考破天荒地没有按照名次排座位，胡玉山又破天荒地和付止桉坐了前后桌，这大概是他高中生涯仅有的能够让他拿着成绩回家不挨打的机会。

可是付止桉把他仅有的希望给碾碎了。

这一次不知道怎么回事，付止桉交卷的速度出奇地快，胡玉山刚刚写到阅读理解还没翻面，付止桉已经站起身把卷子放在了讲台上。监考老师面露疑色，从头到尾粗略浏览一遍，还没看完，站在对面的男生开口："我能拿手机吗？"

付止桉拿着黑色手机的手悬在半空，手肘内侧黑乎乎的，想来是涂答题卡的时候不小心蹭到了。

"你这卷子交这么早，不用再检查检查？"

付止桉垂着眼摇了摇头，紧接着又重新问了一遍："我能把手机拿走吗？"

一般提前这么早交卷子是不允许拿走手机的，但是付止桉他还是信得过的。

"拿吧。"

"谢谢老师。"付止桉把手机揣在口袋里，冲监考老师笑了一下，转身往外走，完全没看在后排挤眉弄眼的胡玉山。

空荡荡的转角楼梯在隔断处投下一片阴影，付止桉走到楼梯口，站在角落，拨通了电话放到耳边。没让他等太久，电话那头传来迟喻有些沙哑的嗓音，分不清是刚睡醒还是一夜没睡。

"今天不是考试吗？"迟喻问。

原本直挺挺的后背像是松了劲儿，付止桉"嗯"了一声，后脑勺靠着墙，回答他说："考完了。"短暂的电流声在两人之间响起，紧接着是迟喻有些疑惑的语气，轻声说怎么这么快。付止桉没说话，只是低着头无声地笑，脊背顺着墙面往下滑，蜷着腿坐在地上。

两人之间大概有几分钟的沉默，付止桉才说："行李收拾好了吗？"

对面传来窸窸窣窣的响声，付止桉觉得是迟喻在床上翻身的动静，他听见迟喻在那头应了一声："收得差不多了。"

"过敏的药带了吗？"

"带了。"迟喻用肩头把手机夹在耳边，把放在桌上的白色药盒扔进行李箱。

"液体创可贴呢？"

"那边有卖的。"

又是一阵短暂的沉默，停了停，付止桉说："我考完试去机场送你。"

"不用。"迟喻答得很快，他似乎轻笑了一声，才重新说，"我又不是小学生，不用送。"

　　话虽然这么说，但在迟喻托运完行李拿着机票往里走的时候，他还是回了四次头。因为害怕自己看不清，他还踮脚蹦了好几次，但付止桉好像没来。

　　没来也好，迟喻坐在机舱里，把准备好的眼罩戴好便窝在座位上一动不动，空姐来问他要喝什么，他也只是摇头。

　　其实付止桉去了，他站在机场外，看着天上越来越小的飞机发愣。他明明成绩那么好，这会儿却分析不出来，迟喻到底是不是在那架飞机上。

　　最后一场考试付止桉只用了半个多小时就写完了卷子，他将周围人的视线抛在脑后，把卷子放在讲台上就要走。坐在门口的男人取下眼镜，冲着付止桉努了努下巴，示意他把卷子拿过来。从头到尾看了一遍，老师把眼镜取掉，用眼镜腿指了指最后一页的空白问："附加题怎么不写？"

　　"不会。"付止桉答得理直气壮，目光坚定。

　　"你知道在高考的时候，一分之差会让你的名次落下多少吗？"守在门口的老师姓刘，是对付止桉抱有极大期望的数学老师，他对付止桉最近状态不佳也略有耳闻，但没想到付止桉会连大测都不放在心上。他把卷子扔回给付止桉，不太高兴地戴好眼镜，"去把附加题给我做了。"

　　付止桉拿着卷子站在门口，过了十几秒，才拎着包转过身，拿起笔趴在讲台上。他不是故意不做附加题，这道题不难，就是十分浪费时间。付止桉一边在纸上列公式一边想，他现在最不能浪费的就是时间。

老天爷可能是在和他作对，付止桉好不容易从学校出来打上车，绕过了好几个红绿灯，偏偏在机场高架上堵车了。长长的车队一眼望不到边，密密麻麻的，看得人喘不过气。

付止桉从口袋里掏出一百元放在前座，一边说一边开车门："就在这儿下。"

"哎哎，小伙子。"司机转过头，手里捏着钱，"你说下就下啊，看这情况我还得在这儿堵上一个小时吧。"付止桉知道他是什么意思，没有多计较，在关车门之前，说："不用找了。"

高架桥上挤满了车，鸣笛声震得付止桉直耳鸣，他迈开步子沿着狭窄的边道跑着，吸进肺里的每一口氧气都混合着松节油的味道。付止桉在车与车的缝隙之间穿梭，心仿佛要从嗓子眼里跳出来了。绕过玻璃转门，付止桉喘着粗气站在机场大厅，仰着脖子去看LED显示屏上的飞机信息。

他没赶上。

应该是刚错过检票时间没多久，付止桉走出机场大厅，抬头望着不怎么蓝的天。不知道站了多久，付止桉才重新低下头，盯着脚下磨得没有花色的地砖揉了揉眼。

刚刚的那个出租车司机把他骗了，付止桉走在高架桥上，耳边是呼啸而过的风和跑得飞快的车。车不堵了，付止桉吸了吸鼻子，垂在身侧的指尖忍不住打战，他把手放进外套口袋里，忍不住低声喃喃。

我心里堵了。

Chapter 06

不可抗力

十几个小时的飞行时间并不难熬，飞机到得比迟喻想象中要快。下了飞机，取了托运行李，迟喻推着行李车往外走，看见人群中举着他名牌的男人，迟喻冲他招了招手，然后僵着身子接受了两个热情的拥抱。车子停在负一楼，迟喻跟着他们下去，戴着棒球帽的男人一边把他的行李放进后备厢一边回头，用不太标准的中文问他："你眼睛怎么红红的？"

　　迟喻拉开车门，坐上去之后才开口："过敏。"

　　迟越狄在出国这件事上努力地扮演好爸爸的角色，为他挑选了会说中文的寄宿家庭。迟喻坐在后座，目光在前座的两个男人之间扫了扫，在转头的瞬间刚好对上后视镜中男人的视线。他大方地笑笑，接过身侧男人递来的咖啡。

　　"你可以叫我特维斯。"男人说完，又指指副驾驶，"这是我表弟。"

　　"别搭理他。"另一个人说，"我比他年龄大。"

　　机场到市区的距离不算近，刚开始前面的两个人还和迟喻搭话，但几次交流之后大概也看出迟喻兴趣缺缺，便识趣地不再开口。迟喻打开手机，信号格刚刚蹦满，便接连跳出好几条信息。

分别来自王霄、林川、胡玉山，还有他的班主任林静，言语之中都饱含着善意。迟喻点开付止桉发来的消息，只有两条，都很短。

——起飞了吗？

——到了告诉我。

总共十个字，迟喻把手机倒扣在座位上，车里的空间太小，不足以让他发泄自己的怒火。迟喻不知道付止桉是不是真的听不懂话，他说不用送付止桉还就真不来。他重新把手机拿起来，细看了好几遍付止桉发来的消息，短短几个字，却把该表达的都表达了。

付止桉果然学习很好，概括能力很强。

心里挣扎的时间不长，他败下阵来。他点开对话框，打了好多字却又都删掉了，正当他不知道发什么的时候，手心突然一震。

——到了？

迟喻愣了愣，现在国内应该是凌晨四点，虽然付止桉总是熬夜，但他没想到这人能熬到这么晚。

——你没睡？

付止桉的房间很亮，他今天连着刷了好几套卷子，算着时间也差不多该到了。付止桉刚拿起手机，就看见对话框上方"对方正在输入"几个大字。大概被他发消息的时机吓到，迟喻回得也很快，问他是不是没睡。

付止桉放下笔，抻了抻手臂，说："在做题。"

"付止桉，老刘叫你呢。"

王霄侧着脑袋小声嘟囔，见后座的人没什么反应，用背向后撞了两下后面的桌子。

付止桉终于抬起头，有些疑惑地问他："怎么了？"

站在讲台的男人脸色从红到黑，嘴角猛然抽动了两下，把几句骂人的话生生给咽了下去。他狠狠剜了付止桉一眼，转过身继续写板书，粉笔与黑板摩擦间发出刺耳的响声。付止桉没弄清到底怎么了，见没人说话，重新低下头看书。直到下课铃响起，王霄转过身，见付止桉趴在桌上，轻声叹了口气。他坐在付止桉前座整整一年，看着付止桉的话越来越少，每天除了学习，就是趴在座位上发呆。王霄试图找林川和胡玉山一起开导付止桉，但他话刚起了个头，就被胡玉山一票否决。

"你有空管付止桉还不如先管管你自己。"胡玉山拿出手机，调到短信页面后扔到王霄面前，"这次月考，付止桉又是全校第一。"

"除了瘦了点儿，人家成绩可一点儿都没落下。"林川放下笔频频点头，愁眉苦脸地咂了咂嘴，才慢慢说，"而且居然还长高了。"

高三的学习压力像是把整个世界折叠又压缩，大家全都埋在厚厚的卷子里，偶尔抬起头也是双目无神，日渐消瘦，就连王霄也整个瘦了一圈。付止桉这段时间学习学疯了，每天熬夜刷题，下颌线条越发明显。

虽然付止桉话少，但王霄擅长自找没趣，他转过身，手肘架在付止桉桌子上，双手捧着脸。看见戴在付止桉手上大了一圈的手环，说："大了点儿啊。"

过了好一会儿，王霄以为付止桉不会接他的话，刚打算转身，就听见男生有些沙哑的声音。

"他昨天也没有接我的视频电话。"

身子转过一半，王霄又回过身，接着付止桉的话说："可能是有事儿吧。"

"前天的也没接。"王霄看着付止桉抬起头，漂亮的眼睛没有什么神采，长而直的睫毛耷拉着。他嘴角抿成线，目不转睛地盯着自己看，仿佛希望从他这儿得到答案。王霄不知道怎么回答，嘴张开了好几次也没说出点儿什么，付止桉垂眼，重新把头埋进臂弯。

晚自习下课铃刚响，付止桉拿着一沓卷子站在讲台边上，对上林静的目光，他把卷子递过去，问她："写完了，能先回家吗？"

林静粗略地翻了翻桌上的卷子，点了点头。

付止桉急着回家是有事要做，他要看看迟喻今天会不会接他的视频。

半个小时之后，付止桉和陈仪芳坐在餐桌旁，女人喋喋不休地唠叨着付建国的言而无信，答应了晚上回家吃饭却又不回来。付止桉垂头看着拨通的视频电话被挂断，几秒钟之后，对方打来了一通语音通话。

付止桉回屋关上门，坐在床上，按下接听键。

"你昨天没有接视频。"付止桉冷不丁开口，那头的迟喻似乎没有反应过来，愣了两秒才闷着嗓子解释道："昨天在外面，没有网。"

“前天的也没有接。”

　　这次对面人接得很快：“和朋友在玩，可能没有听见。”隔着听筒，付止桉都能想象到迟喻的表情，那双黑白分明的眼里一定透着不耐烦。地板的瓷砖好像越坐越凉，付止桉手指撑着地，说：“在国外交朋友速度倒挺快。”

　　没等迟喻回答，付止桉挂断了语音，重新打过去了个视频电话。提示音响了好久迟喻也没接，付止桉挂断之后在输入框里回复：接视频。屏幕亮光映着付止桉的侧脸，这次没让他等太久，付止桉看着迟喻那边的镜头颠倒来颠倒去，最后停在男生头顶翘起的发梢上。

　　“脸呢？”

　　手机镜头又晃了两下，迟喻顿了顿，说：“你那边黑乎乎的一片，还想看我脸。”

　　付止桉站起身，眼睛依旧盯着屏幕，伸出胳膊啪地打开了头顶的灯。迟喻的镜头里还是那撮翘起的发尾，付止桉觉得奇怪，又重新说了一遍：“脸。”

　　镜头又晃了两下，过了几秒，屏幕右上方露出一只眼。虽然只晃了一下，但付止桉还是迅速捕捉到迟喻眉骨上的瘀青。

　　付止桉的屋里很亮，迟喻在瞧见付止桉蹙起的眉头时，索性破罐破摔，把整张脸凑在镜头上，故作无所谓地说：“看看看！一次性让你看够哥帅气的脸！”

　　“跟人打架了？”看着屏幕里的大脸，付止桉有些嫌弃地把手机挪远了点儿。

　　迟喻嗯了一声：“打了。”

"输了？"

"……"

迟喻关掉视频把手机扔到一边，赤着脚走到卫生间，看了眼镜子里自己乌黑的眼圈和红肿的嘴角。国外生活其实不算太差，他入学的第二周便加入了学校的橄榄球队，虽然作为替补已经坐了好几场的冷板凳，但来给他送水的女孩儿还是一个接着一个。

他英语不好，但好意和恶意还是能分得清，球场上一个冲他竖中指的黑人哥们儿故意用球打向了他。最后以他眉骨骨折以及对方全校警告结束。迟喻没打算把这事儿告诉其他人，毕竟刚踏出国门就挨打，还挺丢人。

迟喻打开房门，站在楼梯口朝下望了一眼，放在门口的两双男士拖鞋摆得整整齐齐，看来特维斯和李澈出门了。刚来的那一晚，特维斯坐在椅子上冲他笑，身上穿着的棉质睡衣上画了一个黄色的小菠萝。

特维斯似乎没组织好语言，好几次开口也只是闲聊家常，直到李澈端着杯子从厨房走出来，特维斯才露出了个轻松的笑容，用英语说："你跟Yu聊聊天啊，我中文不好。"

李澈看了特维斯一眼："你不是想学中文吗，这么好的机会，好好把握。"

特维斯翻了个白眼，思考了一会儿措辞，用有些蹩脚的中文跟迟喻说："我中文不好，如果有说错的地方，你可以告诉我。"一句话特维斯说得磕磕绊绊，但还是坚持要把话说完，"希望你能当我的语文老师。"

"我从上学开始，语文就没及过格。"迟喻说，"你还是别让我教了。"

特维斯还没来得及开口，坐在旁边喝水的李澈突然说："那你们俩应该挺聊得来，特维斯的文学课也没及过格。"李澈说完，扭头看了眼正在瞪他的特维斯，笑着说："是吧？"

特维斯没说话，拎起一个抱枕砸在李澈的脸上，两个人很快开始吵架，中英文混合，迟喻一句都没听懂，只好转过头看向窗外。特维斯很明显吵不过李澈，十几分钟下来，特维斯被气得一身汗，他看了眼坐着不动的迟喻，一时间忘记了迟喻还在倒时差，硬拉着他去看挂在墙上的拍立得。

十几张拍立得贴在玄关，特维斯一张一张地给迟喻介绍，看到第七张的时候，特维斯突然停顿了一下。

"这是李澈的妈妈，也是我的姨妈。"特维斯指着照片上的棕发女人笑了笑，"旁边这个，是李澈的父亲，中国人，七年前去世了。"特维斯说话的声音很小，不想让李澈听见，但李澈不知道什么时候站到他们身后，接着特维斯的话，说："我爸是消防员，死于一场大火。"

特维斯转头看他，李澈冲他笑笑，背靠着墙，看挂在正中间的照片："没什么不能说的，都过去了。"

迟喻不会安慰人，于是只是站着沉默，视线扫过李澈的手臂内侧，是一串花体英文。见迟喻盯着看，李澈抬起手，把文身露出来，声音很轻地说："是我爸的名字。"

"很有意义。"迟喻说。

好几次迟喻在和付止桉语音的时候，都感觉付止桉好像总是很疲惫，有时候语音时间长一些，他甚至会在中途睡过去。付止桉学

228

习一直很好，但迟喻发现最近他好像特别努力。

"你是不打算给其他学生留活路了是吧？"迟喻笑着说。

"是。"付止桉也跟着笑。

这样的相处节奏一直持续到高考的前几天，迟喻在和付止桉语音，看着屏幕里男生越发消瘦的模样，迟喻伸着胳膊，用指节叩了两下屏幕，付止桉闻声抬起头，眼底发红。两人对着镜头一言不发，迟喻抿了抿嘴，看着付止桉有些凹陷的脸颊，说："你瘦了。"

付止桉低低地"嗯"了一声，一面在卷子上写下一串公式，一面慢悠悠地开口："因为长个了。"

"再见面的时候，你应该要仰视我了。"

迟喻瞪了一眼屏幕里低头写卷子的付止桉，恰巧他也放下笔看向镜头。迟喻的眼尾慢慢向下垂，长而直的睫毛几乎触到了下眼睑，莫名想笑。付止桉脑袋微微一偏，扑哧一声也笑了出来，悬在半空的指尖一颤一颤的。

只笑了两声，两人又恢复了缄默。

再见面的那个时候，不知道是什么时候。

因为迟喻讨厌等待，再加上迟越狄给他的零花钱实在是充裕，在国内高考的前一天，迟喻决定回国，吃点好吃的，顺便再去看一眼付止桉他们。M国高中的课程结束得早，essay（论文）交完的第二天迟喻开始收拾东西，摊开行李箱，一边往里面塞衣服一边自言自语。

"你什么时候回来？"李澈不知道什么时候来到他房门口，双手插在口袋里，站得笔直。

"周四。"迟喻试图把一套欧式餐具塞进行李箱，尝试好几次无果后，他才憋着火接着说，"我周五还有presentation（答辩），要回来。"

李澈拿出手机在屏幕上点了几下，重新抬起头，声音不大不小："周五我要开会。"

言下之意是你回来到机场没人接。迟喻箱子收得差不多了，他站直身子，不咸不淡地冲着李澈说："我以为你是特维斯的保姆呢，天天憋在家里做饭。"

李澈无所谓地耸耸肩，从门把手拿下个环保袋顺手扔给他，迟喻试了试，刚好能装下那套欧式餐具。他抬头打算道谢，门口站着的那人已经不见了。

迟喻回到国内恰好是高考的第二天，他想了很久，还是没有把回国的消息告诉付止桉。因为走得急，十二三个小时的行程，却在中转机场待了将近六个小时。迟喻蜷在椅子上，怀里抱着体型巨大的餐具套装，包装盒的一角戳得下巴有点痛，但他也没撒手。

长途飞行让人疲惫不堪，在等托运行李时，迟喻只觉得脚步漂浮。

迟喻提前打听好了付止桉的考场，从机场出来，看着门口等待出租车的长队，他热得满头是汗。戴着金链子的男人不知道从哪儿蹿了出来，扯着一口不太标准的普通话，说："帅哥，坐我车吧，不用等。"

迟喻不太想坐那辆看起来不太干净的桑塔纳，但他只犹豫了一秒就拉开车门上了车。跟他想象中差不多，车座、坐垫很脏，表面的皮已经裂开，露出里面浅黄色的海绵，车厢内弥漫着呛人的劣质烟草味。迟喻把车窗摇下来，掺着青草味的热风涌进来，他深吸了一口气。

车开了二十多分钟，快要到市区，迟喻瞥了眼贴了太阳膜的车窗上映着自己的脸。头顶的碎发翘起一撮，双眼无神，透着长时间奔波的疲惫。迟喻美滋滋地拉开双肩包，从里面掏出黑色的鸭舌帽戴上，为有先见之明的自己感到自豪。

高考期间，路上的车少了许多，迟喻提前十多分钟到了付止桉所在的考场。他心情不错，从钱包里掏出两百块扔在前座，司机也开心得很，忙下车去后备厢给他拿行李。

迟喻拖着行李箱站在大太阳下等，汗水顺着侧颈流进衣领，衣服湿透几乎粘在身上，但迟喻还是没走开。毒辣的阳光让人睁不开眼，陆续有人从教学楼里出来，迟喻伸着头往里看。顺着人流，迟喻一眼就看见人群里穿着白色T恤的付止桉，他是长高了不少，混在人群中也十分显眼。他看着付止桉离他越来越近，原本匀速前进的脚步突然被打断。

穿着黑色连衣裙的女生拍了拍他的肩膀，付止桉侧过身。不知道听她说了点什么，唇角一勾笑了出来。

迟喻攥紧了手里拎着的环保袋，抬起左手把头顶的帽子取下，用扔铁饼的劲儿朝着付止桉扔过去。

"付止桉！"

迟喻听见自己这么喊了一句，然后他看到付止桉那张苍白的面容从冷淡转为惊愕，然后目不斜视地大步朝他走来。

路过他扔到地上的鸭舌帽，微微倾下身，长手一勾便抓在手里。头顶的太阳毒辣，额角的汗顺着眉骨往下流，迟喻抬手胡乱抹掉汗珠，直勾勾地看向站在他身前的付止桉。付止桉说得没错，他确实是长高了不少，迟喻记得他出国前，还能和付止桉保持平视的。和视频里不同，面前这个少年好像变得不太一样。

清晰利落的下颌线条，还有越发深邃的眼神，看起来都不太像那个细皮嫩肉任他欺负的付止桉。

"等很久了吗？"

迟喻垂眼看着伸向他的手，细长的手指上挂着他刚刚丢出去的鸭舌帽，帽檐上好像沾上了灰。

现在他和付止桉面对面站着，平视着看过去，刚好对上他消瘦的下巴。

迟喻刚想说话，余光瞥见站在付止桉身后的女孩，她没什么表情，只是安安静静地站在付止桉身后。

像是随时要跟着付止桉一起走一样。

"谁等你了。"迟喻一把夺过付止桉手上的帽子，不情不愿地抬起头，对上男生含笑的眼，他耍脾气一般，重新把帽子扔到地上。

迟喻几乎是从牙缝里挤出来了几个字，说："我顺路。"

付止桉弯下腰，再一次把帽子捡起来，他一边拍着帽檐上的浮灰，一边垂眼笑着道："那真是好巧。"

两个身形惹眼的男生站在校门口本就惹眼，在门口耽搁的时间久了些，引来周围人的关注。甚至有两个女生站在离他们不远的地方，手挽着手，伸长了脖子往他们这边瞧。付止桉率先打破僵局，他伸出手拿过迟喻的行李箱。

金属质感的拉杆被晒得烫手，付止桉把箱子拉到自己身边，回头冲身后的女生轻声说："那我们先走。"

女生似乎还想说点什么，但付止桉动作更快，转过身就打算走。她忙不迭伸手，想去拉付止桉的衣角，目光却与付止桉对面的少年相碰。

好看的脸上没有一丝表情，眼神淡漠，她不自觉地放下了悬在空中的手。

考试刚刚结束，街上的人比迟喻刚来的时候要多出许多，迟喻抬眼看向走在他前面的付止桉。不知道付止桉是不是在生气，从校门口一直到马路对面，付止桉一直拎着他的行李箱走在前面。

滚动的行李箱轮子里卷进了半截塑料袋，星星点点的白色忽隐忽现，迟喻觉得付止桉走得很快，想叫他慢一点。但因为时差和烈日，迟喻的大脑一直昏昏沉沉，直到付止桉拉开某个咖啡馆的门，空调冷风吹到他脸上，他才缓过来。

"这是什么？"迟喻顺着付止桉的视线看过去，最后落在他手上拎着的布袋。迟喻把袋子打开，低头轻声说："这是给阿姨带的餐具……"

身前人轻笑一声，顿了顿接着道："懂事了。"

迟喻一时间没分清这话到底是不是在夸他，但付止桉没给他多余的时间反应，迅速转身走进咖啡馆，点了两杯冰美式。咖啡馆的人不少，迟喻和付止桉的订单排在后面，他们站在空调风口等待，过了一会儿，迟喻主动开口问："考得怎么样？"

说实话，这话刚问出口迟喻就开始后悔，他不该给付止桉这个炫耀的机会，果不其然，付止桉很平淡地开口反问他："你觉得呢？"

迟喻翻了个白眼不再说话了，付止桉站在旁边笑。

"你呢，学习怎么样？"

"你觉得呢？"迟喻用同样的回话问付止桉，付止桉迅速接话道："应该是不怎么样。"

......

等待咖啡的时间里，付止桉接了个电话，电话那头的人应该问了和迟喻一样愚蠢的问题，付止桉"唔"了一声，接着回答："你觉得呢？"电话那头的人不知道说了什么，付止桉瞥了迟喻一眼，说，"跟迟喻一起。"

电话那头是一阵沉默，三秒过后，迟喻隔得老远也能听到话筒里的尖叫："什么时候回来的？还走不走了啊……不是，迟哥回来为什么不先来找我！"

王霄的声音依旧中气十足，这边他们的咖啡已经做好，迟喻接过来喝了一大口，才凑到付止桉的手机话筒边应了一句："还不快点来。"这话说得不客气，但王霄还是之前的那个王霄，他完全不在意，笑嘻嘻地说了一声"得嘞"后便迅速挂掉电话。

"回来真好。"迟喻站在空调风口，仰着脑袋说。

付止桉没说话，只是伸出手，用咖啡和迟喻碰了一下杯，用来庆祝迟喻的突然出现。

第二天还有考试，那天晚上他们随便找了个路边摊，和王霄从同一辆出租车下来的还有林川和胡玉山。林川长高了不少，近视度数也加深了，挡在厚眼镜片后的眼睛显得比以前更小了。看见他们下车，迟喻还没来得及打招呼，就被朝他飞奔过来的王霄扑到地上，肩胛骨痛得倒吸一口凉气。

但这次迟喻没发脾气，甚至没推开一身汗臭的王霄，只是拍了拍王霄的背，笑着声说："你是不是想砸死我。"

迟喻是背着迟越狄回来的，所以他没回家，拿了身份证在离付止桉考场很近的地方开了间房。第二天天还没亮，迟喻就被电话声吵醒，眯着眼摸到手机，瞥了眼来电显示，按下接通，嗓音带着倦意："这才几点，你催命吗？"说完这几个字后又睡了过去。

尽管如此，电话那头，付止桉还是回答他说："我考试去了啊。"

迟喻是早上的航班，比付止桉考试的时间晚两个小时，今天过后，再见面又不知道是什么时候。昨天晚上，迟喻告诉付止桉，他近期不能再回国了，因为快要申请大学，频繁请假会影响学分。付止桉点了点头，解决事情的办法不会只有一种，王霄他们早就在计划，高考结束之后组个团飞过去找迟喻玩。

高考出分的那一天，迟喻正在考试，他掐着时间跑到厕所，蹲在马桶上听着手机那头付止桉的呼吸声，握着手机的掌心不自觉出了汗，迟喻大气也不敢出，直到听到电话对面付止桉父母的尖叫声。付建国和陈仪芳的嗓音盖过了所有声响，迟喻听见付止桉嗓音带笑，声音模糊地说："我去接电话。"

关门声之后，整个世界几乎都静了下来，付止桉顿了顿，才说："成绩出了。"

迟喻不由自主地攥住衣角，他佯装自然，低低地"嗯"了一声。

"有点遗憾。"

迟喻呼吸一滞，他只觉得付止桉的语气不太好，下意识地安慰他说："没事儿，不遗憾不遗憾。"

"语文比估的分低了两分。"付止桉在电话那头笑着说，"有点遗憾。"

"……"好像被个巨大的枣核噎得喘不过气，迟喻好一会儿才缓过来，冲着听筒低声道："付止桉，你是真能装。"

其实这次的分数对付止桉来说算是发挥失常，他的成绩比之前模拟考试低了六分，但学校依旧在大门上拉出红艳艳的横幅，上面写着：恭喜本校高三学生付止桉喜获A市理科状元。

按照正常轨迹发展，陈仪芳应该是最开心的母亲，可在她听说自己的儿子放弃了S大本硕连读的机会时，嘴唇木得说不出话。而不管她怎么问，付止桉只是一边低头看书一边漫不经心地回答："不是跟你和爸说过了，我打算学医。"

迟喻不知道付止桉的安排，他只是觉得付止桉好像很早就去学校报到了。

报到那天，付止桉拎着一个黑色的行李箱，站在学校大门口，拍了张照片给他发了过来。照片上，付止桉穿着之前见面时的T恤，面对镜头时似乎有些抗拒，原本就冷淡的眉眼看起来越发不悦。

迟喻两根指头在屏幕上滑动，将照片放大，再放大，直到那人的脸几乎霸满整个屏幕。

"也太傻了吧。"迟喻坐在地上，盯着屏幕，忍不住在学校笑出声。

迟喻觉得付止桉的懒惰来得后知后觉，进入大学之后，付止桉突然变得很闲，之后的某一天，付止桉突然向迟喻发来了一个游戏邀请。游戏制作粗劣剧情无聊，迟喻每天几乎都要骂这个游戏的运营无数遍，付止桉时不时地会附和两声，但依旧对这个游戏乐此不疲。

付止桉其实不喜欢打游戏，对于他来说，打游戏既浪费时间又影响视力，但是宿舍的几个人都在玩，王霄也时不时会给他发送这款游戏的某个信息，例如转发领大礼包之类的。

除了上课和实验，付止桉几乎抱着手机不离身，与他同宿舍的邵英然总是咧巴着嘴笑他："付止桉，你手机综合征太严重了吧。"

付止桉大多时候都不接话，实在被邵英然闹得受不了了，才会面无表情地说："你论文写完了吗？"

事态的转折是在临近大一结束的夜晚，付止桉在卫生间洗澡，搁在桌上的手机响得邵英然头疼，他伸着脖子看了看屏幕，上面写着：小迟。

按照平时，邵英然宁愿被发配去做生物实验也不会动付止桉的手机，但那天约莫是撞了邪，他大刺刺地按下接通键，冲着手机嚷嚷："你待会儿再打成吗，付哥正洗澡呢。"

那头沉默了好久，正当邵英然准备挂电话的时候，对面传来冷淡又清晰的男声。

"你是谁啊？"

付止桉打开卫生间门的时候，邵英然站在门口，一脸复杂地看着他。手里的手机仿佛是什么烫手山芋，邵英然见他出来，把手机塞进他怀里便侧过身走进卫生间。

门合上一半，邵英然才讪讪地笑了笑，结结巴巴地说："那个，你兄弟脾气挺大的。"

"你洗澡的时候，逼问了我十几分钟为什么接你电话。"邵英然不敢看付止桉，他迅速关上门，隔着门板大声喊道，"麻烦付哥解释一下！"

付止桉入校的第一天就申请了交换生项目，作为学校里最受教授喜爱的学生，申请刚递上去没多久就被批准了。邵英然捧着脸坐在床铺上，瘪着嘴，看向一言不发只顾收拾行李的付止桉，叹了口气，说："你这也太着急了，明年有个更好的交换项目，以你的成绩，肯定能……"

"无所谓。"付止桉出声打断，叠衣服的手没停，说，"选哪个都差不多。"

凌晨四点，邵英然在床上翻来覆去睡不着，他侧过身，看向搁在门后的黑色行李箱。刚开始他是看不惯付止桉的，比如说他身上自带的优越感，实验做得比别人快，考试前不用挑灯夜战地复习。

邵英然自己也不差，从小他就是其他人口中别人家的孩子，成绩优异，从小学开始就没让父母操过心。就连来到A大，也是直接免了高考，从少年班直升上去的。

238

但付止桉打破了这一切，每个老师都对他赞赏有加，高考状元没有去S大，而是来到了排名万年老二的A大。邵英然还记得，开学那天付止桉在礼堂致辞，坐在台下的校长笑得牙花子都露出来了。

邵英然觉得是自己没有参加高考的原因，才让付止桉这样出风头。

但后来，他发现付止桉在各个方面都比他强，学习实验比不过也就算了，就连体育选修的太极拳，付止桉也打得行云流水。都说人的习惯养成只需要七天，邵英然觉得挺准的，七天之后，他果然就习惯了付止桉比他优秀这件事，自然而然。

想到这儿，邵英然突然翻身从床上坐起来，小声喊："付止桉你睡了没？"

"没有。"

"我们能聊聊天吗？"

"不能。"

……

付止桉拒绝得很快，邵英然知道他没睡着，便自顾自地喃喃道："之前导师总让我多跟你学学，我其实心里可不服气了。"

"大家都一起考进来的，谁能比谁差多少啊，而且我也挺聪明的，是吧？"对面床上的人背对着邵英然躺着，深灰色的薄毯平整地盖在腰间，不管看见多少次，邵英然依旧会被付止桉规矩的睡姿吓一跳。

邵英然自说自话习惯了，他并不需要付止桉的回答，过了一会儿接着说："但是后来跟你做过几次实验以后，我发现跟你确实有差距，导师看人还是蛮准的。"

"想不到，我刚打算好好向你学习的时候，你就要走了。"想到自己从小到大基本上没什么朋友，邵英然深深地叹了口气，有气无力地说，"好可惜。"

　　"你不用向我学。"付止桉突然开口，带着轻微的鼻音，"你动手能力比我强，报告写得也比我仔细，导师背地里跟我们夸过你好多次。"

　　这些话邵英然还是第一次听，他一直以为在付止桉眼里，自己属于毫无优点的类型。这会儿听见付止桉这么说，邵英然不知道该做出什么反应，过了好久，才在黑暗中点了点头。

　　付止桉走的第二天邵英然没去送，却强行在付止桉的背包里塞了一本书，叫《生命的思索》。付止桉翻了翻，在书的空白页上看见了邵英然歪七扭八的笔迹：祝你前程似锦，祝你们前程似锦。

　　这书付止桉在五年前就看过了，但他没有告诉邵英然，只是发了短信，对他说谢谢。

　　在去往M国的飞机上，付止桉做了一个简短又安静的梦，梦里他和迟喻并肩站在厨房里，为了土豆到底切丝还是切片吵得不可开交。迟喻坚定地要切片，但他却要切丝。

　　在前去迟喻住所的路上，付止桉想，要是迟喻要切片的话，那就切片好了。

　　付止桉拖着行李箱，看向每一栋别墅门上的门牌，应该就在前面了。事实上，找到迟喻并没有费掉他太多时间，在转过一个小拐角时，付止桉看见了站在车库门口，穿着深紫色卫衣的迟喻。

　　身侧还站着另一个男人，他背对着付止桉，左手握着迟喻的手臂。想到有一次视频中迟喻瘀青的额角，付止桉的脸色冷下来。轮子与地面摩擦的声音很大，听见声响，迟喻转过头，撞上付止桉打量的眼神。原本与人争执不休的少年突然噤声，身旁的男人也纳闷，顺着迟喻的目光转过身。

三个人大眼瞪小眼站了半天，李澈终于忍不住，看着付止桉，主动开口问："你找谁？"

站在一旁的迟喻好像才堪堪回过神，他愣愣地看着付止桉，憋了半天才说了一句："你来了啊。"

李澈对付止桉的印象大概是从那一刻变得不好的，他收回了对付止桉"长得不错""看起来很聪明"这样的评价，但始终认为迟喻和付止桉确实很适合做朋友。

"一个没脑子，一个没情商。"李澈把口袋里的门票扔在桌上，丢下这句不咸不淡的话便转身进了卧室。迟喻没反驳，因为之前他托李澈去要的NBA球票，李澈拿到了。

那场是两个顶级球队的对决，观众席都坐满了人，付止桉和迟喻挤了半天才找到座位坐下。迟喻好久没看过球赛了，前半场下来，他完全成为一个合格的气氛组成员。不论是擦网的三分，还是一跃而起的灌篮，他尖叫的声音都很大。付止桉刚开始还有点儿不适应，但场内的气氛热烈，他也很快被传染，跟着所有人一起欢呼或是倒喝彩。

直到中场休息，原本看向球场的观众却都齐刷刷地朝他们看过来，迟喻迷茫地抬起眼，看见大屏幕上他和付止桉的脸。这是球赛的惯例，在中场时，为了活跃气氛，摄影师会随机捕捉台下的观众。

周围都是起哄声，大屏幕里的两个亚洲男孩，表情尴尬。

"这是搞什么名堂。"迟喻的脸色变得很臭，付止桉看了他一眼，停了两秒，对着镜头抬起手，扯着嘴角做了个鬼脸。旁边的人都在鼓掌，迟喻被付止桉的操作惊呆了，摄像大哥好像很乐意看他露出这种尴尬的表情，即使超时了也依旧把镜头对准迟喻的脸。

付止桉瞥了迟喻一眼，另一只手拽着迟喻的手臂，强迫他比出一个一模一样的鬼脸。也算完成了任务，镜头终于转走，迟喻转过头，看见付止桉扶着额头在笑。

迟喻知道，从这一秒开始，他们都会拥有很好很好的明天。

迟喻和温华刚搬到胡同里的时候，受到不少人的议论。

长得很漂亮的女人，自己带了个半大孩子住在旧胡同里，哪怕没有去上班，穿衣打扮看起来还是很讲究。围在大槐树下择菜的老人们总是说，新搬来的那个女人，应该不是什么正经人，要不然怎么会自己带着孩子在外面住。

老人说这话或许无心，但小孩儿会当真，付止桉第一次见到迟喻时，迟喻正在把邻居家小孩儿按在地上打，一边揪人家的头发一边大声嚷嚷："你妈才不正经！"

付止桉拿着书站在边上，看邻居家的大人跑出来，有些用力地把迟喻推到地上，表情狰狞地说他："有没有教养！"

迟喻抿着嘴没说话，直到所有人都走掉，付止桉看见他低着脑袋，用沾了沙子的手揉眼睛。

"你见到那个新来的小孩儿了？"付建国把帽子摘下来，挂在衣架上，接着问，"去跟人家打招呼了没啊？"

"没有。"付止桉把碗筷摆好，停了停说，"他在忙着和别人打架。"

付建国挑了挑眉，但他后面的话还没来得及说出口就被打断，陈仪芳端着冒着热气的砂锅从厨房里走出来，语速很快地说："还傻站着，有没有眼力见儿啊，快来帮忙拿一下！"

这番对话打上句号，付建国忙着去厨房帮陈仪芳端菜，付止桉坐在靠窗的位置，听着厨房里两个人的吵闹声，偏头往窗外看了一眼。已经到了饭点，楼下小孩儿都跑光了，只剩下一个男孩儿还傻坐在沙坑里，埋着脑袋用力挖沙子。

脾气大还挺傻的，这应该是付止桉对迟喻的第一印象，这其实算得上年幼的付止桉心里的最差评价。之后的每一天，付止桉放学基本上都会绕过迟喻家的大门，尽量不和迟喻碰上面，他认为迟喻的精神状态并不稳定，很容易对自己造成伤害。

直到六月份的某一天，付止桉推开家门，看见一个女人的背影，听见开门响动，女人转过头，脸上带着柔和的笑容。

"桉桉回来了啊。"陈仪芳从厨房里探出头，手里拿着两个刚洗干净还在滴水的苹果，她走过来，把苹果塞在付止桉手里，冲他指了指打开的卧室门，笑着说："给你找了个新朋友。"

三秒之后，付止桉在门后看到一张仿佛被欠了几个亿巨款的脸，他躲了好几个星期的人，现在就站在他的卧室里，手里还拿着他前几天才从姨妈那儿收到的转盘火车玩具。但噩耗还不止这些，付建国从沙发上站起来，走到付止桉身后，手搭着他的肩："你们下周就要做同学了，要互相照顾啊！"

迟喻站着没动，表情是一如既往的冷漠，他看了付止桉一眼，一秒之后别过脸。

244

最后还是温华来处理这有些尴尬的状况，她走过来，半蹲在他们两个面前，笑着对迟喻说："你想要玩别人的玩具是不是应该主动问一下啊？"

迟喻攥紧的手逐渐松开，他抿着嘴回过头，停顿了一会儿便抬起手，不轻不重地碰了一下付止桉的肩膀，硬邦邦地说："我玩一小会儿，行吗？"

比起询问，迟喻的语气更像威胁，付止桉看了一眼温华，点点头。

付止桉一直很奇怪，像温华这样的母亲，是怎么教出迟喻这样的小孩儿的。

温华是付止桉见过最温柔的人，她从来不像院子里其他母亲那样大喊大叫，喜欢穿质地很柔软的长裙。迟喻完全不一样，付止桉没见过比他脾气更差的同龄人，几乎不怎么笑，也没有朋友，放学之后唯一的乐趣就是坐在沙子堆里挖坑。

后来迟喻还打过几次架，说是打架，但更像是被别人打，小孩儿下手通常都没有轻重，迟喻正值换牙期，几个拳头下来虎牙就摇摇欲坠。那应该是第一次，付止桉没有假装没看见绕道走。

夏季的白日很长，下午五六点钟的太阳还是很大，付止桉站在台阶上，见迟喻低头看手上的血，表情罕见地有些呆滞。

于是一分钟后，付止桉背着书包跑回家里，把刚冲完凉的付建国从浴室里拽出来，一边往外推他一边说："迟喻的牙被人打掉了。"

最后的结局是几个打迟喻的小孩儿都被付建国狠狠教育了一顿，付止桉原本站在槐树后面看，见事情处理得差不多了，就想着回去继续看书。但还没走出多远，身后一股蛮力拽着他的书包带，付止桉扭过头，对上迟喻看起来很狼狈的脸。

付止桉想要把书包带拽出来，但他还没来得及用力，迟喻就把手松开了。付止桉皱着眉看黑色书包带上沾着的沙子，恍惚间听见有人小声跟他说："谢了。"

付止桉抬起头，只看见刺眼夕阳下一个很小的背影。

打小报告这件事不论在哪个年龄段都是被人不齿的，付止桉对这个倒是无所谓，他没有要和院子里任何一个小孩儿交朋友的意愿，从刚搬进来，付止桉就秉持着只要他不招惹别人，别人就不会招惹他的信条。

但这个信条很快被打破，第二天付止桉放学被堵在院子门口，几个比他高出小半头的男孩儿把他围在中间，扬着下巴问他："是你给他通风报信的吗？"

"我不知道你说的是谁。"付止桉发育得晚，几乎比院子里所有同龄人都要矮，这会儿跟他们说话，也只能微微抬起头才能对视。

"你装什么傻！"领头的那个小孩儿不太客气地推了一下他，手往后一指，大着嗓门嚷嚷，"就是刚搬来的那个女人的儿子啊，你爸妈不是跟他家很熟吗？之前我都见过那个女人去你家里吃饭，你别装了！"

付止桉不知道温华阿姨总是去他家吃饭，他索性不回答，低着脑袋往前走，嘴里很客气地说："我要回家了，你们让一让。"

"你跟你爸告完状还想走？"付止桉刚迈出去的腿又被人踢回去，对方用的力气很大，膝盖传来让人无法忽略的刺痛。付止桉倒吸一口凉气，顿了顿才抬起头，看着对面比他高出一个头的男孩，面无表情地开口："我说了，你们让一让。"

小孩子黑脸并不能造成任何威慑力，尤其是对方孤身一人，身高还矮了一个头。几个人笑起来，表情狰狞，声音刺耳。或许是年龄小的时候听力都很好，所以付止桉很清晰地听到在一片讥讽笑声中男孩有些青涩的嗓音。

"哎，你牙换完了吗？"视线穿过人群缝隙，付止桉看见一片深蓝色的衣角。

个子最高的男孩还没缓过神，站在最外面的那个人很快笑着说："没换完的话，我们帮你加把劲儿。"

下一秒，付止桉看见那片深蓝色的衣角扑上来，一把按倒三五个人。

那场翻身仗迟喻打得很漂亮，大概是掌握了擒贼先擒王的道理，在迟喻打掉个子最高的男孩的一颗门牙后，其他人便站着不敢吭声了。

迟喻抹了两把脸上的汗，扬着眉毛有些夸张地笑。

事后迟喻当然少不了一顿骂，温华在家里教育了他大半个小时，接着拎着他的后衣领带他去邻居家挨个道歉。站在别人家门口，迟喻一边被温华逼着鞠躬，一边小声嘀咕说："我下次还打他。"

温华和其他人当然是没听见的。

其他家长也自知理亏，没怎么计较就让温华带着迟喻回了家，在楼栋口，迟喻看见在付建国身边站着的付止桉。付建国是警察，他几乎不怎么把男孩儿之间的小打小闹放在心上，但眼下迟喻因为付止桉惹了事，他心里还是很过意不去。

这边付建国一遍一遍跟温华道歉，那边付止桉看见迟喻小步挪到他旁边，胳膊肘捅了捅他的手臂。

"以后在这片儿，哥罩着你。"迟喻小声对他说。

晚上七点二十九分，迟喻有了一个小弟，付止桉有了一个爱惹事的"大哥"。

1.

迟喻和付止桉吵了一架。

原因始于迟喻毕业典礼时，付止桉一声不吭地送了他一辆价值不菲的跑车，并且拒不交代资金的来源。因为付止桉是学医的，迟喻思前想后，终于想到了一种最佳可能性。

穿着学士服的男生坐在驾驶座，摸着方向盘正中央的骏马车标，语气凝重地开口："付止桉。"

"你是不是去搞什么器官交易了。"

迟喻的猜测并不是空穴来风，前两天他刚刚看了部外国电影，讲的就是这种故事。而对于迟喻来说，突然暴富这种事，大多是因为彩票中奖，但中奖的人不会是付止桉。

付止桉那个聪明的脑袋，不愿意做浪费运气的事，他迄今为止所得到的一切都源于他的努力。

付止桉并没有回答他，而是慢慢伸出手，将他学士帽上的帽穗拨到一旁，轻声说："毕业典礼上的摄影师，给你拍照花的时间最久。"

"你说什么废话？"

"我说，"付止桉放下手，身子向后靠，目光在迟喻脸上停了好久，才说，"车再不开走，就要多交停车费。"

迟喻没有以前那么好糊弄了，付止桉这么想。

迟喻执着又单纯，他没有那么多弯弯绕绕，一根筋从头顶一直通到脚趾。两人在M国偶尔会有争吵，比如某部电影到底好不好看。

以前三言两语就应付过去的迟喻，现在正用那双黑漆漆的眼，紧紧地盯着他。

车内的空调开得很大，黑色的帽穗随着风晃来晃去，付止桉身子往前凑，单手抓住左右摇摆的帽穗。

"恭喜毕业。"付止桉攥着帽穗的手指渐渐松开，露出一个欣慰的笑容。

"付止桉。"迟喻抿着嘴，上半身直挺挺地僵着。

付止桉叹了口气后坐直了身子。他看着迟喻认真的神情有点想笑，迟喻从不在学习上下功夫，却总在奇怪的事上执着。

但迟喻的大学上得还是有点用的，起码迟喻现在知道，露出这样的表情就会让他缴械投降。

2.

迟喻看着扔在茶几上厚厚的打印纸有点发蒙，因为东西太多，他从几厚摞的英文资料中找出了一份中文的。粗略地扫了几眼，上面密密麻麻的都是关于医药的专业名词，迟喻重新把它放在桌上，双手抱胸一本正经地说："你自己说，我懒得看。"

付止桉语速很慢，但迟喻一个字都没听懂，许多医学专有名词的包围中，迟喻捕捉到了一条信息。

"你什么时候投资的公司？"

"大二的时候。"付止桉弯下腰，把迟喻弄乱的资料整理好，"国内和学校有个项目，当时资金短缺，我把所有奖学金都投进去了。"

"所以现在那个公司要上市了？"

"那倒没有。"付止桉站在他身前，居高临下地看着他笑，"只是谈成了几单比较大的生意。"

迟喻原本随时准备出击的姿态少了大半，两条手臂软塌塌地落在沙发上，他的眼神有些迷茫，语气也带着不确定，"你什么时候谈的？"

"你毕业前的那几个星期。"付止桉的声音轻飘飘的，仿佛在那几个星期，挑灯夜战帮他复习功课到凌晨的人并不是他。付止桉见迟喻半天不说话，便坐在他身侧，柔软蓬松的沙发陷进去一大块。

迟喻听见付止桉轻声问他怎么了，他只是摇头，最后赌气似的，将手握成拳，使劲地砸在付止桉身上。

他能怎么样，跑车他都收到了，还能怎么样。

3.

付止桉来到M国后不久，他们就从特维斯家搬了出去。

临走前，特维斯站在家门口，眼泪汪汪地抱了他好久，刚剪短的鬓角扎的迟喻直往后退。

李澈把他们一直送到山下，直到所有的行李都塞进了后备厢，他才很慢地开口，说："我不会把你搬走的事情告诉你爸爸。"

"所以我麻烦你们。"李澈顿了顿，说，"麻烦你们照顾好自己，不要给我找事。"

李澈向来不会好好说话，迟喻也不会。

付止桉发动了车，迟喻摇下车窗把脑袋伸了出去，冲着李澈笑着嚷嚷，说："狗子，你哥我走了啊！"眼看李澈的脸越来越黑，迟喻笑的牙花子都露出大半，他后半句还没来得及说，就被身旁的付止桉捉住脖子拽了回来。

"骂人的时候能过过脑子吗？"付止桉收回手，把方向盘打直，"他是狗子，你是他哥，那你是什么。"

迟喻没接话，他把头偏到一边，过了好半天才嘟囔了一句：我是你大爷。

4.

两个人在国外生活的日子过得不算容易，付止桉聪明的头脑并没有使用在日常生活方面，比方说关于烤面包怎么样不会烤煳这个问题，付止桉只有理论支持。

迟喻懒得和他讨论温度与面团发酵的问题，便自顾自地回到卧室，试图在网上找到易懂的答案。

答案找到了，他还多找到了一封被删掉的邮件。

是来自某医药公司的offer，字句简单，但却带着巨大的吸引力。

例如股份、分红，还有什么带薪休假之类的。

电脑屏幕的光映在迟喻的脸上，使他的眉眼变得越发明亮，他拿着电脑走出了卧室。付止桉背对着他站着，似是听见了他的脚步声，一边说一边转身："是不是和我说的一样……"

屏幕正对着付止桉，上面是被不久前被删掉的邮件，来自他投资的医药公司。

"怎么没听你提？"迟喻把电脑合上，赤着脚站在地上。

"这有什么好说的。"付止桉笑着转过身，漫不经心地抠掉了烤焦的面包边，"我又不想去。"

迟喻走近，神情严肃地问："你真的想当医生吗？"

付止桉的声音很轻："想。"

5.

迟喻一大早就不见了。

手机上除了一条提醒缴费的信息之外，没有别的短信或者电话。付止桉拨通了迟喻的电话，没过几秒，电话里响起机械的女声。

迟喻没有接电话，想来还是因为昨天闹脾气。付止桉不太担心，毕竟迟喻不管在外头待到多晚，最后还是会回来。所以他按部就班地上课、做实验，最后在教授的提问环节时佯装生病，开着车回到了家。

家里没人。

付止桉看了一眼表，才晚上七点五十，不算晚。因为他还有小组作业要完成，于是付止桉搬着板凳坐在门口，打开电脑，接通了学习小组的视频电话。

除了付止桉自己，小组的人都发现了他的心不在焉。目光总是放空，悬在键盘上的手指好久才敲响一下，有时问到付止桉的看法，他的脸上闪过一丝停滞，紧接着便低声附和。

这样的状态一直持续到八点二十，脚步声由远到近，付止桉抬眼，看着门朝外拉开了一道缝。

付止桉唰地合上了电脑，他大步向前，将迟喻堵在门口。

迟喻张嘴想说什么，但付止桉却突然接着握住门把手，嘭的一声关上了门。付止桉没有什么表情，只是居高临下地俯视他，语气平淡地说："八点二十三分。"

"你在外面待了将近十个小时。

"并且不接电话。"

见迟喻不接话，付止桉只觉得太阳穴随着心跳震得厉害，他一把抓住迟喻的手臂，还没来得及发作，就看迟喻皱起眉头嘶了一声。付止桉下意识地松手，接着后退了一步，刚刚抓着迟喻手臂的右手不知所措地悬在空中。

"我去体检了。"迟喻把手中的白色文件夹塞进付止桉怀里，捂着自己的左臂骂骂咧咧地说："抽了我好几管血。"

"你哪里不舒服？"付止桉垂眼去翻文件夹，翻页的速度很快，但一个字都没有漏掉。

"只是有点儿贫血。"迟喻从付止桉手里抢过夹子，往后翻了几页之后重新递了回去。

"付止桉，我心脏没问题。所以，"迟喻眉眼带笑，露出整齐的白牙，"你去做喜欢的事吧。"

254

6.

那晚迟喻的话很多，付止桉坐在地毯上，听着对面人如控诉一般的喋喋不休。

他说了许多，但付止桉只记得一句，迟喻往他身边挪了挪，盘着的膝盖碰到他的脚背。

"我不是傻子。

"你根本就不喜欢学医，你做作业的时候总是打哈欠。

"而且你拿手术刀解剖小白鼠的样子也不怎么样。"迟喻低着头撇了撇嘴。

付止桉想了想说："我没有不喜欢学医。"

迟喻反驳得更快，扬起下巴："谁信。"

两人之间突然变得很安静，搁在地板上的文件夹卷起一页，迟喻露出的小半截手臂上，还留有抽血时绑着的皮筋印子，红红的一道横在腕间。

"不要觉得小时候认识温华，你就有责任帮她照顾我。而且就算我有什么问题——

"你觉得我会让你给我开膛吗？"迟喻有些嫌弃地耸了耸鼻子，"你把我肚子打开，心肝脾肺肾都让你看个遍。"

"我才不要。"

付止桉低着头眨了眨眼，看着迟喻手腕上的印子，凹凸不平的。

"做手术也不会看见心肝脾肺肾的，只是一个小口子。"

"对，对，对。"迟喻不耐烦地咂了咂嘴，"就你懂得多行了吧。"

255

凌晨两点四十，付止桉才结束跨国项目的临时会议，秘书煮的黑咖啡已经见底，付止桉解开衬衣领口的扣子，开了瓶矿泉水仰头喝掉一半。这次项目的买方很难缠，从年初敲定合作意向开始，双方为了争合同上的三个点开启了长达半年的谈判，其间几次差点谈崩。

最终结果是双方各退一步，视频那头的白人老头闭着眼叹气，终于说了okay。

搁在桌上的手机屏幕亮起来，付止桉拿过来看了一眼，是迟喻发来的一条信息。

"那金头发老爷子还不松口？"付止桉甚至能想象到迟喻打出这句话时的表情，付止桉放下水瓶，一边笑一边回复说："松了，松得还挺狠。"信息发过去还不到三十秒，电话响起来，付止桉接通之后开了免提。

"我还想着如果他还不松口，我就带人上门找他商量呢。"即便是凌晨，迟喻的声音听起来依然很精神，付止桉没接话，他靠着桌子，懒洋洋地说："看来你还是嫌你热搜上得不够多。"

迟喻在电话那头笑，接着是易拉罐被拉开的声音，停了几秒，迟喻才接着说："谁会看个一十八线小模特的热搜。"

几年过去，付止桉当初加入的制药公司发展迅速，现在已经想要融资上市。而迟喻不负众望，顺利完成了本科学业，最后毕业典礼的时候，迟喻拉着付止桉一起和裱起来的毕业证合影，理由是得到这张毕业证，付止桉付出的努力比迟喻本人还要多。

迟喻毕业之后在M国当地一家保险公司工作了半年，一次去野餐路上，迟喻把车停在路边，倚着车抽了根烟，被某个去采风的摄影师偷拍了张照片。摄影师很会把控氛围感，构图完美，充分展现了迟喻那张漂亮的面孔。

没过太久，迟喻收到了当地一家经纪公司的名片，起初迟喻还不太想去，和付止桉打电话的时候也是偶然提起。

"你脑袋不太聪明，还是靠脸吃饭吧。"付止桉把烟掐灭，嗓音带笑，"当花瓶适合你。"

迟喻在电话那头爆粗口，但是第二周，还是黑着一张脸跑到经纪公司去面试。迟喻当时被摄影师拍到也是纯属巧合，现在站在白布前，他的青涩和不自然便通通暴露出来了。十几张拍摄下来，经纪人和迟喻一起在电脑前看刚刚拍的照片，除了僵硬的肢体，就是黑脸，或者是彻底蒙掉的样子。

看到最后迟喻都不忍心再看，皱着眉把脸偏到一边。

"你现在这样就很好。"经纪人不知道什么时候关掉了电脑，转过身双手抱胸看着迟喻，用一口不太流利的普通话对他说，"按照以前，我们肯定是不要你的，但是你的脸，"经纪人抬起手，隔空在迟喻的眉眼上画了个圈，接着说，"很适合亚洲市场。"

迟喻很轻地挑眉，站在对面的女人停了两秒朝他伸出手："我是Vienna，欢迎加入我们。"

事后迟喻才知道Vienna是公司里最厉害的经纪人，手里的资源多得数不过来。迟喻集训结束之后，就登上了某个时装杂志的二封，不出意料，在H国市场掀起了不小的热度。但Vienna看起来并不怎么高兴，她把杂志放下，扶了扶眼镜说："回国发展吧。"

迟喻对这个安排很满意，他毕业之后，工作签证导致他不能经常回国，上次见付止桉还是年前。于是他没有让助理安排行程，自己订了第二天的航班火速回国。

明明航班准备起飞时迟喻才发短信告诉付止桉这个消息，但飞机落地他推着行李车往外走的时候，还是一眼就看见站在接机人群中的付止桉。他比年前要清减不少，但是显得人更加挺拔，迟喻朝他走过去。付止桉接过他的行李车，看了他一眼，才笑着说："大明星回国怎么连个拿行李的人都没有？"

长途飞行带来的疲惫好像一扫而空，迟喻双手揣在口袋里，一边走一边笑着吐槽他："你是不是又闲得没事了？"

上了付止桉的车，迟喻看见放在后座上的杂志，是他登上二封的那一本。付止桉放完行李上了车，察觉到迟喻的视线，挑了挑眉说："照片拍得不错，就是人看着傻。"

"是啊，哪有卖药的精。"迟喻摇下车窗，深吸了一口气，顿了顿才，声音很小地开口说，"总算回来了。"

付止桉挂了挡，踩了一脚油门，开出地下停车场后才接着迟喻的话说："回来了。"

原本想象中一起熬夜打游戏看电影的完美生活并没有实现，回国没多久，迟喻就发现付止桉比他想象的忙得多。生物钟极其混乱，有时候接近凌晨两点才睡，早上六点半就起床，下午三点才能吃上午饭。但是迟喻并没有那个时间去催付止桉遵循良好的生物钟，因为他的行程被Vienna安排得喘不过气。

　　当初一句回国发展说得轻飘飘，迟喻以为他起码能摸个两三个月的鱼，谁知道回国第二周就被安排了五个拍摄和一场走秀。迟喻的咖位明显够不上那场秀，但谁让他是Vienna带来的人，别人再不乐意也得憋着。

　　Vienna在后台看迟喻上妆，瞥见设计师走远才低下头，看着镜子里的迟喻笑着说："他们现在肯定在骂我，没办法。"迟喻对里面的弯弯绕绕多少也了解一些，于是他不对Vienna的话发表任何评论，只是小幅度地挑了挑眉。

　　那场秀迟喻差点儿失误，原因显而易见：秀台是一道弧形线，迟喻第七个上场，按照集训老师讲的，他绷着脸没有任何表情走上T台，尽量甩开大衣下摆，目视前方。走到一半，余光突然瞟到观众席第三排穿着深灰色西装的男人，似乎是察觉到他的视线，男人缓慢地抬起手，笑眯眯地朝他竖了个大拇指。

　　迟喻一个走神，差点和迎面走来的返台模特撞在一起。

　　走下台迟喻就摸出手机，点开付止桉的对话框，噼里啪啦打下一串脏字。

　　迟喻不知道付止桉一个医药公司的老总是怎么搞到邀请函，也不知道他是怎么在百忙之中抽出空来看一场走秀的，他们真正空出时间坐在一起是王霄婚礼那天。

拿到婚礼请柬的时候迟喻愣了一下，想不到当初那个小胖子居然是他们之中最先结婚的，付止桉端着两杯气泡水走过来，低头瞥了一眼迟喻的屏幕："你羡慕啊？"

"是啊，羡慕。"迟喻把水接过来，喝了一大口才接着说，"等你葬礼的时候也记得邀请我啊。"

付止桉把水杯放在桌上，点点头说："行，你也不一定能活得比我长啊。"迟喻很早之前就说不过付止桉了，听见这话也只能憋一肚子火，捋起袖子就冲上去跟他打架，付止桉对此照单全收。

王霄结婚的场地是在室外的一片草坪，尽管迟喻去过不少高档宴会，在看见婚礼现场的时候还是夸了一句："还挺好看。"

原本应该在外面候场的王霄不知道什么时候冒了出来，他从背后搂着迟喻的肩，声音里是掩不住的兴奋："迟哥，包的红包可够大的啊！"

"结婚能不能把你那张掉进钱眼儿的脸收一收。"迟喻笑着甩开王霄的手，转过身对上他那张熟悉但却成熟不少的脸，原本打算说的话又咽进肚子里，迟喻抿了抿嘴，伸手摆正王霄的领带："新婚快乐。"

王霄婚礼来了不少以前的同学，除了有点儿发福的胡玉山，迟喻还见到了从毕业就没见过的林川。林川跟以前相比没什么变化，只是在看见迟喻后就开始抹眼泪，估计是怕迟喻骂他，林川一边低头找纸巾一边解释说："风太大了，迎风流泪的老毛病又犯了。"

付止桉站在旁边笑，最后坏心眼地从地上捡了张蛋糕包装纸盖在林川脸上，林川很明显对付止桉的举动有些惊讶，迟喻挑了挑眉，凑过去小声说："看见了没，我早就说了付止桉不是个什么好人。"

婚礼进行到尾声，新郎和新娘交换对戒，然后在古典音乐中接吻，原本一切都能算得上很浪漫，但王霄应该是真的倒霉，一道闪电在天空中划过，接着便是震得人耳朵痛的雷声。后面的流程便开始加快速度，司仪收尾的时候语速也变得很快，林川忍不住在台下笑，说司仪像是某个出来接私活的地下rapper。

到了新娘丢捧花的环节，几个伴娘凑到前排，希望能沾沾这对新婚夫妻的喜气。迟喻没注意到新娘捧花被谁拿走了，因为很快，王霄拿着一把白色的小雏菊走到台上。风很大，王霄用发胶固定好的发型被吹散，领带也歪七扭八，但还是笑得很开心。

"来，我的喜气也让哥儿们沾一沾！"

原本站在后面的男人都开始起哄，迟喻想跑都没能来得及，迅速被一群人挤在中间。背景音乐逐渐被雷声覆盖，迟喻模糊之中只能听见王霄的倒数，三二一之后，一道白色弧线飞过人群，稳稳地砸中他的脑袋，接着掉进他的怀里。

周围人的掌声很大，迟喻开始有点儿不好意思，他拿着捧花不知道摆出什么姿势，直到人群陆陆续续散开，一直站在角落的付止桉才走过来，抬起手碰了一下他的头发。

迟喻看着付止桉手里捏着的白色花瓣，停了几秒，付止桉才笑着对他说："我也来沾沾喜气。"

定价: 45.00元

ISBN 978-7-5492-88410-0

上海雅众文化: 响指丨青春文学

图书在版编目（CIP）数据

甜不止迟 / 入眠酒著. — 武汉 ： 长江出版社，
2023.8
ISBN 978-7-5492-8841-0

Ⅰ . ①甜… Ⅱ . ①入… Ⅲ. ①长篇小说－中国－当代
Ⅳ. ①I247.5

中国国家版本馆CIP数据核字(2023)第069071号

甜不止迟/　入眠酒 著

出　　　版	长江出版社
	（武汉市解放大道1863号 邮政编码：430010）
策　　　划	力潮文创-白鲸工作室
市场发行	长江出版社发行部
网　　　址	http://www.cjpress.com.cn
责任编辑	罗紫晨
特约编辑	唐　婷
封面设计	Aquavit
封面绘制	河野尾
封面题字	仓　鼠
插图绘制	钢橘　Aquavit　一纸鲸文化　景一　坨山山
印　　　刷	北京盛通印刷股份有限公司
版　　　次	2023年8月第1版
印　　　次	2023年8月第1次印刷
开　　　本	880mm×1230mm　1/32
印　　　张	8.5
字　　　数	214千字
书　　　号	ISBN 978-7-5492-8841-0
定　　　价	45.00元